Federica de Cesco

Der Flug des Falken

Arena

Für Zenkuro

MIX
Papier aus verantwortungsvollen Quellen
FSC® C110508

1. Auflage als Arena-Taschenbuch 2018

Erstmalig erschienen 1992 bei Aare Verlag / Sauerländer AG,
Aarau / Switzerland
Umschlaggestaltung: Milena Schlosser unter Verwendung von
Fotos von shutterstock (© Alexey Suloev, © Maxplay Fotographer,
© SOMKKU, © Kamenetskiy Konstantin) und © colourbox
Gesamtherstellung: Westermann Druck Zwickau GmbH
ISSN 0518-4002
ISBN 978-3-401-51040-8

Besuche uns unter:
www.arena-verlag.de
www.twitter.com/arenaverlag
www.facebook.com/arenaverlagfans

1

Ich erwachte und blickte blinzelnd zur Decke empor. Wo war ich nur? Was war geschehen? Ein gleichmäßiges Rauschen drang an meine Ohren. Es regnete – und es regnete stark. Schon wieder! Warum regnete es in Tokio eigentlich so viel? Schlagartig kehrte meine Erinnerung zurück. Auf einmal sah ich, wo ich war: bei Seiji. Er hatte mich heute Morgen um sieben in sein Studio mitgenommen. Benommen vor Müdigkeit hatte ich weder gehen noch denken können und ich war im Stehen eingeschlafen. Er hatte gesagt, er müsse zur Arbeit; jetzt, wo er doch gerade angefangen habe, sei Pünktlichkeit wichtig. Aber ich könne bei ihm schlafen, nach ein paar Stunden Ruhe sähe alles besser aus. An meine Antwort erinnerte ich mich nicht mehr; weil ich hier lag, hatte ich offenbar zugestimmt.

Das Prasseln des Regens und das Klatschen der Tropfen an den Scheiben weckten mich vollständig. Ich hielt meine Armbanduhr vor die Augen. Mittagszeit! Mühsam kam ich auf die Beine und wankte ins Badezimmer. Mein ganzer Körper war steif, ich fühlte mich schmutzig und verschwitzt. Mir fiel die frische Wäsche ein, die ich gestern in meinen Sportsack gestopft hatte, bevor ich von zu Hause weglief. Ich ging unter die Brause und drehte auf, zuerst ganz heiß, dann kalt. Ich putzte mir die Zähne, wechselte die Wäsche und zog ein sauberes T-Shirt an. Etwas später machte ich mich in der Kochnische zu schaffen. Seiji hatte ein Glas Pulverkaffee und eine Schachtel Cornflakes für mich bereitgestellt. Daneben lag eine reife Kiwi-Frucht. Ach Seiji, du denkst an alles!, dachte ich gerührt. Im Eisschrank fand ich Milch. Ich goss Wasser in den Kessel und steckte das Gas an; als das Wasser blubberte, füllte ich zwei Löffel Pulverkaffee in eine Tasse, gab reichlich Zucker dazu und rührte um. Mit der Tasse in der Hand ging ich zum Fenster und zog die Vorhänge auf. Der Regen ließ nach. Am Himmel zogen graue, flügelförmige Wolken nach Norden und dahinter leuchtete helles Sonnenlicht. Die Straße glänzte vor Nässe. Ich blickte nach draußen und trank meinen Kaffee. Ich wusste, gleich würde ich an vieles denken müssen.

Ja, ich fühlte mich besser. Mein Kopf wurde allmählich klar. Ich begann zu überlegen und kam in ein Zwiegespräch mit mir selbst.

Hatte ich einen Fehler gemacht? Vielleicht. Aber manchmal geht es nicht anders. Irgendwas passiert, das einem unter die Haut fährt. Und dann denkt man nicht viel nach, sondern handelt. Manchmal ist es gut, manchmal schlecht.

War es schlecht gewesen? – Ja und nein. Manches stimmte, was ich meiner Mutter gesagt hatte, anderes hätte ich mir sparen können. Und ich hätte weder schreien noch toben sollen.

Aber das wäre nicht gegangen. Es war ein solcher Schock

gewesen. Auch für meine Mutter natürlich. Sie hatte nicht damit gerechnet, dass die Geschichte auf diese Weise ans Tageslicht kam. Auch mein Vater nicht. Am meisten kränkte mich, dass sie mich wie ein Kleinkind behandelten. Und nur aus lauter Angst, dass ich mich einmischte. Aber nach alledem, was geschehen war, konnte ich nicht mehr dasitzen und den Mund halten. Und damit hatte meine Mutter sich abzufinden. Mein Vater würde mich vielleicht besser verstehen. Damals war er nicht stark genug gewesen, um selbstsicher zu denken und zu handeln. Er hatte geschwiegen, sich angepasst. Das war sein Fehler gewesen. Und wenn er das nicht einsah, musste ich es ihm beibringen.

Ich trank meinen Kaffee aus, stellte die Tasse in die Spüle und kritzelte für Seiji ein paar Worte auf ein Papier: »Ich danke dir für alles. Ich rufe dich an!«

Dann nahm ich meine Tasche mit der schmutzigen Wäsche, schloss die Tür ab und warf den Schlüssel in den Briefkasten. Zehn Minuten später stand ich in der U-Bahn, eingepfercht in der Menge, und träumte mit offenen Augen vor mich hin.

Midori-Sensei hatte meine Eltern benachrichtigt, dass ich heute nach Hause kam. Dieser Gedanke beruhigte mich und gab mir Mut. Ich konnte nicht einmal mehr wütend sein.

Nach einer Dreiviertelstunde war ich endlich in Shinjuku, dem größten Bahnhof Japans. Hier trafen sämtliche U-Bahn-Linien Tokios zusammen. Ich stieg aus, lief im Gedränge zwei Treppen hinauf und erreichte atemlos den nächsten Bahnsteig, wo bereits eine Menschenschlange wartete. Da stellte ich mich an; knapp drei Minuten später fuhr der Express-Zug ein. Jetzt dauerte die Fahrt nur noch zwanzig Minuten. Ich spürte auf einmal, wie mein Herzklopfen heftiger wurde. Sei gelassen!, würde Midori-Sensei sagen. Nichts auf der Welt ist stärker als Gelassenheit. Ich verbiss mir ein Lächeln. Meine Meisterin hatte gut reden, sie war ja schon siebzig. Vor mir lag noch ein halbes Jahrhundert, um mich in der Tugend der Gelassenheit zu üben.

Wir bewohnten das Stadtviertel Seijo, eine ruhige Wohngegend mit geraden Straßen. Vereinzelt fuhren Autos im Schritttempo vorbei – die Geschwindigkeitsbegrenzungen waren streng. Die meisten Schulkinder waren mit dem Rad unterwegs, auch die Hausfrauen, die im nahen Supermarkt einkauften. Die Männer aber fuhren fast alle mit der U-Bahn ins Geschäft. Hinter Steinmauern oder Bambushecken duckten sich meist einstöckige Häuser, von kleinen Gärten umgeben. Die rund geschnittenen Buchsbäumchen glänzten im Sonnenlicht und in den Zierkiefern zwitscherten Vögel. Ich spürte einen Kloß im Hals, redete mir ein, dass ich keine Angst hatte. Angst ist wahrscheinlich normal, sagte ich zu mir selbst, steh doch dazu. Aber lass dich gefälligst nicht einschüchtern!

Das Haus, das Seijis Vater für uns gebaut hatte, lag inmitten eines kleinen Gartens, mit Ziersträuchern bewachsen. Im Nachbarsgarten stand eine Reihe Birken, die zu unserem Grundstück zu gehören schienen und es größer wirken ließen, als es eigentlich war. Das Haus, mit Kacheln verkleidet, sah hell und freundlich aus. Die Topfpflanzen, die den gewundenen Weg säumten, waren in den letzten Wochen erblüht. Meine Eltern kümmerten sich beide um den Garten. Im Umgang mit Pflanzen waren sie sehr geschickt. Nur ich hatte wenig Sinn dafür. Warte nur, bis du älter bist, pflegte mein Vater zu sagen.

Ob er wohl schon zu Hause war?

An der Tür blieb ich kurz stehen. Ich holte tief Luft, bevor ich den Türknopf drehte. War jemand da, wurde tagsüber nie abgeschlossen, das ist bei uns in Japan nicht nötig. Einbrecher gibt es kaum.

Zögernd trat ich ein, stellte meine Tasche hin und ließ meine Schuhe im Eingang auf den Steinfußboden gleiten. Die Schuhe meines Vaters sah ich nicht. Er war wohl noch im Geschäft.

Meine Kehle war trocken. Ich räusperte mich, bevor ich laut »Tadaima« (ich bin zurück) rief, wie es die Höflichkeit vorschrieb. Eine kurze Stille folgte. Dann vernahm ich die Stimme meiner Mutter: »O-Kaerina-sai«, rief sie, was wörtlich »ehrenvolle Rückkehr« heißt; im modernen Sprachgebrauch bedeuten diese beiden traditionellen Redewendungen nichts anderes als »Guten Tag«. Ich trat in Socken auf den blauen Spannteppich, doch entgegen ihrer Gewohnheit kam mir die Mutter nicht entgegen. Durch die angelehnte Glastür sah ich sie im Wohnzimmer sitzen. Ich schluckte, bevor ich durch den Flur ging, klopfte höflich und trat ein.

Die Mutter saß in aufrechter Haltung am Tisch und hielt eine Schale mit grünem Tee in den Händen. Vor ihr ausgebreitet lag die Zeitung und der Fernseher lief mit abgestelltem Ton. Sie trug eine dunkelblaue Jerseyhose und eine geblümte

Bluse. Das Haar hatte sie hinter den Ohren hochgesteckt. Sie war, wie jeden Tag, makellos geschminkt und ihre korallenroten Lippen leuchteten frisch. Ich sah die Mutter nur selten mit natürlichem Gesicht; ihre seidig schimmernde Haut verdankte sie einer hauchfeinen Schicht von rosa Puder. Doch jetzt lagen unter ihren Augen Schatten wie dunkle blaue Trauben und ihre Lider zuckten, als ob sie das Sonnenlicht blendete.

An der Tür blieb ich stehen und knetete meine Hände. Ich fühlte, wie ich innerlich zitterte.

»Es tut mir leid«, hauchte ich.

Sie neigte das Haupt zum Zeichen, dass sie meine Entschuldigung annahm. »Wir waren sehr beunruhigt und wollten schon die Polizei einschalten. Zum Glück hat Midori-Sensei uns angerufen.«

Sie stellte ihre Schale auf den Tisch zurück. Trotz der behutsamen Art, wie sie es tat, spürte ich hinter ihrer Bewegung eine gewisse Heftigkeit.

»Wärest du nicht wie eine Wilde davongelaufen, hätten wir die Sache in Ruhe besprechen können. Aber du willst ja immer mit dem Kopf durch die Wand. An den Schaden denkst du erst dann, wenn es zu spät ist.«

Ich stand immer noch wie ein kleinlautes Schulmädchen vor ihr. Endlich deutete sie auf einen Stuhl. Die Geste wirkte versöhnlich. Midori-Senseis Fürsprache schien doch etwas bewirkt zu haben. Ich nahm in steifer Haltung an der anderen Tischseite Platz. Nach einer Weile fuhr meine Mutter fort:

»Dein Vater hat inzwischen nach Vancouver angerufen.

Robin berichtete ihm, Mayumi habe ihn wiederholt gebeten, uns nicht zu schreiben, wie schlecht es ihr eigentlich ging. Sie wollte nicht, dass dein Vater sich Sorgen machte. Sie hatte die Hoffnung nicht aufgegeben, wieder gesund zu werden. Robin kommt nächste Woche nach Tokio und bringt Mayumis Asche mit. Sie wird in unserem Familiengrab beigesetzt werden.«

Ich nickte mit zugeschnürter Kehle. Ja, ich wusste Bescheid.

»Was das andere betrifft ...« Ich sah ihre Lippen leicht zittern. »Nun, Norio und ich waren der Meinung, dass es besser sei, dir die Sache zu verschweigen.«

»Aber warum nur?«, fiel ich ihr unhöflich ins Wort.

Sie straffte die Schultern. Und wieder erlebte ich, wie diese kleine, zierliche Frau plötzlich groß und gebieterisch erscheinen konnte.

»Ich habe es dir schon mehrmals gesagt, aber wie immer hast du nicht zugehört. Die Angelegenheit hat Norio viel Kummer bereitet. Sein Vater ... hatte in der Familie einen schlechten Ruf. Chiyo schämt sich seinetwegen noch heute. Du hast ja von diesen Dingen keine Ahnung. Sei froh, dass du nicht damals leben musstest!«

Das war ich wahrhaftig. Aber sie sollte mich nicht für beschränkt halten. »Mein Großvater«, sagte ich stolz, »bildete sich sein eigenes Urteil und tat, was er für richtig hielt.«

Sie nickte eisig: »Und brachte Unglück und Verruf über die Familie.«

»Das ist nicht wahr!«, schrie ich. »Er liebte eine Indianerin. Warum durfte er das nicht? Diese Leute ... die Indianer, sie hatten ihm das Leben gerettet. Sie wussten, was er durchgemacht hatte. Sie erlebten ja Ähnliches, noch dazu im eigenen Land!«

»Noburo hat sein Unglück selbst verschuldet«, sagte sie hochfahrend. »Er war seinem Volk und seiner Heimat untreu.«

Ich spürte, wie mir die Tränen hochstiegen. »Wer liebt, kann auf beides verzichten!«

Die Ohrfeige kam so unerwartet und blitzschnell, dass ich sie nicht abwehren konnte. Es war das erste Mal, dass meine Mutter mich schlug. Die Ohrfeige tat nicht einmal weh; was schmerzte, war mein verletztes Selbstgefühl. Die Hitze schoss mir ins Gesicht. Sie indessen schien ebenso fassungslos, wie ich es war. Unter ihrer Puderschicht war sie sehr blass geworden; für sie war es neu, dass ich ihr zu widersprechen wagte.

»Ich glaube kaum, dass du weißt, was du sagst.«

»Es tut mir leid«, stammelte ich aus Gewohnheit.

Aber das war nur eine Redensart. In Wirklichkeit bereute ich kein einziges Wort.

Sie holte gepresst Atem. »Du solltest jetzt lieber in dein Zimmer gehen.«

Ich tat, was sie sagte. In meinem Zimmer roch es nach abgestandener Luft. Ich zog die Schiebewand vor dem Fenster auf und blickte nach draußen. Die Sonne funkelte hinter den Bäumen und der Himmel überzog sich mit flammendem Licht. Ich knipste die Lampe an und setzte mich an meinen Schreibtisch. Nach einer Weile zog ich Mayumis Brief aus der Tasche und las ihn noch einmal lange und sorgfältig durch.

Ich war mit dem Brief fast fertig, als mein Vater nach Hause kam. Die Tür fiel ins Schloss. Danach hörte ich seine Schritte im Gang. Mein Herz hämmerte hart an die Rippen. Unten tauschten die Eltern einige leise Worte. Dann kam mein Vater die Treppe herauf. Still saß ich da und bebte innerlich. Ich wusste, dass er mit mir reden wollte.

2

Vor der Tür hielt mein Vater kurz an; ich glaubte, ihn atmen zu hören. Dann klopfte er leise.

»Komm herein«, sagte ich und stand auf.

Er trat ins Zimmer. Ich erschrak. Wie müde er aussah! Seine Lider waren gerötet. Vielleicht waren es die eingesunkenen Augen und der schwermütige Mund, die seinem Gesicht diesen schmerzvollen Ausdruck verliehen. Ich wusste, dass er gutherzig, sanft und in sich gekehrt war. Nervenaufreibende Gefühle lagen ihm ebenso fern wie Zornesausbrüche oder Vorwürfe. Er war ein Mann, der gelitten hatte und dies zu vergessen versuchte.

Während ich ihn ansah, verschwanden langsam die Falten zwischen seinen Brauen, die hohlen Schatten in seinen Wangen füllten sich auf, die bitter nach unten gezogenen Mundwinkel hoben sich. Er musste schrecklich in Sorge gewesen sein.

Ich brach das Schweigen mit denselben Worten wie vorhin bei meiner Mutter. Aber diesmal meinte ich es ernst. »Es tut mir leid.«

Er nickte und wandte die Augen ab. »Ist schon gut«, erwiderte er dumpf. »Midori-Sensei hatte uns ja Bescheid gesagt.«

Ich lächelte mühsam. »Ich fürchte, ich habe überstürzt gehandelt.«

»Wir können dir keinen Vorwurf machen.«

Im Erdgeschoss klapperte meine Mutter mit Töpfen. Sie bereitete das Abendessen zu. Die üblichen Geräusche, das übliche Licht. Der Fernseher lief, alles war wie sonst. Und doch wirkte vieles anders. Vater und ich standen da, sahen uns an und gleichsam aneinander vorbei.

Leise fragte ich: »Mayumis Brief ... möchtest du ihn lesen?« Er machte ein zustimmendes Zeichen und zog seine Jacke aus. Ich trat vor und nahm sie ihm ab. Ich spürte im Stoff die Wärme des Körpers. Unsere Augen begegneten sich. Er senkte als Erster den Blick. Ich nahm einen Bügel aus dem Schrank und hängte die Jacke auf.

»Setz dich«, hauchte ich.

Er setzte sich neben meinen Schreibtisch. Mit beiden Händen, wie es sich gehörte, überreichte ich ihm den Brief. Er nahm ihn, ebenfalls mit beiden Händen, und flüsterte ein Dankeswort. Während er die Bogen auseinanderfaltete und zu lesen begann, zog ich ein »Zabuton«, ein flaches Kissen aus Baumwolle, hervor und setzte mich schweigend zu seinen Füßen auf den Boden. Draußen war Wind aufgekommen. Blätter raschelten und die Zweige berührten das Dach mit schleifendem Geräusch. Ich hörte, wie mein Vater die Seiten umblätterte. Sein Atem ging tief und regelmäßig. Ich kniete unbeweglich, die Hände im Schoß gefaltet.

Eine lange Zeit verging, bis mein Vater die letzte Seite gelesen hatte und die Briefbogen behutsam zusammenlegte.

Dann faltete er das Seidenpapier auseinander und sah die alten, vergilbten Fotos an. Das Bild seiner Mutter betrachtete er am längsten. Ich hörte, wie der Wind immer stärker rauschte. Schließlich legte mein Vater die Fotos in das Seidenpapier zurück. Er hob den Kopf und warf mit gewohnter Bewegung sein langes Haar aus der Stirn. Ich sah Tränen in seinen Augen glitzern.

»Dieses Bild sehe ich zum ersten Mal«, sagte er rau. »Chiyo hatte es mir nie gezeigt.«

Ich neigte den Kopf und legte die Stirn gegen sein Knie. Einige Atemzüge lang saß er bewegungslos. Dann fühlte ich, wie seine Finger über mein Haar strichen.

Leise sagte er: »Vielleicht hätte ich auch so reagiert. Oder womöglich noch kopfloser.«

»Ich war vollkommen durcheinander!«

»Hör zu«, seufzte er. »Ich muss dir etwas sagen: Es war schon immer, als würden zwei Menschen in mir wohnen. Der eine ist logisch und vernünftig. Er hat eine Familie, einen Beruf und fünf Mitarbeiter, für die er sich verantwortlich fühlt. Der andere jedoch …«

Seine Finger in meinem Haar lagen still, bevor sie sich behutsam wieder in Bewegung setzten.

»Dieser zweite Mensch in mir wurde niemals erwachsen. Er ist ein Kind, das elternlos aufwuchs. Dabei war meine Stellung innerhalb der Familie durchaus eindeutig, was die Sache nur noch verschlimmerte. Ja, ich könnte sogar sagen, dass Chiyo vorbildlich für mich sorgte. In diesen Jahren hatte ich stets ausreichend zu essen und war nie ärmlicher gekleidet als andere Kinder. Mayumi hatte eine Stelle als Sekretärin gefunden und wohnte nicht mehr bei uns. Chiyo war eine geschickte Schneiderin und hatte sich selbstständig gemacht. Ihre Kundinnen zeigten ihr Modehefte; sie konnte jedes Kleid nachschneidern. Chiyo sparte sich das Geld vom Munde ab, damit ich zur höheren Schule gehen konnte. Ich muss zugeben, ich war ein guter Schüler. Ich tat alles, was Chiyo von mir erwartete, weil ich hoffte, dass ... sie mich mehr lieben würde. Aber natürlich wusste ich damals nicht, dass ich es nur ihretwegen tat. Ich spürte nur, dass sie mich nicht mochte. Kinder haben ein feines Gefühl für diese Dinge.«

Leise fragte ich: »Und deine Mutter? Konntest du nicht zu ihr gehen? Dass sie tot war, hattest du dir ja nur eingeredet.«

Er starrte geistesabwesend vor sich hin. Nach einer Weile sagte er: »Wir wohnten damals in einem schlechten Viertel. Eine bessere Wohngegend kam für uns nicht infrage. In der Nähe wohnten einige Indianerfamilien. Sie lebten von der Wohlfahrt oder verrichteten Gelegenheitsarbeiten. Die Kinder sahen schmutzig und verwahrlost aus, die Männer waren fast täglich betrunken. Auf dem Schulweg sah ich oft billig geschminkte Frauen, aufreizend angezogen, amStraßenrand stehen. Ich wusste, sie gingen mit den Arbeitern aus den Eisen- und Kohlenbergwerken ...«

Er stockte, doch ich verstand ihn. Mein Vater schöpfte Atem und erzählte weiter:

»Chiyo sagte mir nie, deine Mutter ist anders. Sie schwieg. Und in diesem Schweigen wuchs ich heran. Mein vermeintliches Wissen beschämte mich allzu sehr, als dass ich darüber hätte reden können. Daher stellte ich niemals Fragen. Heute ist mir dieser Fehler bewusst. Chiyo hätte mir die Wahrheit gesagt. Chiyo lügt niemals, das widerspricht ihrem Ehrgefühl. Aber so weit dachte ich damals nicht. Ich wollte ein japanisches Kind sein und mit den pockennarbigen, kleinen Indianern, die zwischen alten Autowracks spielten, nichts gemein haben.«

Er verstummte abermals.

Ich brach das Schweigen. »Erinnerst du dich eigentlich noch an deine Mutter?«

»Als ich klein war, ja. Das Vergessen kam allmählich. Zuerst verschwand ihr Gesicht aus meinem Gedächtnis, dann ihre Augen. An den Klang ihrer Stimme erinnerte ich mich längere Zeit. Nach und nach verblasste auch dieser; es war vorbei.«

Ich warf einen raschen Blick zu ihm empor. Seine Lippen zitterten. Doch er sprach weiter, mit einer Ruhe und Besonnenheit, die mir wehtat.

»Chiyo sprach häufig von Japan. Ich hörte aufmerksam zu und machte mir meine eigenen Gedanken. In der damaligen Zeit galten Europa – und auch das weiße Amerika – als Mittelpunkt der Erde schlechthin. Alle anderen Völker wurden als ›Eingeborene‹ oder ›Unterentwickelte‹ angesehen. Der sogenannte ›Westen‹ war Hüter der Zivilisation, Kultur und Menschlichkeit. Lange Zeit konnte und wollte dieser Westen nicht einsehen, dass ihm Japans Zivilisation, sein Denken und seine geistige Entwicklungsstufe ebenbürtig waren. Erst als 1905 der russisch-japanische Krieg mit der erstmaligen Niederlage eines westlichen Staates gegen ein nicht weißes Land endete, wurde den Europäern und Amerikanern klar, dass sie in dieser Welt nicht mehr das alleinige Sagen hatten. Diese Erkenntnis traf sie dort, wo sie am empfindlichsten waren, nämlich in ihrem Hochmut. Aber dies sind historische Betrachtungen. Und was ich selbst darüber denke …«

Er sah auf mich herab.

»Das politische Ränkespiel ist ein schmutziges Geschäft: Es belastet uns mit all seiner Brutalität seit dem Beginn der Geschichte. Not, Angst, Grausamkeit sind manipulierbar. Die Unreife und zerstörerische Besessenheit der menschlichen Rasse ist eine Tatsache, die wir nüchtern anerkennen müssen, um nie aufzuhören, uns dagegen zu wehren.«

Wieder ließ er einige Sekunden verstreichen. Ich kauerte zu seinen Füßen, regungslos und stumm. Dies alles ging über mich selber und über mein tägliches Leben hinaus. Aber ich spürte immer mehr, mein Vater dachte wie ich, empfand wie ich.

»Wer das Weltgeschehen aufmerksam verfolgt«, fuhr er fort, »findet bald heraus, dass es auf politischer Ebene keine stichhaltigen moralischen Wertungen gibt. Jene, die man dem Volk einhämmert, dienen lediglich der Machterhaltung. Leider sind nur wenige Menschen weit blickend genug, um dies zu durchschauen. Die anderen gehen in die Falle. Arbeitslosigkeit wird als Angstmunition ausgestreut, Aufrüstung sichert Arbeitsplätze. Kriege müssen sein, denn sie halten die Wirtschaft in Schwung. Neid und Eifersucht schüren den Hass. Ein Feindbild muss das andere ablösen, sonst ist die Gesellschaft nicht mehr opferfähig. Dies aber wollen die Machthaber um jeden Preis vermeiden, weil es ihre Handlungsfreiheit entscheidend einschränken würde.«

Ich wollte ihm sagen, dass ich ihn verstand. Stattdessen fragte ich: »Hast du schon damals so gedacht? In Kanada?«

Er schüttelte den Kopf. »Ich spürte diese Dinge, ohne dass ich sie aussprechen konnte. Ein junger Mensch, klug und gebildet, hat eigene Vorstellungen vom Leben. In Kanada war ich damals das, was man einen Farbigen nennt. Die Demütigungen, denen ich ausgesetzt war, quälten mich und brachten mich in Wut. Ich war nicht aggressiv genug, um hirnlose Tölpel zu verprügeln, und viel zu stolz, um irgendwelche Diskriminierungen überhaupt in Betracht zu ziehen. So schluckte ich meinen Zorn, erstickte fast daran und an der Verzweiflung. Und dann geschah es … dass ich mich verliebte.«

Jäh hob ich den Kopf und drückte ihn sofort wieder an sein Knie. Ich wollte ihn jetzt nicht ansehen.

»Sie hieß Kate«, sagte mein Vater mit dumpfer Stimme. »Sie war eine Kanadierin holländischer Abstammung. Blond, helläugig und graziös.«

»Wie alt warst du?«, hauchte ich.

»Neunzehn. Sie war ein Jahr älter. Sie war meine erste Liebe. Zuerst trafen wir uns im Kino, dann am Strand. Dann in Zimmern … wie überall auf der Welt.«

Lastende Stille.

»Wir liebten uns. Wir wollten heiraten.« Er schluckte mühsam. »Es war noch zu früh nach dem Krieg, verstehst du? Man redet ja heute noch, fünfzig Jahre später, darüber. Es heißt, das Gedenken an vergangenes Kriegsgeschehen gelte als Mahnung. In Wirklichkeit steht diesem erbaulichen Grundgedanken gleich der nächste gegenüber: Die heranwachsenden Generationen sollen wissen, dass ihre Vorfahren nicht umsonst gestorben sind. Und der nächste Krieg wäre nutzlos. Deshalb müssen die Urängste geschürt werden. Die Menschen sollen daran erinnert werden, dass sie gelegentlich wieder gebraucht werden könnten. Zum Töten und zum Sterben. Von selbst kämen sie ja nicht auf diesen Gedanken.«

Draußen wehte der Wind, die Äste knackten und knirschten. Im Haus roch es nach Essen. Gleich würde meine Mutter rufen, wir sollten nach unten kommen.

»Und dann?«, flüsterte ich.

»Wir wurden getrennt«, sagte mein Vater. »Man schickte Kate zu Verwandten nach Ottawa. Chiyo sagte, die Kanadier seien immer noch unsere Feinde und ich beschmutze das Andenken an meine Großeltern, die im Krieg ihr Leben gelassen hätten. Aber sie könne nicht nur mir die Schuld geben. Für mich sei es schwieriger als für andere. Ich hätte verdorbenes Blut in mir.«

Ich spürte seinen Schmerz in meinem eigenen Herzen, es war ganz unerträglich. Meine Kehle tat mir weh, meine Augen wurden heiß und feucht. Ich biss mir hart auf die Lippen. »Fühle dich nicht verpflichtet, darüber zu sprechen. Ich habe dich nicht danach gefragt.«

»Du bist schließlich kein Kind mehr«, sagte er matt.

»Das Mädchen damals … hast du sie niemals wiedergesehen?«

Ein Seufzer hob seine Brust. »Nein, niemals. Aber ich habe erfahren, dass sie verheiratet ist und erwachsene Kinder hat. Und auch … dass ihre Ehe unglücklich ist. Aber ein Mensch sollte in Gedanken vorwärtsblicken, nicht rückwärts. Nicht einmal deine Mutter kennt diese Geschichte. Ich habe sie heute zum ersten Mal erzählt. Sie ist, wie du siehst, erzählbar.«

Ich verstand jetzt vieles, was mir früher ein Rätsel gewesen war. »Deswegen also«, sagte ich, »hast du Kanada verlassen?«

Er nickte. »Ja, deswegen auch. Aber es gab noch etwas anderes. Als ich ein junger Mann war befand sich die Welt in Aufbruchstimmung. Eine neue Generation wuchs heran, neugierig, kritisch, offen. Man sprach von Japan und von seinem Aufschwung. Mein Interesse für das Land, das ich niemals gesehen hatte, wuchs. Ich teilte Chiyo mit, dass ich nach Tokio gehen wolle. Sie zeigte kein Gefühl, weder Erleichterung noch Unwille. Doch sie legte mir nahe, auch in Japan meine Herkunft zu verschweigen. Mein Vater habe die Familienehre befleckt. So ging ich denn und bewahrte mein Geheimnis.«

Mein Vater legte eine kurze Pause ein und fuhr dann fort:

»Ich fand schnell heraus, dass ich auch in Japan ein Außenseiter bleiben würde. Ich war ein ›Nissei‹, ein Auswandererkind der zweiten Generation. Mein Denken und Fühlen war ausländisch. Ich hatte einen lockeren Umgangston, trug allzu legere Kleidung, tat und sagte falsche Dinge. Ich gab mich betont ungezwungen; in Wirklichkeit fehlten mir Rückhalt und Selbstsicherheit. Mit der Zeit begann ich, die Atmosphäre des Landes zu erfassen. Ich spürte seine aufströmende Kraft, seine Begeisterung. Ich fühlte, hier ging etwas vor sich, hier wurde die Zukunft geboren. Ich spürte noch etwas anderes: mir war, als sei ich an diesem Ort schon früher gewesen und meine Seele erinnere sich daran. Auch wusste ich inzwischen, dass ich überall auf der Welt ein Außenstehender sein würde, ein Reisender im eigenen Leben. Ich beschloss zu bleiben.«

Ich hob den Kopf. »Vorhin gab mir meine Mutter eine Ohrfeige. Es war das erste Mal.«

Er sah mich überrascht an. »Jetzt, da du erwachsen bist?«

Ich verbiss mir ein Lächeln. »Ich habe ihr etwas zu Gewagtes gesagt: Wer liebt, kann auf Volk und Heimat verzichten.«

Er lächelte ebenfalls, aber er tat es wie ein Mann, der mit seinen Überlegungen weit weg ist. »Ja, dieser Gedanke passt nicht in ihr Weltbild. Hanae ist es auch nicht gewohnt, dass man ihr widerspricht.«

»Ich bin nicht sanftmütig«, sagte ich. »Kein bisschen! Sie müsste es doch längst gemerkt haben!«

»Jeder Mensch ist verwirrt, wenn sein vertrautes Bild in Scherben geht«, meinte der Vater. »Du weißt, dass Hanae und ich nicht alle Ansichten teilen. Als wir damals beschlossen zu heiraten, schuldete ich ihr die Wahrheit. Hanae liebte mich, aber sie wollte unsere Familie nicht ins Gerede bringen. Rassismus gibt es überall, auf der ganzen Welt. Das habe ich erfahren müssen. Aufgeklärte Menschen setzen sich darüber hinweg, aber die alten Dämonen lässt man nie aussterben. In gewissen

Abständen ruft man sie wieder ins Leben, um neue Kriege zu rechtfertigen. Du jedoch solltest so wenig wie möglich davon erfahren. Du solltest nicht leiden, wie ich gelitten habe.«

Er verstummte und streichelte mein Haar. Ich spürte, dass er mir alles gesagt hatte. Jetzt war ich an der Reihe.

»Du hast ja den Brief gelesen«, sagte ich. »Meine Großmutter teilt mir mit, dass sie unser Schwert aufbewahre. Nun soll ich es zurückholen.«

Er antwortete nicht.

Ich sprach lebhaft weiter. »Ich habe indianisches Blut. Midori-Sensei sagte, dass einst, vor langer Zeit, unsere Vorfahren ein einziges Volk gebildet hätten. Ich will diesen Teil in mir nicht verkümmern lassen, so wie du es getan hast.«

Die Worte klangen hart, aber sie mussten gesagt sein. Er sah mich mit gequältem Blick an. »Es ist meine Schuld. Ich wollte meine Tochter als Japanerin erziehen. Sie sollte nicht in innerer Zerrissenheit aufwachsen.«

»Und trotzdem«, erwiderte ich, »habe ich immer gefühlt, dass ich anders bin.«

»Ja, ich weiß«, antwortete er tonlos. »Es tut mir leid.«

Es machte mich krank, ihn in diesem Zustand zu sehen. Ich wollte ihn umarmen. Dies tat ich allerdings mit einer gewissen Zurückhaltung, damit er nicht zu weinen begann. Doch er beherrschte sich, wischte sich mit der Hand über die Augen und meinte, dass es eines Tages wohl so habe kommen müssen.

Behutsam fragte ich: »Wie wär's, wenn wir sie zusammen besuchen würden?«

Er schüttelte den Kopf. »Ich müsste mich vor ihr schämen.«

»Das glaube ich nicht«, erwiderte ich ihm. »Sie wird es verstehen.«

Leise, wie zu sich selbst, sprach er: »Man sagte von ihr, sie könne hören, wie die Erde sich drehe …«

Ich lächelte ihn an. »Ja, und dann weiß sie auch, was in dir vorgeht. Also gut. Ich gehe zuerst und werde ihr sagen, dass du sie liebst und sie sehen möchtest.«

»Lass mir noch ein wenig Zeit«, bat er. »Es kam alles überraschend.« Er legte den Arm um mich. »Ich danke dir. Du hast mich gezwungen, in Worte zu fassen, was ich stets vor mir selber verbarg. Meine Liebe zu ihr, meine ich. Viele Dinge verschwieg ich dir nur deshalb, weil ich dich schützen wollte. Jetzt brauchst du diesen Schutz nicht mehr. Du bist stark. Das wenigstens habe ich fertiggebracht: aus dir einen starken Menschen zu machen. Ich glaube, ich kann zufrieden sein.«

Wir tauschten ein Lächeln.

In der Küche war es inzwischen still geworden. Es duftete nach Miso-Suppe. Meine Mutter war feinfühlig; sie störte uns nicht, sondern wartete rücksichtsvoll, bis wir kamen.

»Ich glaube, wir sollten essen gehen«, brach mein Vater endlich das Schweigen. »Sonst wird alles kalt.«

Wir erhoben uns. Bevor wir nach unten gingen, sagte ich: »Vielleicht ist es besser, meiner Mutter noch nicht zu sagen, dass ich nach Kanada gehe.«

Mein Vater nickte zustimmend. »Warte den richtigen Augenblick ab. Es sind zu viele Gefühle gekränkt worden.«

3

»Was ist denn mit dir los?«, fragte Nina in bestürztem Ton.

Ich machte mir Gewissensbisse, weil ich einen Tag an der Uni gefehlt hatte. Nina rannte die Treppe hinauf, gerade als ich aus dem Aufzug kam, und wir prallten fast zusammen. Nina! Ich hatte in dieser Zeit wenig an sie gedacht. Aber auf irgendeine Art war sie mir stets gegenwärtig gewesen.

Ich lächelte verlegen. »Warum?«, gab ich zurück, »bin ich anders als sonst?«

Nina mahlte ihren unverzichtbaren Kaugummi. Mir fiel auf, dass ihr Haar gewaschen war. Es sah hübsch aus, locker und duftig, mit einem rötlichen Schimmer wie reife Kastanien. Sie trug ihre üblichen Jeans und ein hellblaues, gebügeltes T-Shirt und ihre Fingernägel waren sauber.

»Ich weiß nicht«, meinte sie. »Du siehst seltsam aus. Ist was passiert?«

Sie sah mich erwartungsvoll an. Ich blieb stumm. Sofort verschlossen sich Ninas empfindsame Züge.

»Also, wenn du nichts sagen willst … Es geht mich ja schließlich nichts an«, setzte sie gekränkt hinzu.

Ich schüttelte beschwichtigend den Kopf. »Hab doch ein

bisschen Geduld. Ich erzähle dir alles. Aber doch nicht jetzt. Mori-Sensei ist ja schon da!«

Nina ließ ein Kichern hören. »Wie kommt der dazu, ausnahmsweise mal pünktlich zu sein?«

»Vermutlich hat er den Wecker gestellt«, meinte ich.

Wir gingen in den Hörsaal, während Professor Mori, keuchend und abgehetzt, zum Katheder lief. Der kurzbeinige, kahlköpfige Mori-Sensei war trotz seiner Macken – oder vielleicht gerade deswegen – bei den Studenten sehr beliebt. Er döste nicht vor sich hin, wie manche Professoren es ganz hemmungslos zu tun pflegten. Aber er quälte uns auch nicht mit übertriebenem Redeschwall und komplizierten Satzwendungen. Er sprach sachkundig, unterhaltsam und sogar witzig, was bei der Erklärung physikalischer Phänomene als beachtenswerte Leistung gelten mochte.

»Ich kann nicht anders, ich mag den Trottel«, sagte Nina nach der Vorlesung. »Er schmeißt immer seine Notizen auf den Boden und wir müssen auf allen vieren danach suchen. Aber wenn er redet, hört man zu.«

»Doch«, sagte ich geistesabwesend und dachte an Seiji. Er machte sich bestimmt Sorgen um mich. Ich musste ihn anrufen. Aber zuerst kam Nina an die Reihe. Ich wollte nicht, dass sie sich wieder beleidigt fühlte. »Gehen wir einen Kaffee trinken«, schlug ich vor.

In der Kantine war es um diese Zeit noch ruhig. Wir nahmen ein Tablett und holten uns Kaffee.

»Möchtest du etwas essen?«, fragte ich.

Nina schüttelte den Kopf, dass die Haare flogen. »Ich muss

abnehmen. Japanerinnen sind fast alle schlank. Ich will nicht mehr wie ein Elefant aussehen!«

Wir setzten uns. Ein kurzes Schweigen folgte. Wir schüttelten Pulvermilch in unseren Kaffee und rührten um.

Nina hob plötzlich den Kopf. Ihre grünen Augen waren fest auf mich gerichtet. »Damit du es weißt, ich rief gestern bei dir an. Ich wollte wissen, warum du nicht in der Vorlesung warst. Ich dachte, du seist krank. Deine Mutter war am Apparat ...«

Ich fühlte, wie ich rot wurde. Davon hatte sie mir nichts gesagt. »Und?«, fragte ich.

Nina tauchte die Lippen in ihren Kaffee. »Die Frau Mama war kühl wie eine Gurke. ›Jun ist nicht da‹, und Punkt. Ich konnte kaum ›Sayonara‹ stottern, schon hatte sie den Hörer auf die Gabel geknallt.«

»Meine Mutter war etwas nervös«, sagte ich mit halbem Lächeln.

»Du meinst wohl, fuchsteufelswild.« Nina grinste. »Bist du wieder mit deinem Freund in einem Love-Hotel untergetaucht?«

»Ich habe bei ihm geschlafen«, entgegnete ich würdevoll. »Du weißt doch, er hat jetzt sein eigenes Studio.«

»War deine Mutter deswegen so wütend?«

Ich schüttelte den Kopf. »Ach, das war nur eine Nebensache.«

Sie sah mich neugierig an und wartete auf eine Erklärung.

Ich holte tief Luft. »Sag mal, sehe ich eigentlich japanisch aus?«

»Woher soll ich das wissen?«, erwiderte sie achselzuckend. »Und was heißt das überhaupt?«

Ich nahm einen kräftigen Schluck Kaffee und verbrannte mir die Zunge. »Ich ... ich habe etwas erfahren. Die Mutter meines Vaters ... meine Großmutter ...« Ich stockte.

Nina nickte lebhaft. »Die aus Kanada, ja, ich weiß. Du hast ziemlich seltsame Dinge von ihr erzählt.«

»Was denn?«, fragte ich stirnrunzelnd.

»Ach, dass sie sich auf den Boden lege und höre, wie die Erde sich drehe. Und dass sie schon lange tot wäre und dass du nicht einmal mehr ihren Namen wüsstest. Aber warum? Was ist denn mit ihr?«

»Sie lebt noch«, sagte ich gepresst. »Und sie ist eine Indianerin.«

Nina riss die Augen auf. »Im Ernst?«

Ich nickte stumm. Ich war völlig durcheinander. Doch Nina reagierte wieder einmal in ihrer überraschenden Art.

»Mensch! Das ist ja fantastisch!«, schrie sie so laut, dass es durch die ganze Kantine schallte.

Ich starrte sie entgeistert an. »Fantastisch?«

»Ja, toll, großartig, alles, was du willst! Ich habe schon immer für Indianer geschwärmt. Deswegen wollte ich ja auch ein eigenes Pferd. Eine echte Indianerin! Kaum zu glauben! Von welchem Stamm denn?«

»Blackfeet ...«, hauchte ich automatisch.

»Genau wie im Film!«, rief Nina überschwänglich. »Jetzt weiß ich endlich, warum du manchmal so weise Sprüche klopfst. ›Wie eine indianische Medizinfrau‹, habe ich dir oft gesagt.« Sie rutschte auf ihrem Stuhl hin und her und ihr Gesicht strahlte vor Vergnügen.

Ich saß still da, wie vor den Kopf geschlagen.

»Warum hast du das denn nicht vorher gewusst?«, fragte Nina.

Ich schlug die Augen nieder. »Es ging um eine … Rassenfrage.«

»Du meine Güte! Das kann doch nicht wahr sein!« Nina wirkte völlig überrumpelt. »Klar war das früher anders, da haben sich die Leute über solche Sachen aufgeregt. Aber in der heutigen Zeit …«

»Es ist eine lange Geschichte«, sagte ich. »Meine Tante aus Kanada ist gestorben. Krebs. Bevor sie starb, schrieb sie mir einen Brief und erzählte mir Dinge, die meine Familie bestrafen.«

»Entsinnst du dich noch, als ich bei dir war?«, fragte Nina. »Ich stellte dir ein paar Fragen über deine Großeltern und du hast mich angeglotzt wie der sprichwörtliche Ochs am Berg. Du hattest keine Ahnung. Das kam mir seltsam vor, legen die Japaner doch Wert auf Traditionen.«

Ich nickte. »Ja, ich erinnere mich.«

»Also, was ist denn geschehen?«, fragte Nina.

Ihre Neugierde täuschte mich nicht; ich spürte echte Teilnahme. Und so erzählte ich ihr, was man meiner Familie angetan hatte. Und wie es meinem Großvater ergangen war.

Sie sagte nichts und unterbrach mich nicht mit einer ihrer schnoddrigen Bemerkungen. Sie saß nur da und hörte zu. Ihre Hände mit den hässlichen, abgeknabberten Nägeln lagen ruhig auf dem Tisch. Ihre Augen blickten mich voller Mitgefühl an und manchmal, wenn ich Atem schöpfte und nach Worten suchte, senkte sie die Lider.

Als ich alles erzählt hatte, sagte sie mit rauer Stimme: »Und du wusstest nichts von alledem?«

Ich schüttelte den Kopf. »Keiner hatte je davon gesprochen. Niemals.«

»Wenn man vom letzten Krieg redet«, sagte Nina, finster und aufgeregt, »da heißt es immer, die Japaner seien so schrecklich blutrünstig gewesen, sie hätten ihre Kriegsgefangenen in Lager gepfercht und gemordet und gefoltert oder ich weiß nicht, was alles. Das stimmt ja wohl. Aber glaubst du, es gibt ein einziges Volk auf der Welt, das sich nichts zuschulden kommen ließ? Nur die Sieger geben sich immer scheinheilig. Die Amerikaner mit ihren Atombomben zum Beispiel. Die haben sie ja nur abgeworfen, weil sie die Japaner als Farbige ansahen und es ihnen gleichgültig war, ob Hunderttausende mehr starben oder nicht. Sie wollten ihre Superwaffe am lebenden Objekt testen. Dass sie sich in Nagasaki, der Stadt der japanischen Christen, ausgerechnet die Kathedrale als Zielscheibe vornahmen, finde ich besonders haarsträubend. Anschließend wurde ein Forschungsteam vor Ort geschickt. Offiziell, um den Überlebenden beizustehen. In Wirklichkeit wurden die Auswirkungen der Atomstrahlen am lebenden Organismus beobachtet, getestet, fotografiert und gefilmt. Alles war topsecret! Die Japaner hatten erst dreißig Jahre später Zugang zu den Unterlagen.«

»Vielleicht werden die Menschen mal vernünftig«, sagte ich matt.

»Ja«, brummte Nina. »In dreitausendfünfhundert Jahren vielleicht. Wenn sie bis dahin nicht wieder mit Keulen aufeinander losgehen!«

Sie wirkte völlig aufgelöst. Ich hätte nicht gedacht, dass sie sich die Angelegenheit so zu Herzen nehmen würde.

»Dein Vater ist doch so ein netter Mensch«, fuhr sie fort. »Und sein halbes Leben hat er an dieser Geschichte herumgegurkt? Das finde ich ganz entsetzlich!« Sie kratzte an ihren Nagelhäutchen, merkte es und steckte die Hand schnell unter den Tisch. »Ich will endlich schönere Nägel haben«, murmelte sie. »Ich bin schließlich kein Kleinkind mehr. Also, jetzt weiß ich endlich, warum dein Vater mich so gut verstanden hat. Es ging ihm ja ähnlich wie mir, mit dem Unterschied, dass Rassenprobleme für mich überhaupt nichts bedeuten. Mich hat ja noch niemand diskriminiert, ich weiß ja nicht einmal, wie das ist. Meine Probleme bildete ich mir nur ein, verstehst du? Nach Ansicht deines Vaters sind Menschen aus zwei Kulturkreisen die Menschen der Zukunft. Eine tolle Idee! Er meint auch, man solle nicht versuchen, sich überall anzupassen, sondern sich selbst treu bleiben. Er hat mir so sehr geholfen, du ahnst es ja nicht! Jetzt bin ich ein ganzes Stück weitergekommen. Ich weiß jetzt, wer ich bin, was ich will und was ich kann. Von meiner japanischen Seite nehme ich das, was mir liegt, von meiner deutschen Seite das Gleiche, mixe das Ganze und das Ergebnis bin ich!«

Sie lachte übermütig. »Als ich das meiner Mutter sagte, traute sie ihren Ohren fast nicht!«

Ich nickte; ich verstand sie jetzt besser. »Mir erging es ja ähnlich«, bekannte ich. »Nur für mich war das neu. Ich war ein bisschen kopflos. Aber Midori-Sensei sagte, ich solle stolz auf mein indianisches Blut sein.«

»Die Indianer als primitive Wilde darzustellen, ist auch so ein kulturgeschichtlicher Unsinn«, ereiferte sich Nina. »Wenn ich nur an die scheußlichen amerikanischen Filme von früher denke! Da überfielen die bösen Rothäute zähnefletschend die ach so lieben Siedler. Dann tauchte die Kavallerie mit Trompetengeschmetter auf und die Indianer stürzten sich kreischend vom Pferd. John Wayne küsste die rotblonde Heldin und mir wurde es schlecht.

Heute weiß doch jeder vernünftige Mensch, dass die Weißen auf dem amerikanischen Kontinent einen Völkermord auf dem Gewissen haben. Statt Buffalo Bill, diesen büffelmordenden Idioten, im Disneyland zu verherrlichen, sollte man den Kindern lieber den Häuptling Seattle als Vorbild vorsetzen!«

Ich lächelte. Sie gab mir Mut, bestätigte mich in meinem Vorhaben. »In den Ferien«, sagte ich, »arbeite ich einen Monat bei Sweet Apple und verdiene Geld. Dann fahre ich nach Kanada zu meiner Großmutter. Sie soll endlich wissen, dass sie zu uns gehört. Und ich will auch meinen Vater wieder mit ihr zusammenbringen.«

»Wie alt mag sie jetzt sein?«

»Um die siebzig, nehme ich an.«

»Nun, dann wird es aber langsam Zeit«, meinte Nina in ihrer trockenen Art.

»Onkel Robin kommt nächste Woche nach Tokio und bringt die Asche von Tante Mayumi mit. Sie soll in unserem Familiengrab beigesetzt werden. Ich werde ihm sagen, dass ich komme. Ich habe ihm noch nicht geschrieben, aber er weiß schon Bescheid, ich spüre es«, setzte ich nachdenklich hinzu.

»Ach, du Medizinfrau!«, sagte Nina in spöttisch-bewunderndem Ton.

Ich konnte nicht anders, ich musste lachen. Meine Wangen wurden heiß. Sie hatte etwas in meinem Innersten angerührt, etwas, was ich kaum wahrnahm, aber es atmete in meinen Lungen und pulsierte mit dem Blut in meinen Adern. Was war es nur? Ich wusste es nicht. Doch ich würde es schon herausbekommen.

4

Mittags rief ich beim Fernsehen an; ich hatte Glück: Seiji war im Studio.

»Jun, endlich!« Seine Stimme klang besorgt. »War's schlimm?«

»Sagen wir mal ...: kein Spaß.«

»Und dein Vater?«

»Ach, wir haben es überstanden«, gab ich heiter zurück.

»Da bin ich aber froh!« Seiji fiel offenbar ein Stein vom Herzen. »Wann sehen wir uns? Ich kann es kaum erwarten.«

»Am Nachmittag hätte ich Zeit.«

»Ich versuche, früher Schluss zu machen«, erwiderte Seiji.

»Am besten, wir treffen uns in Shibuya. Um vier, beim Hachiko, geht das?«

Er lachte und ich lachte mit ihm. Hachiko war der Name eines kleinen Hundes. In den Dreißigerjahren pflegte dieser kleine Hund seinen Herrn, einen Professor, jeden Abend am Bahnhof von Shibuya abzuholen. Eines Tages erlitt der alte Herr auf dem Weg nach Hause einen Schlaganfall, doch der kleine Hund kam täglich zur gewohnten Zeit und wartete vergeblich, zehn Jahre lang. Er wurde bis zu seinem Tod von den Nachbarn und der Polizei gefüttert und umsorgt. Dem treuen, kleinen Hund wurde ein Denkmal errichtet und es ist üblich geworden, dass sich Verliebte dort treffen. Der nächste Anruf galt meiner Mutter. Ich teilte ihr mit, dass ich zum Abendessen nicht da sein würde.

»Schon wieder nicht?«, entgegnete sie im vorwurfsvollen Ton, den ich in letzter Zeit oft hören musste.

»Es wird nicht spät werden«, sagte ich schnell, um sie zu beschwichtigen. Und dann – ich weiß nicht, warum – setzte ich hinzu: »Ich treffe mich mit Seiji.«

Sie schwieg einen Atemzug lang; ich wusste längst, warum sie ihn nicht mochte. Doch jetzt klang ihre Stimme anders, so als sei sie müde oder füge sich ins Unabänderliche.

»Vielleicht werden wir schon im Bett sein«, sagte sie. »Du weißt ja, wo der Schlüssel liegt.«

Ich hatte keinen eigenen Schlüssel, das war bei uns so üblich. Auch mein Vater nahm selten einen mit. Hinter dem Haus stand ein kleiner Gartenschuppen. Ganz oben, an einer bestimmten Stelle, zwischen den Blumentöpfen, legte meine Mutter jeweils einen Schlüssel für uns hin, wenn sie nicht da war oder schon im Bett lag. Ich dankte ihr und wünschte Gute Nacht. Die letzte U-Bahn fuhr gegen Mitternacht. Ich wollte nicht später nach Hause kommen und Geld für ein Taxi ausgeben. Wollte ich nach Kanada, musste ich sparen.

Um vier herrschte in der U-Bahn noch ein erträgliches Gedränge; die Stoßzeit begann erst nach fünf. Von der Uni aus hatte ich nur ein paar Stationen bis nach Shibuya zu fahren. Natürlich war kein Sitzplatz frei. Der Ventilator wehte mir durchs Haar. Ich schaltete meinen Walkman ein, hörte meine geliebte Flamencomusik und döste vor mich hin. Shibuya! Die Bahn hielt, die Türen glitten auf. Ich sah auf die Uhr. Ich war etwas zu früh. Gemächlich ging ich nach draußen. Auf einem kleinen Platz, inmitten von Bäumen und Ziersträuchern, stand das Denkmal Hachikos. Viele Mädchen und Jungen hatten sich dort verabredet. Alle Bänke waren besetzt. Ich spazierte langsam auf und ab, in Gedanken verloren. Vor zwei Tagen noch war ich wie alle anderen gewesen und hatte blind drauflosgelebt. Das war jetzt vorbei. Ich hatte ein neues Ich in mir entdeckt; ich kannte es noch nicht genau und wusste nicht damit umzugehen. Aber ich würde es schon lernen, dachte ich, das ist nur eine Zeitfrage.

Seiji kam einige Minuten nach vier. Er trug Jeans, ein hellblaues Hemd und seine Gürteltasche steckte voller Bücher, Notizhefte und Stifte. Meist wurde von jungen Leuten im Berufsleben eine formelle Kleidung verlangt: gut geschnittener Anzug, Krawatte, sauber geputzte Schuhe. Aber in freien Berufen herrschte kein Kleiderzwang, jeder zog sich an, wie er wollte. Wir sahen uns an und nahmen uns bei der Hand. Ich lächelte ihn an und er sagte:

»Jetzt gefällst du mir besser!«

»Mir geht es wieder gut«, erwiderte ich.

Er trat ganz nahe an mich heran. Wir standen Stirn an Stirn. Unsere Verwirrung durchflutete uns heftig.

»Wie lange hast du Zeit?«, flüsterte er.

»Ich muss die letzte U-Bahn erwischen.«

»Gehen wir zu mir?«

Ich nickte wortlos. Wir gingen zum Bahnhof zurück. Die

Fahrt dauerte lange. Wir standen eingeklemmt im Gedränge und redeten nur wenig; wir waren überglücklich, dass wir beisammen waren. Als wir ankamen, sank bereits die Sonne. In Tokio bricht die Dunkelheit früh herein. Seiji wohnte unweit vom Bahnhof im fünften Stockwerk eines Hochhauses. Das Studio hatte ihm ein Freund überlassen. Seijis Mutter hatte ein Riesentheater gemacht, als er auszog.

»Wie geht es deinen Eltern?«, fragte ich ihn.

»Ach, meine Mutter kommt langsam über die Sache hinweg. Und mein Vater ist auch zufrieden. Die Arbeit am Computer macht ihm Spaß. Seit einigen Tagen hat er auch nicht mehr so starke Rückenschmerzen und kommt mit weniger Medikamenten aus.«

»Oh, das ist gut!«, rief ich erfreut.

Seijis Vater saß seit Jahren gelähmt im Rollstuhl. Jetzt ließ er sich zum Programmierer ausbilden und schien dabei neuen Mut zu schöpfen. Ich mochte seinen Vater sehr. Mit Seijis Mutter war das eine andere Sache. Sie hatte Seiji sehr übelgenommen, dass er sein Studium abbrach, um als Kameramann in einem Fernsehstudio zu arbeiten. Dass er daneben mit Trickfilmen experimentierte und in Fachkreisen bereits beachtet wurde, interessierte sie nicht. Ein Sohn ohne Universitätsabschluss war in ihren Augen ein Versager. Ich wusste, dass meine Mutter ähnlich empfand, aber dieser Gedanke war für mich nicht maßgebend. Für mich zählte nur Seiji und das, was wir füreinander empfanden. Wir gingen über die Straße. Der unansehnliche Wohnblock aus den Siebzigerjahren stand gleich um die Ecke. Die Pachinko-Halle mit ihren flipperähnlichen Spielautomaten im Erdgeschoss war schon erleuchtet. Rockmusik dröhnte in voller Lautstärke, doch im Haus selbst war alles ruhig. Wir quetschten uns in den Aufzug. Seiji wühlte in seiner Tasche, um den Schlüssel zu finden. Das Studio war klein: der Arbeitstisch mit dem Computer, dem Filmmaterial und den vielen Pinseln, Tuschfarben und Malutensilien nahm den Großteil des Raumes ein. Das Bettzeug am Boden war nicht im Schrank verstaut; es ließ sich mit einer hübschen, bunt gemusterten Decke in ein Sofa verwandeln. Das gespülte Geschirr trocknete an der Luft, die Kochnische war aufgeräumt und durch die offene Tür sah man das winzige, blitzsaubere Badezimmer.

»Ich sehe, du hast Ordnung gemacht«, sagte ich. Er kicherte.

»Ich muss ja ständig darauf gefasst sein, dass du vorbeikommst. Kaffee?«, setzte er hinzu.

»Gerne.«

Seiji ließ Wasser in den Kessel laufen und drehte das Gas auf. Wenn er Zeit hatte, kochte er guten Kaffee. Es war ihm auch nicht zu umständlich, die Bohnen zuerst in einer Kaffeemühle zu mahlen.

»Perfektionist«, lachte ich.

»Das kommt vom Beruf«, erwiderte er fröhlich. »Die Liebe zum Detail.«

Bald kochte das Wasser. Seiji brühte den Kaffee auf und brachte zwei Tassen, Kondensmilch und braunen Zucker auf einem Tablett. Wir setzten uns auf die Bettdecke. Seiji goss ein. Der Kaffee war vorzüglich, wie immer.

»Ich kenne keinen Menschen, der so guten Kaffee macht wie du!«

Er kniff die Augen schelmisch zusammen. »Das freut mich aber!«

Ich nahm einen Schluck und lehnte den Kopf an seine Schulter. »Ach, Seiji! Du hast mir so viel geholfen. Ohne dich … ich weiß nicht, wie ich es überstanden hätte. Und ob ich den Mut gefunden hätte, mit meinem Vater zu reden. Sieh mal …« Ich schluckte verstört. »Er ist mein Vater und ich bin erst achtzehn. Und trotzdem fühle ich, dass ich offen zu ihm sein musste. Er wollte von mir hören, was er falsch gemacht hatte.«

»Warum hat er die Geschichte eigentlich so lange für sich behalten?«

Meine Hände zitterten. Ich stellte die Tasse behutsam auf das Tablett zurück. »Ich glaube … er schämte sich vor mir. Ich ahnte doch nicht, dass so was möglich wäre … dass man meine Familie so behandeln könnte. Es gab Leute, die meine Urgroßeltern und Großeltern als … als Minderwertige beschimpften! Sie waren zu den angesehenen Berufen nicht zugelassen und es gab Lokale, in denen sie nicht bedient wurden. Im Kino wurden sie auf die billigsten Plätze verwiesen. Ich war so schockiert, ich konnte es fast nicht glauben!«

»Aber das ist es ja gerade, was dein Vater wollte«, sagte Seiji. »Dir sollte niemals der Gedanke kommen, dass begabte, hochkultivierte Menschen ihrer Herkunft wegen diskriminiert werden können. Er wollte dich selbstsicher machen. Menschen, denen der Stolz niemals beigebracht wurde, nehmen es hin, dass man sie verachtet. Solche, die frei und selbstbewusst aufwachsen, können sich gegen Ungerechtigkeit erfolgreich wehren. Du solltest ein sicheres Bild von dir haben. Nur Menschen, die an sich selbst zweifeln, sind ungerecht und aggressiv. Sie tragen eine solche Angst in sich, dass sie sich selbst und den anderen ständig beweisen müssen, wie mutig sie eigentlich sind, ohne zu merken, dass ihre Schwäche umso deutlicher zum Vorschein kommt. Diese Menschen sind gefährlich: Sie kränken alle, die zu kränken in ihrer Macht steht. Dann erst fühlen sie sich wichtig. Sag, wann gehst du nach Kanada?«

»Im August. Zuerst muss ich aber Geld verdienen. Ich will meine Eltern nicht danach fragen. Nächste Woche kommt mein Onkel aus Vancouver. Ich werde die Sache mit ihm besprechen.«

Wir saßen nebeneinander und tranken unseren Kaffee. Seiji sah mich über seine Tasse hinweg zärtlich an. »Du siehst anders aus. Nicht mehr wie ein Panda.« Ich lächelte etwas traurig. Er hatte recht: Dieser Kosename von früher passte nicht mehr zu mir.

»Das sagte auch Nina heute Morgen. Du musst sie mal kennenlernen. Sie ist ein seltsames Mädchen, so grob und doch so feinfühlig. Sie ist Halbjapanerin, weißt du. Ich hätte nie gedacht, dass ich eines Tages wie sie empfinden würde. Aber jetzt verstehe ich sie gut. Irgendwie bin ich ja wie sie.«

»Du bist stark«, sagte Seiji. »Das mag ich so an dir.«

»Ach«, tat ich überrascht, »bin ich das wirklich?«

Er fuhr behutsam mit dem Zeigefinger über meinen Rücken. »Starke Menschen sind auch sanft. Sie haben es nicht nötig, zu brüllen oder zu toben.«

»Aber manchmal tobe ich doch. Ich kann sehr wütend werden. Als der Brief von Tante Mayumi kam, da war ich schrecklich wütend.«

»Du warst traurig.«

»Ja, das auch. Es war schlimm. Und seitdem …« Ich stockte.

Er vergrub seinen Mund in meinem Haar. »Ja? Was denn?«

Ich lachte etwas verlegen. »Ich … ich habe das Gefühl, dass ich ganz plötzlich älter geworden bin. Ich kann mich noch nicht daran gewöhnen. Es ist noch etwas verwirrend.«

»Ich glaube«, sagte Seiji leise, »das kommt vor, wenn man … in gewissen Momenten … zu gewissen Entscheidungen gezwungen wird.«

Ich drückte mich enger an ihn. »Ach, wie gut ist das, wenn man mit jemandem über alles reden kann!«

»Ja«, hauchte Seiji.

Wir hatten unseren Kaffee ausgetrunken und hielten uns eng umschlungen. Es war schön, sich so nahe zu sein, ruhig mit sich selbst, den warmen Atem des anderen zu spüren.

Nach einer Weile sagte ich: »Ich glaube, dass ich dich nicht genügend fühlen ließ, wie dankbar ich dir bin. Du hattest so viel Geduld mit mir. Ich konnte ja nur noch heulen oder toben.«

»Du hättest es auch alleine geschafft.«

»Aber es hätte länger gedauert.«

»Ich bin für dich da«, sagte er schlicht.

Ich strich mit der Hand über seinen Mund. »So habe ich mir

immer die Liebe vorgestellt. Dass man alles teilt. Auch die Sorgen und den Schmerz.«

Er küsste meine Handfläche. »Lieben heißt, einander zu vertrauen. Ohne das geht es nicht.« Und weil mir war, als ob sich mein eigenes Leben von mir lösen würde, um in ihm zu leben, verstand ich ihn. Ich streichelte ihn und sagte, er solle keine Angst haben. Ich würde bald zurückkommen.

Er umfasste mein Gesicht. »Werden wir uns niemals verlassen?«

»Niemals.«

»Sag es noch einmal«, bat er.

Ich löste mich von ihm, um ihn ganz anzusehen. »Ich werde dich niemals verlassen.«

5 Am Donnerstag kam Onkel Robin. Wir holten ihn am Flughafen Narita ab. Meine Mutter saß am Steuer. Sie fuhr besser als mein Vater, der täglich die U-Bahn nahm. Eigentlich dauerte die Fahrt nur eine Stunde, aber wie üblich waren die Straßen verstopft. Die Randbezirke Tokios schienen sich ins Endlose auszudehnen: Fabriken und Hafenanlagen, Wohnblöcke, Beton, schneeweiße Hochhäuser mit glitzernden Fensterfronten. Auf den kleinen Balkonen flatterte Wäsche. Wir kamen nur langsam vorwärts, doch allmählich wurde die Landschaft grüner. Holzhäuser mit blau schillernden Ziegeldächern waren von dichten Baumhecken umgeben. Doch auf der tief liegenden Autobahn fuhren wir meistens an Betonmauern vorbei, bis die Flughafenanlage mit ihren Landepisten, mehrstöckigen Hotels, Ausfallstraßen und Parkhäusern in Sicht kam.

»Gut, dass wir früh gefahren sind«, meinte mein Vater. »Das Flugzeug wird jeden Augenblick landen.«

Wir hatten Glück und fanden schnell einen Parkplatz. Einige Minuten später warteten wir in der Ankunftshalle. Da Robins Besuch ein Traueranlass war, trugen wir dunkle Kleidung. Meine Mutter hatte ein gut sitzendes Kostüm an. Ihre

Lippen waren unauffällig geschminkt und sie trug ihr Haar zu einem Knoten geschlungen. In dem dunkelgrauen Anzug, den er selten trug, sah mein Vater eigentümlich blass und etwas distanziert aus. Ich hielt meinen Blazer auf dem Arm. Auf Wunsch meiner Mutter trug ich eine hochgeschlossene Bluse und den wadenlangen Faltenrock meiner ehemaligen Schuluniform.

Die Maschine der Canadian Pacific landete pünktlich. Bald darauf betraten die Passagiere mit ihren Gepäckwagen die Ankunftshalle. Robin kam als einer der letzten. Wir tauschten einen befangenen Gruß. Mein Vater und Robin gaben sich die Hand. Nach kurzem Zögern hielt ihm meine Mutter ebenfalls die Hand hin, während ich mich scheu verneigte.

Robin Levoy wirkte stark gealtert. Sein blondes Haar war dünn und fast weiß geworden.

»Du meine Güte!«, sagte er zu mir. »Ich kenne dich ja kaum wieder. Wie alt warst du eigentlich, als wir uns das letzte Mal sahen?«

»Ich weiß nicht«, antwortete ich verlegen. »Vierzehn, glaube ich …«

»Schade, dass traurige Umstände der Anlass für unser Wiedersehen sind«, sagte Robin gepresst.

Mein Vater nickte ausdruckslos. »Hatte sie starke Schmerzen?« Er sprach von Mayumi.

Robins Gesicht verkrampfte sich. »In letzter Zeit nicht mehr. Der Arzt gab ihr ein Mittel, das sie gut vertrug.«

Bedrückt gingen wir zum Wagen zurück. Robin war schon immer schlank gewesen. Jetzt war er mager. Ich beobachtete ihn verstohlen. Er hatte tiefe Falten um die Mundwinkel und Tränensäcke unter den Augen. Die Konturen seines Gesichtes waren seltsam verwischt. Auf der Rückfahrt fiel mir auf, dass er niemals lächelte, ja, nicht einmal ein Lächeln andeutete, und sei es nur aus Höflichkeit. Ich beteiligte mich wenig am Gespräch und hatte den Eindruck, dass Robin nicht über Mayumis Krankheit reden wollte. Man spürte, dass er nur widerwillig an die Zeiten ihres Leidens zurückdachte. Dafür erzählte er uns vom letzten Golfturnier, das Mayumi gewonnen habe. Der Siegerpokal sei ihr scheußlich vorgekommen. »Ich will diesen Suppentopf nicht sehen!«, habe Mayumi gesagt und ihn in einen Schrank gestellt.

Ich fühlte, Robin zehrte von den Erinnerungen und tat alles, um sie gegenwärtig zu halten. Er fürchtete sich vor der Zeit, die kam und ging und die Erinnerungen verblassen ließ, bis das Vergessen über alles siegte. Dies spürte ich und noch viel mehr: Robin und Mayumi hatten sich geliebt, wahrhaft geliebt. Und jetzt war sie tot. Auch mein Vater sprach nur das Nötigste. Es war eine Befangenheit, eine Beklemmung in ihm. Und ich wusste, sie hing mit Mayumis Abschiedsbrief zusammen.

Wir hatten ein Gästezimmer, aber Robin zog es vor, in einem nahen Hotel zu wohnen. Mein Vater hatte ihm ein Zimmer für zwei Nächte reserviert. Länger konnte er nicht bleiben. Robin hatte eine Firma für Medizininstrumente gegründet, die zwanzig Mitarbeiter beschäftigte.

Er erzählte uns, dass er im Begriff sei, die Firma seinem Partner zu übergeben. »Am Montag haben wir einen Termin beim Notar. Ich bin siebzig, das Ganze wird mir allmählich zu viel. John ist fünfzehn Jahre jünger. Er kam als Buchhalter in unsere Firma und ist jetzt Prokurist.«

Ich wusste, dies war nicht der einzige Grund, warum er so schnell wieder abreisen wollte: Das Trauern um Mayumi, mit der Familie zusammen, überstieg seine Kräfte. Er wollte mit seinem Kummer alleine sein, ihn nicht mit anderen teilen. Ich verstand ihn gut; wahrscheinlich hätte ich ähnlich reagiert.

»Vielleicht übernimmt John auch das Haus«, fuhr Robin fort. »Was soll ich mit sechs Räumen und vierhundert Quadratmeter Garten? John ist verheiratet und hat zwei lebhafte Jungen. Mir genügt eine Zweizimmerwohnung. Außerdem habe ich vor, Vancouver zu verlassen.«

Mir kamen meine Pläne in den Sinn. »Wann denn?«, rief ich, etwas erschrocken.

»Ach, bis der Papierkram erledigt ist, wird es wohl Herbst.«

Ich atmete auf und mein Vater fragte: »Wo ziehst du hin?«

»Nach Montreal, zu meiner älteren Schwester Alice. Sie hat ihren Mann vor zwei Jahren verloren. Augenblicklich wohnt sie bei mir und kümmert sich um das Haus.«

Ich muss mit ihm reden, dachte ich, hoffentlich finde ich bald eine Gelegenheit.

Die Beisetzung sollte gleich morgen stattfinden. Meine Mutter hatte bereits alles in die Wege geleitet. Die Zeremonie würde im engsten Familienkreis stattfinden. Nur meine Großmutter mütterlicherseits würde anwesend sein. Meinem Großvater ging es nicht gut; er hatte starken Husten und wollte der Zeremonie lieber fernbleiben.

Wir fuhren Robin zu seinem Hotel. Abends hatte meine Mutter ein Essen bei uns vorgesehen. Mein Vater sagte, er werde Robin gegen sieben abholen. Er begleitete ihn zur Rezeption. Robin konnte nur wenige Worte Japanisch und die Schriftzeichen waren ihm völlig fremd.

»Er sieht leidend aus«, sagte meine Mutter, als wir nach Hause fuhren. »Ich habe ihn nicht so alt in Erinnerung.«

Mein Vater nickte nur. Er war an diesem Abend sehr wortkarg und verzog sich bald in sein Arbeitszimmer. Ich half meiner Mutter beim Zubereiten des Abendessens. Auch wir sprachen nur wenig. In letzter Zeit wussten wir nicht mehr genau, welchen Ton wir miteinander anschlagen sollten.

Um sieben war das Essen fertig. Mein Vater ging, um Robin zu holen. Wir warteten. Es wurde acht und sie waren noch nicht da.

Meine Mutter zeigte einen Anflug von Ungeduld. »Wo stecken sie nur? Es wird ja alles kalt!«

Ich wandte den Blick ab. »Ach, sie werden einiges zu besprechen haben.«

»Nun, zum Glück ist Robin ein vernünftiger Mensch«, sagte meine Mutter kalt.

Ich hielt die bissige Antwort, die mir auf der Zunge lag, zurück. Ich wollte sie nicht herausfordern. Es wurde halb neun, als mein Vater und Robin endlich zurückkamen. Robin hatte die Urne mit Mayumis Asche, in weißer Seide eingewickelt, meinem Vater überreicht. Da Mayumi im Ausland gestorben war, gab es keine offizielle Trauerfeier. Wie die meisten Japaner, gehörten wir dem Shintoglauben an, aber die Sterberiten waren stets buddhistisch. In der buddhistischen Vorstellung wird der Tod mit einer Reise gleichgestellt. Wir glauben, dass die buddhistischen Heiligen den Trauernden Trost bringen und die Seele der Verstorbenen auf ihrer Reise ins Jenseits begleiten. Auch wir besaßen einen kleinen Hausaltar aus dunklem gelacktem Holz. Im Schrein befanden sich ein kleiner Buddha aus Bronze, ein Weihrauchgefäß, zwei kleine kupferne Leuchter sowie ein Rosenkranz aus geschliffenen Kristallen. Als engster Verwandter der Verstorbenen stellte mein Vater die Urne in den Schrein, zündete zwei Kerzen und ein Weihrauchstäbchen an. Wir verneigten uns, stumm und ergriffen. Ich spürte gleichzeitig Trauer, aber auch eine seltsame Ruhe in mir. Ich wusste, dass Mayumis liebende Seele bei uns war; ich fühlte es so deutlich, dass mir die Tränen kamen. Ich warf einen kurzen Blick auf meinen Vater. Unsere Augen begegneten sich. Ja, dachte ich, er empfindet es auch. Sein Blick sagte mir auch noch mehr: dass er mit Robin über alles gesprochen hatte.

Das Essen verlief still. Robin aß wenig, mit dem Ausdruck eines Menschen, der mit seinen Gedanken weit weg ist. Unaufgefordert erzählte er jedoch, dass er mit Tante Chiyo ein paar Mal telefoniert habe. Die alte Dame habe sich in ihrer zurückhaltenden Art sehr betroffen gezeigt.

»Hast du sie gesehen?«, fragte mein Vater in beiläufigem Ton.

Robin schüttelte den Kopf. »Nein, sie bat mich, sie zu entschuldigen. Sie sei bei schlechter Gesundheit. Doch sie sprach mir tiefes Mitgefühl und Beileid aus.«

Ob sie wohl wusste, dass Robin bei meiner Großmutter war? Wahrscheinlich nicht. Robin wird es ihr nicht gesagt haben. Was mag das für eine Frau sein?, überlegte ich. Ich muss sie sehen, mit ihr sprechen. Mein Magen verkrampfte sich. Ich achtete nicht mehr auf die Dinge, die ich in den Mund steckte. Ich wusste, nur Chiyo konnte mir sagen, was sich damals, nach dem Krieg, wirklich ereignet hatte.

Es wurde ein merkwürdiger Abend. Ein feiner Schleier der Verlegenheit hüllte uns ein. Wir erwogen behutsam jedes Wort. Vielleicht war es Feigheit, dass keiner offen seine Gefühle und Gedanken aussprach. Oder auch die Besorgnis, den anderen nicht zu verletzen. Wahrscheinlich eine Mischung von beidem. Ich erfuhr, dass Mayumi mir Geld hinterlassen hatte. Ich konnte darüber verfügen, sobald ich volljährig war, also in zwei Jahren. Inzwischen lag es auf der Bank und trug Zinsen. Ich war gerührt und etwas verlegen, dass Mayumi an mich gedacht hatte, und dankte Robin mit linkischen Worten.

Robin verabschiedete sich bald nach dem Essen; die Zeitverschiebung machte ihm zu schaffen und er wollte ruhen. Mein Vater brachte ihn ins Hotel zurück und ich räumte mit meiner Mutter den Tisch ab. Sie stellte ihr schönes Geschirr behutsam ineinander.

»Ich denke oft«, sagte sie plötzlich, »dass man sich durch einen solchen Schicksalsschlag auch von einem Teil des eigenen Lebens löst. Etwas in uns stirbt; wir müssen lernen, das Richtige zu tun, wie ein Kind, dem es neu beigebracht wird.«

Ich warf ihr einen erstaunten Seitenblick zu. Das Weiche in

ihrem Wesen kam selten zum Vorschein. Manchmal aber glitt, wie ein Schimmer, etwas Zartes, Mitfühlendes über ihre Züge. In solchen Augenblicken verstand ich, warum mein Vater sie liebte.

Aber wie immer, wenn sie etwas sagte, das zu deutlich ihre Empfindungen ausdrückte, fügte sie schnell eine Banalität hinzu: »Hoffentlich hat Robin einen dunklen Anzug mitgebracht. In seiner grünen Strickjacke kann er sich unmöglich auf dem Friedhof blicken lassen!«

Da sich der Friedhof außerhalb von Tokio befand, standen wir am nächsten Morgen früh auf. Meine Mutter hatte ihr schwarzes Kostüm an, dazu eine schlichte Bluse. Als einzigen Schmuck trug sie eine Perlenkette. Auch ich war dunkel gekleidet, ebenso wie mein Vater, der die Urne brachte. Wir fuhren zusammen zum Hotel. Meine Mutter hatte keine Gelegenheit zu meckern, denn Robin erschien im formellen Nadelstreifenanzug. Danach holten wir meine Großmutter ab. Sie war mit der U-Bahn gekommen und stand vor dem Bahnhof, eine zierliche Frau, noch zierlicher in ihrem schwarzen Kimono und ihrer in dunklen Laubtönen schillernden Gürtelschärpe. Wir begrüßten ehrerbietig die alte Dame und überließen ihr den Vordersitz. Hinten wurde es jetzt etwas eng, aber wie alle japanischen Wagen hatte auch der unsrige eine Klimaanlage. Meine Großmutter sprach kein Wort Englisch und konnte sich mit Robin nur unterhalten, wenn jemand übersetzte. Die Fahrt dauerte fast zwei Stunden. Als wir die letzten Stadtbezirke hinter uns ließen, zeigte sich der Fuji-Berg hinter den bewaldeten Hügeln. Der frühsommerliche Dunst verwischte seine Konturen, die am diesigen Himmel kaum sichtbar waren.

»Es ist seltsam«, sagte Robin plötzlich. »Auf Bildern und Reiseprospekten wird der Fuji-Berg immer in leuchtenden Farben gezeigt. Hier erscheint er mir wie ein Traum, ein Phantom eines Berges. Und so erscheint mir auch mein Leben an Mayumis Seite, als hätte ich nur geträumt. Es war ein schöner Traum, voller Liebe und Glück. Aber jedem Traum folgt unvermeidlich das Erwachen. So muss ich mich wohl damit abfinden.«

Er hatte leise gesprochen, wie für sich selbst. Meine Mutter achtete auf die Straße und meine Großmutter döste vor sich hin. Mir jedoch schnürte Robins Schmerz die Kehle zu und ich spürte, dass es meinem Vater ebenso ging.

Wir parkten vor dem Friedhofeingang. Meine Mutter erledigte die nötigen Formalitäten. Der Priester erwartete uns in langer dunkler Robe. Er schien ein fröhlicher Mann zu sein, dem es offenbar schwerfiel, sein birnenförmiges Gesicht zu feierlicher Gemessenheit zu zwingen. Er verneigte sich und geleitete uns zum Grab. Ein jüngerer Priester trug einen Eimer aus Weidenholz, in dem ein Schöpflöffel aus Bambus schwamm. Vor unserem Familiengrab warteten schon zwei Gehilfen. Sie hatten die große Granitplatte auf die Seite geschoben. Mayumis Urne wurde behutsam durch die Öffnung hinuntergelassen. Ich sah die Urnen, die dort standen: Sie enthielten die Asche meiner Urgroßeltern. Auch mein Großvater ruhte dort, denn keiner unserer Familie war in Kanada beigesetzt worden.

Der Priester hatte seine Predigt begonnen. Er stand ganz ruhig, nur seine Lippen und Hände bewegten sich. Seine tiefe Stimme klang heiter. Er sprach von Mayumi, indem er ihren Todesnamen erwähnte. Wie es Brauch war, hatte die Verstorbene, die jetzt in ein neues Leben einging, auch einen neuen Namen erhalten. Dann wurde die Steinplatte wieder über die Öffnung gelegt.

Ich dachte: Eines Tages werde auch ich hier ruhen. Seltsamerweise war mir der Gedanke nicht unbehaglich, sondern gab mir ein Gefühl von Frieden und Gelöstheit. Jeder von uns verneigte sich vor dem Grab. Aus Verehrung für die Verstorbenen schöpften wir mit dem Löffel Wasser und gossen es über den Granitsockel. Damit war die Zeremonie zu Ende. In einem weißen, speziell für Traueranlässe dekorierten Umschlag überreichte meine Mutter dem Priester Geld als Spende für die Friedhofsanlage.

In der Nähe des Tempels befand sich ein Restaurant, wo wir vor der Heimfahrt einen Imbiss bestellten. Die Stimmung war immer noch gedrückt. Robin sah müde und blass aus. Er trank nur einen Schwarztee, mehr wollte er nicht zu sich nehmen.

Meine Großmutter, die ihn eine Zeit lang besorgt angeblickt hatte, beugte sich plötzlich über den Tisch hinweg zu ihm hin. Mit einer kleinen Geste rief sie meinen Vater zum Übersetzen zu Hilfe. Aus ihren matten Augen sprach Mitgefühl. Langsam und eindringlich sagte sie:

»Robin-San, Sie dürfen nicht mehr trauern. Sie müssen fröhlich sein, um ihr eine Freude zu machen. Denken Sie an früher. Schöne Erinnerungen bewahren die Menschen vor dem Alleinsein und geben ihnen die Kraft zu überleben.«

Robin sah sie an; seine Wimpern zuckten. Dann huschte zum ersten Mal ein flüchtiges Lächeln über sein Gesicht. »Arrigato – Danke!«, stieß er rau hervor. »Ich werde mir Ihren Rat zu Herzen nehmen.«

Meine Großmutter lehnte sich zufrieden zurück. Zu meiner Mutter gewandt, setzte sie auf Japanisch hinzu: »Männer sind wahrhaftig hilflos im Leben. Ohne uns Frauen stünde es schlimm um sie. Neh?«, schloss sie ihren Satz, was so viel bedeutete wie »Ist es nicht so?«, worauf meine Mutter bejahend nickte.

Ich schwieg, trank Cola und aß ein Sandwich. Ich fragte mich, wann ich endlich Gelegenheit haben würde, mit meinem Onkel zu reden.

Die Gelegenheit bot sich schneller, als ich dachte. Wir brachten Großmutter, die während der Fahrt einschlief und sogar leicht schnarchte, zu ihr nach Hause. Als wir in Seijo ankamen, dunkelte es bereits. Robin aß mit uns zu Abend. Nach dem Essen sah er mit meinem Vater einige Papiere durch. Doch er war ziemlich müde und gähnte. Gegen neun sagte er: »Ich glaube, ich gehe schlafen. In letzter Zeit lege ich mich immer früh zu Bett. Eine Alterserscheinung, nehme ich an.«

Ich kam rasch aus der Küche. »Onkel Robin, darf ich dich zum Hotel bringen?«

Ich erhaschte einen Blick meines Vaters. Er wandte sofort die Augen ab, doch ich spürte, er gab mir sein Einverständnis.

Robin nickte mir freundlich zu. »Wenn du möchtest.«

»Halt ihn nicht zu lange auf«, sagte meine Mutter, als sie uns zur Tür begleitete. »Du siehst doch, wie erschöpft er ist.«

Wir schlüpften in unsere Schuhe und traten nach draußen in die Dunkelheit. Sterne funkelten wie glühende Kohlen am Himmel. Das rote Licht eines Flugzeuges blinkte. In der Ferne rauschte der Verkehr, ein Feuerwehrauto fuhr mit heulenden Sirenen durch die Gegend. Wir gingen an finsteren Gärten vorbei, an Häusern, deren goldenes Licht nur spärlich durch die matten Scheiben leuchtete. Eine Zeit lang waren wir still. Ich wusste nicht, wie und womit beginnen.

Robin spürte meine Verlegenheit und kam mir zu Hilfe. »Norio sagte mir, dass Mayumis Brief dich sehr erschüttert habe. Offen gestanden, waren wir damals unentschlossen, ob wir dir schreiben sollten oder nicht. Mayumi war der Meinung, dass du Bescheid wissen solltest.«

Ich schluckte mühsam. »Ich bin ihr dankbar dafür, dass sie mir alles erklärt hat.«

»Du hättest es ihr auch übelnehmen können.«

Ich schüttelte den Kopf. »Es hat mich verwirrt, aber übelgenommen habe ich es ihr nicht. Es war schon das Beste, dass ich es erfuhr. Mein Vater hätte ja niemals von selbst davon angefangen.«

»Es war zu schwer für ihn«, sagte Robin mit müder Stimme. »In ihm war als Kind etwas zerbrochen. Nach den strengen Sitten von damals hatte sein Vater Noburo der Familienehre zuwidergehandelt. Das sind Dinge, die ein junger Mensch von heute kaum nachvollziehen kann. Ich möchte sagen: zum Glück.«

In einem Garten bellte ein Hund. Ich betrachtete unsere beiden Schatten, die das Sternenlicht neben uns auf den Asphalt warf.

»Ich bin nicht mehr traurig«, sagte ich. »Ich war es eine Weile, aber nicht deswegen. Ich war … von meinen Eltern enttäuscht.«

Er musste jetzt denken, dass ich vorlaut war, doch er nickte gelassen. »Ich glaube, ich hätte ähnlich empfunden.«

»Später habe ich über alles nachgedacht und auch meinen Vater besser verstanden. Jetzt bin ich ihm nicht mehr böse. Er wollte ja nur mein Bestes.«

»Ich glaube, viele Eltern wollen ihre Kinder vor dem Leben schützen«, meinte Robin. »Aber dadurch erschweren sie ihnen den Kampf, wenn sie aus der Kinderstube ins Erwachsenenalter treten.« Er stockte kurz und setzte hinzu: »Wären Mayumi und ich nicht kinderlos geblieben, hätten wir es kaum besser geschafft. Kinder sind manchmal erbarmungslos.«

Wir waren vor dem hell erleuchteten Hotel angekommen.

Ich holte tief Luft. Jetzt oder nie. »Onkel Robin«, platzte ich heraus. »Wie geht es meiner Großmutter? Was für ein Mensch ist sie? Wie sieht sie aus?«

Robin starrte mich an; ich merkte, dass meine Wangen brannten. Plötzlich hörte ich ein unerwartetes Geräusch und sah verwirrt zu ihm empor. Hatte mein Onkel gelacht?

»Drei wichtige Fragen auf einmal! Nun, ich glaube, die

kann man schlecht hier im Stehen beantworten. Deine Eltern haben hoffentlich nichts dagegen, wenn ich dich zu einem Drink einlade?«

Die Bar im Untergeschoss war in Braun- und Goldtönen gehalten. Kleine Lämpchen glühten im Helldunkel. Eine Bardame im grün schillernden Kimono stand hinter der Theke und plauderte mit Geschäftsleuten, die auf ledernen Barhockern saßen. Aus dem Lautsprecher ertönte sanfte Musik und ich fühlte mich ein wenig benebelt. Onkel Robin führte mich an einen kleinen Tisch in einer Nische, wo wir ungestört plaudern konnten. Die Bardame kam um die Theke herum und verneigte sich. Ihr Lippenstift glänzte wie Rubin, ein spöttischer Funke tanzte in ihren Augen. Ich vermutete, was sie dachte: Da ist wieder ein alter »Gaijin«, ein Ausländer, der sich ein blutjunges Mädchen aufgegabelt hatte. Der Gedanke stand ihr so deutlich im Gesicht geschrieben, dass ich nur mit Mühe ein nervöses Kichern unterdrücken konnte.

»Was trinkst du?«, fragte Robin arglos.

»Ich hätte gerne eine Cola. Aber ohne Eis.«

»Ich nehme einen Whisky«, sagte Robin.

Die Bardame brachte die Getränke, schenkte den Whisky ein und goss Wasser hinzu. Robin zeigte ihr das Maß, indem er die Finger spreizte.

»Eigentlich mag ich keinen Whisky«, gestand er, »aber ich habe das Gefühl, dass ich jetzt einen nötig habe.«

Er führte das Glas an seine Lippen und atmete den Duft des Whiskys mit leichtem Widerwillen ein.

»Auf dein Wohl«, sagte er, bevor er trank.

Ich nippte an meiner Cola und wartete.

Robin verzog ein wenig das Gesicht und stellte das Glas wieder hin. »Um auf deine Frage zurückzukommen: Die Geschichte von Noburo und seiner indianischen Frau kannte ich natürlich von Anfang an. Mayumi hatte mich allerdings gebeten, sie Chiyo gegenüber niemals zu erwähnen.«

»Ich kenne Tante Chiyo nicht«, warf ich ein. »Sie schickt uns einmal im Jahr eine Neujahrskarte, das ist alles.«

»Nun«, meinte Robin, »man könnte die alte Dame als etwas schwierig bezeichnen. Ich habe das Gefühl, dass ihr Leben irgendwo in der Vergangenheit stecken geblieben ist. Auf der anderen Seite ist sie eine bemerkenswerte Frau mit großer Charakterstärke. Wir sahen sie selten. Mayumi hatte wenig Geduld mit ihr und nannte sie immer die ›Ehrenwerte Versteinerung‹.«

Robin lächelte schwach und fuhr fort:

»Die Geschichte deines Großvaters Noburo hat mich immer fasziniert. Er muss ein ungewöhnlich furchtloser und eigenwilliger Mensch gewesen sein. Über die Vorurteile seiner Zeit setzte er sich hinweg und spielte auch nicht das arme Opfer. Ich habe mich oft gefragt, ob ich seinen Mut wohl aufgebracht hätte. Die Antwort fiel leider nicht zu meinen Gunsten aus.«

Robin verzog das Gesicht und sprach weiter.

»Nach dem Tod ihrer Eltern war Chiyo Familienoberhaupt. Sie ließ Noburo fühlen, dass er versagt hatte. Dann starb er. Sie erfüllte ihm gegenüber ein Versprechen und nahm seinen kleinen Sohn zu sich. Die Jahre vergingen. Mayumi und ich sprachen manchmal von Noburos indianischer Frau und fragten uns, ob sie wohl noch am Leben sei. Aber Mayumi wollte sich nicht allzu sehr einmischen. Sie meinte, es sei Sache deines Vaters, Nachforschungen über sie einzuholen. Doch dein Vater lebte in Japan und unternahm nichts. Dann erkrankte Mayumi. Ihr Gewissen plagte sie zunehmend stärker und der Gedanke an Blue Star ließ sie nicht mehr los.«

Robin stützte das Kinn in die Hand. Seine rot unterlaufenen Augen starrten ins Leere.

»Es war, als ob die geheimnisvolle Unbekannte über Raum und Zeit einen Faden gesponnen hätte, der sie mit Mayumis Herz verband. Als sie mich bat, nach Süd-Alberta zu fahren und Erkundigungen über Blue Star einzuholen, wusste ich bereits, dass Mayumi sterben würde. Obgleich mein Herz beim Gedanken blutete, sie in dieser schweren Zeit alleine zu lassen, erfüllte ich ihren Wunsch. Die Indianer gaben mir bereitwillig Auskunft. Es war erstaunlich leicht, Blue Star ausfindig zu machen. Sie wohnt in der Nähe eines Dorfes mit Namen Cattle Creek. Ihr Haus, eine roh gezimmerte Holzhütte, steht abseits in einer Waldlichtung. Obwohl ich unangemeldet kam, schien sie kaum verwundert, mich zu sehen. Fast schien es, als ob sie mich erwartet hätte …«

Mein Herz klopfte. Ich beugte mich vor. »Wie sieht sie aus?«

Robin schmunzelte. »Erstaunlich gut, für ihr Alter. Ich glaube sogar, sie sieht dir ähnlich.«

Ich fühlte, wie meine Wangen heiß wurden. »Ich … ich habe von ihr geträumt.«

»Oh, wirklich?« Robin nickte nachdenklich vor sich hin. »Es

gibt manchmal Dinge im Leben, für die wir keine Erklärung finden. Ich selbst betrachte mich als durchaus nüchternen, rational denkenden Menschen. Aber die Begegnung mit Blue Star machte mich betroffen. Vielleicht hatte Mayumis Krankheit meine Empfindsamkeit verschärft. Das, was Blue Star mir bekannt gab, brachte etwas in mir zum Schwingen, das tief in mir lag und ich nicht wahrhaben wollte. Sie sagte mir auch, dass Mayumi ›am Ende ihres irdischen Pfades‹ sei, aber jetzt ›eine andere Schwelle betreten wird‹. Ihre tröstenden Worte gaben mir die Kraft, meinen eigenen Schmerz zu überwinden, um Mayumi beizustehen.« Er senkte den Kopf.

Ich entgegnete nichts, gleichsam stolz und befangen, dass er mich so eng ins Vertrauen zog …

Robin erzählte weiter: »Sie wusste, dass ihr Sohn in Japan lebte und eine Tochter hatte. Wie sie das in Erfahrung gebracht hatte, ist mir ein Rätsel. ›Teile meiner Enkelin mit‹, sagte sie, ›die Blätter weichen der Klinge aus.‹ Was ist das für ein Gefasel?, dachte ich und bat um nähere Erklärung. Doch Blue Star sagte nur: ›Meine Enkelin wird die Worte verstehen.‹«

Ich nickte zustimmend. »Es geht um das Schwert, das Mayumi meinem Großvater bei seiner Flucht anvertraut hatte.«

»Jetzt wird mir einiges klar«, sagte Robin. »Mayumi bereute es zutiefst, dass sie ihren todkranken Bruder beschuldigt hatte, sich von dem Erbstück auf frevelhafte Weise getrennt zu haben. Trotz ihrer Fröhlichkeit verfolgten sie traurige Schatten. Blue Stars Mitgefühl brachte ihr Frieden und erleichterte ihr das Ende. Sie starb mit dem Trost, dass rechtschaffene Menschen auf Gerechtigkeit hoffen dürfen.«

Ich fühlte, wie mir die Tränen hervorbrachen. Vor meinen Augen verschwammen die rosa Lämpchen in der Bar und verwandelten sich in flimmernden Nebel. Ich blinzelte und nahm einen Schluck. Das kalte Getränk beruhigte mich, sodass ich wieder klar denken konnte. »Onkel Robin, ich habe vor, nach Kanada zu kommen. Ich möchte meine Großmutter kennenlernen.«

Er sah nicht im Geringsten überrascht aus, sondern fragte nur: »Wissen deine Eltern schon Bescheid?«

»Mein Vater ist einverstanden. Was meine Mutter betrifft ...« Ich stockte und zog die Schultern hoch. »Man muss es ihr sachte beibringen.«

Robin schmunzelte. »Ich verstehe. Wann fährst du?«

»Im August. Im Juli arbeite ich und verdiene mir das Reisegeld.«

»Der Aufenthalt wird dir nicht zu teuer kommen«, meinte Robin. »Du wohnst ja bei uns. Deine Großmutter wird sich sehr freuen«, setzte er hinzu. »Ich nehme ein paar Tage frei und fahre dich zu ihr.« Das war bedeutend mehr, als ich erhofft hatte. »Oh, ich danke dir!«, rief ich erfreut und verlegen. »Aber ich will dir keine Umstände machen.«

»Im Gegenteil. Alice möchte dich schon lange kennenlernen. Sie verstand sich ausgezeichnet mit Mayumi.«

Meine Wangen brannten. Ich war glücklich. Doch ich hatte noch etwas auf dem Herzen. »Ich ... ich möchte auch Tante Chiyo besuchen. Glaubst du, dass sich das einrichten ließe?«

»Selbstverständlich«, erwiderte er ruhig. »Warum denn nicht?«

Ich atmete erlöst auf und Robin sagte gütig:

»Ich habe den Eindruck, du stellst dir alles schwieriger vor, als es ist.« Er erstickte ein Gähnen.

Ich merkte, wie müde er war. Mit einer Verbeugung dankte ich ihm für seine Geduld und sein Entgegenkommen. »Ich sollte jetzt gehen.«

Robin zahlte an der Kasse. Als wir uns in der Halle verabschiedeten, sagte er plötzlich:

»In letzter Zeit bin ich nie ohne Schlaftabletten ausgekommen. Wenn ich schlief, schmerzte alles weniger. Da hatte ich nichts, niemanden mehr, auch mich selbst nicht. Aber vielleicht wird es jetzt besser.« Er legte mir die Hand auf die Schulter. »Ich bin froh, dass du kommst. Hoffentlich hört deine Familie bald auf, in alten Erinnerungen zu kramen. Wie konnten Menschen, die sich liebten, einander so viel Leid zufügen? Jetzt haben sie noch eine Chance. Vielleicht stehen sie vor einem neuen Anfang.«

6

Der Juni ist die unangenehmste Jahreszeit in Japan. Es regnet fast täglich. Dieser Regen wird »Tsuyu«, »Regen der Pflaumenbäume«, genannt, da jetzt die Pflaumen reifen. Doch in Tokio verwandelte sich dieses poetische Bild in ein deprimierendes Plätschern und Tropfen. Stundenlang fiel Nieselregen; die durchnässten Kleider blieben auf der Haut kleben. Einen Regenmantel anzuziehen, kam nicht infrage: Es war viel zu heiß. Manchmal ließ der Regen nach und weißes Sonnenlicht schmerzte in den Augen. Dunst und Wolkenflocken zogen am Himmel vorbei. Die Luft war feucht und stickig und in den alten Stadtvierteln stank es nach Kloake. Die Klimaanlagen liefen mit voller Stärke und brachten kaum Erleichterung. Nina stand mit ihnen auf Kriegsfuß und lief, trotz der Hitze, mit einer Strickjacke herum. »Dieser eiskalte Luftzug, wenn man nass geschwitzt ist! Ich habe immer Angst, ich hol mir eine Lungenentzündung.«

»Ich weiß nicht«, erwiderte ich überrascht, »mich stört das überhaupt nicht.«

»Ihr Japaner seid wirklich komisch«, meinte Nina kopfschüttelnd.

Ich lachte und sie lachte mit mir. Wir saßen auf einer Bank

im Campus. Die Wolken hatten sich verteilt, die Sonne schien uns blendend ins Gesicht. Neue Wolken formten sich bereits und zogen über den stahlblauen Himmel. Studenten mit Regenschirmen kamen und gingen.

»Alle laufen hier mit Regenschirmen herum«, stellte Nina fest. »Das ist witzig. In Deutschland werden die Jungen lieber nass, als dass sie sich mit einem Schirm blicken lassen.«

Seit einigen Wochen hatte sich Nina verändert. Ich wusste nicht, woran es lag. Es war eine Verwandlung, die von innen her ihr Äußeres überzog, eine neue Art, sich zu bewegen, zu sprechen oder zu lachen. Ihr Haar war hübsch geschnitten und glänzte.

»Du hast abgenommen«, stellte ich fest.

Sie lächelte zufrieden. »In letzter Zeit halte ich mich zurück, stopfe weniger Süßigkeiten in mich hinein. Keine Erdnussbutter und auch kein Popcorn mehr. Und ich treibe auch wieder Sport. Bei uns in der Nähe gibt es ein Hallenbad. Dort trainiere ich täglich.«

»Oh, gut!«

Sie warf mir einen raschen Blick zu. »Es geht mich zwar nichts an … aber wie ist es eigentlich bei dir zu Hause, nach der ganzen Geschichte? Du brauchst nichts zu sagen, wenn du nicht willst«, setzte sie hastig hinzu.

Ich lächelte. Noch vor zwei Monaten hätte sie mir Mangel an »Offenheit« vorgeworfen. Inzwischen hatte sie gelernt, dass wir Japaner sehr zurückhaltend sind. Erst wenn das Vertrauen hergestellt war, redeten wir über persönliche Dinge. Ich gab ihr die gewünschte Auskunft.

»Eigentlich nicht anders als sonst. Mein Vater ist viel im Verlag und meine Mutter spielt uns intaktes Familienleben vor.«

»Was sagt sie dazu, dass du nach Kanada gehst?«

»Ich habe es ihr noch nicht gesagt.«

»Wie bitte?« Nina fiel die Kinnlade herunter. »Wann bringst du ihr es denn bei?«

»Ich rede mit ihr, bevor ich bei Sweet Apple anfange. Dann bin ich den ganzen Tag weg und sie hat genug Zeit, sich mit dem Gedanken vertraut zu machen.«

»Du bist ganz schön verschlagen!«

Verschlagen! Ich empfand dies nicht so. »Ich weiß«, erwiderte ich, »dass ich meiner Mutter wehtun werde. Warum schon jetzt? Es eilt doch nicht.«

Inzwischen war die Sonne wieder verschwunden. Nebelschwaden glitten über die Bäume hinweg. Die ersten Regentropfen fielen.

Ich spannte meinen Schirm auf. »Gleich nach der Vorlesung treffe ich mich mit meinem Freund. Komm doch mit, wenn du Lust hast.«

Sie sah mich erstaunt an. Ich lächelte und mit diesem Lächeln schloss ich Nina ins Herz. Japaner sind zurückhaltend mit ihren Freundschaften. Ich hatte schon gemerkt, dass in Europa auch ohne tiefere Bindung spontane Intimität natürlich sein kann. In Japan muss die neue Freundschaft allmählich und von beiden Seiten wachsen. Ich verstand, dass Nina dies jetzt spürte, denn ihre hellen Augen flackerten bewegt, während das scheue, vertrauensvolle Lächeln erneut ihre Züge verklärte.

»Danke, ich komme sehr gerne. Aber nur für einen Augenblick, ich will euch nicht stören«, setzte sie höflich hinzu.

Seiji war in letzter Zeit sehr beschäftigt gewesen. Ein neuer Filmstreifen wurde gedreht und er musste oft Überstunden machen. Dazu kam, dass er alles, besonders das Technische und Praktische, bis ins Kleinste kennenlernen musste. Weil wir uns nicht sehen konnten, riefen wir uns täglich an und schrieben uns witzige, kleine Briefe.

Wir hatten in Shinjuku abgemacht, dem kleinen Café, wo wir uns trafen, wenn die Zeit knapp war. Man ging eine enge Treppe hinunter und betrat einen schlauchartigen Raum, in dem niedrige Tische und rosarote Plüschsessel standen. Hinter der Theke war eine ganze Sammlung Kaffeemühlen ausgestellt. Zu trinken gab es die verschiedensten Kaffeesorten. Kaum saßen wir, brachte uns der Kellner zwei »O-Shibori«, kleine heiße Frotteetücher in Zellophanpapier. Wir rissen das Papier auf und tupften unser Gesicht damit ab.

»Ach, tut das gut!«, seufzte Nina. »Wenn es das nur in Europa gäbe!«

Sie bestellte einen Espresso. Ich trank lieber amerikanischen Kaffee, eine leichte Mischung mit viel Milch, die Nina geringschätzig als »Spülwasser« bezeichnete.

»Weißt du, was?«, fuhr sie fort. »Am Anfang war ich erstaunt, mit welcher Selbstverständlichkeit japanische Mädchen ausgehen. In Restaurants, in Cafés, zu jeder Tages- und Nachtzeit.«

»Ist das in Deutschland nicht so?«

»Ach, bei uns heißt es oft, als Mädchen kann man nicht hierhin oder nicht dorthin gehen.«

»Warum nicht?«

»Man wird angemacht«, sagte Nina achselzuckend.

Ich schüttete Zucker in meinen Kaffee und wunderte mich. »Angemacht? Von Leuten, die man nicht kennt? Das zeugt doch von schlechter Erziehung!«

Nina lachte stoßweise. »Geh du nur mal nach Europa, in den Süden! Da wirst du als Mädchen von sämtlichen Männern angeglotzt, bis du Angst bekommst oder Lust hast, Fußtritte auszuteilen.«

Ich lächelte. »Wir in Japan sagen, die Fremden tragen ›bewaffnete Gesichter‹.«

Nina war der Ausdruck vertraut. »Klar, man lebt hier ja auf engem Raum, also sollte man friedlich sein. Ich glaube, das hängt auch mit der Stellung der Frau zusammen. Japan kannte die Unsitte nie, den weiblichen Teil der Bevölkerung einzusperren oder zu verschleiern. Für europäische Begriffe wirken japanische Mädchen oft naiv. In Wirklichkeit sind sie unbefangen und total selbstsicher.«

Ich nippte an meinem Kaffee. »Ich kann das nicht beurteilen, ich war noch nie in Europa.«

»Aber ich«, sagte Nina. »Und allmählich blicke ich durch. Diese ewigen Höflichkeitsfloskeln, wie mich das nervte! Jetzt stelle ich fest, dass man damit viel besser durchs Leben kommt. Ich fühle mich nicht mehr als Außenseiterin. Ich gehöre dazu!«

»Wir Japaner lernen früh«, sage ich, »dass sich ein Mensch

innerhalb seines Verwandten- und Freundeskreises auf den anderen verlassen kann. Natürlich bringt Abhängigkeit auch Verpflichtungen mit sich. Immer an die anderen zu denken, strengt an! Aber dafür ist es ein schönes Gefühl, seinen Mitmenschen in guten und bösen Zeiten vertrauen zu dürfen.«

Nina pflichtete mir bei. »In Deutschland gilt das Sprichwort ›Jeder ist sich selbst der Nächste‹. Nun, mit dieser Einstellung kommt man in Japan nicht weit!«

Da kam Seiji die Treppe herunter, in Jeans und blauem T-Shirt, mit seiner Gürteltasche und seinem Pulli um die Schultern. Natürlich hielt er seinen Schirm in der Hand.

»Das ist Seiji«, sagte ich, als er in seiner gelassenen Art auf uns zukam.

Er schenkte uns beiden sein entwaffnendes Lächeln, seine freundlichen Augen glitten über Ninas Gesicht, während ich beide vorstellte. Seiji verneigte sich entspannt, bevor er sich setzte. Der Kellner kam mit den »O-Shibori« und Seiji sagte: »Ich nehme auch einen Espresso. Ich muss nochmals ins Studio zurück und vor Mitternacht komme ich nicht ins Bett.«

Er rieb sein Gesicht mit dem heißen Tuch ab.

»Wie gefällt es dir in Japan?«, fragte er Nina.

Sie legte in ihrer direkten Art sofort los. Doch ihre Stimme klang ironisch, als ob sie von einer anderen spräche. »Am Anfang hatte ich ein Trauma; in der U-Bahn bekam ich Angstzustände. Die vielen Menschen! Und immer schön höflich sein, auch wenn ich Lust hatte, mit den Zähnen zu fletschen. Zum

Glück traf ich Jun. Jetzt sehe ich vieles anders. Müsste ich morgen nach Deutschland zurück, käme ich mir vor wie Goldorak auf dem Oktoberfest!«

Seiji lächelte. »Ich glaube, die In-sich-Geschlossenheit einer Kultur wird oft nur von politischer oder religiöser Seite hochgespielt. Sonst würden die Menschen ja merken, dass sie überall gleich sind. Das soll offenbar nicht sein.«

Wir lachten, aber nur halbwegs; wir spürten, dass er keinen Witz machte.

»Edel sei der Mensch, hilfreich und gut«, zitierte Nina mit spöttischem Nachdruck. »Ich glaube, das stammt von Goethe. Der Arme hatte noch Wunschträume. Der Mensch ist zu jedem Unsinn imstande. Und inzwischen muss Jun nach Kanada, um die Kohlen aus dem Feuer zu holen für Leute, die das Trauma vom letzten Krieg bis heute noch nicht verarbeitet haben! Meinen Großeltern in Deutschland geht es ähnlich. Aber wenn die vom Zweiten Weltkrieg reden, sage ich immer, der interessiere mich nicht mehr. Mich interessiere der nächste, den ich kaum überleben würde.«

Seiji nickte langsam. »Wir haben das Glück, dass wir nicht verstehen können, wie das damals war.«

»Das werden wir noch rechtzeitig lernen.« Nina zog die Schultern hoch. »Der große Knall kommt bestimmt.«

Schon wieder dasselbe Thema! Früher wäre uns nicht einmal im Traum eingefallen, darüber zu reden. Und alles nur meinetwegen. Ich empfand fast ein schlechtes Gewissen, aber anderseits kam ich ohne Mitgefühl nicht aus. Ich schluckte und sagte: »Vielleicht bin ich naiv, aber ich glaube an die Zukunft. Ich will daran glauben. Weil es nicht anders geht. Und weil ich die Hoffnung brauche.«

Seiji drehte mir das Gesicht zu. »Wer weiß, was mit unserer Welt bald geschieht? Wir erleben ja schon, dass es gefährlich wird, im Sonnenschein zu liegen. Aber wir können doch nicht dauernd daran denken, das macht uns ja kaputt. Ich glaube, wir sollten einander Freude machen und glücklich sein, solange es noch geht.«

Ich erwiderte Seijis Blick in stummer Beunruhigung. Seine Worte klangen tief in meinem Herzen. Bisher hatte ich immer mit dem Gedanken gelebt, morgen ist besser als heute. Aber was, wenn das Gegenteil eintraf? Wenn Kriege, Giftmüll und Umweltkatastrophen die Welt vor unseren Augen zerstörten? Nur die Liebe und sonst nichts bewahrte uns vor den Schatten der Schrecken.

Nina starrte uns kurz an; es war, als ob sie unsere gemeinsamen Gedanken spüren würde. Plötzlich wurde ihr Ausdruck herb und verschlossen. Sie stand auf und warf ihren Rucksack über die Schulter. »Sorry, ich muss gehen. Bis bald!«

Wir sahen ihr nach. Sie zahlte an der Kasse und lief die Treppe hinauf. Sie drehte sich kein einziges Mal nach uns um.

Seijis Augen kehrten zu mir zurück. »Sie ist nett«, meinte er. »Hat sie eigentlich einen Freund?«

»Nicht, dass ich wüsste«, erwiderte ich. »Wie kommst du darauf?«

Seiji stieß einen kleinen Seufzer aus. »Sie merkt, dass wir zusammengehören, und fühlt sich einsam. Deswegen lief sie weg. Was dieses Mädchen braucht, ist ein Freund«, schloss er mit Nachdruck.

Ich dachte über seine Bemerkung nach. »Ich glaube, du hast völlig recht.«

Er lächelte und nahm meine Hand. »Komm, wir gehen zum Hanasono-Schrein und ziehen ein Orakel für sie.«

Draußen zog Nebel auf. Lautlos glitten die Schwaden an den Häuserfronten vorbei. Die ersten Neonreklamen leuchteten in allen Farben. Wir wanderten durch den warmen Nebel wie durch eine Watteschicht. Über eine Kreuzung gelangten wir in eine Nebenstraße. Kleine, altmodische Häuser aus Holz, Ziegel und Blech säumten den Weg, der so eng war, dass ein Wagen hier kaum durchkam. Am Ende der Straße bogen wir nach links. Vor uns tauchten dichte grüne Bäume aus dem Nebel auf. Ein steinernes Portal führte zur Tempelanlage. Alles war grau und still; nur unsere Schritte knirschten auf dem Kies und Tauben gurrten in den Wipfeln. Es tropfte von den herunterhängenden Zweigen. Auf einem kleinen Platz befand sich unter einem Strohdach ein alter Brunnentrog. Auf seinem Rand lagen Schöpflöffel aus Bambus. Wie es der Brauch verlangte, nahm Seiji einen Löffel, füllte ihn und goss ihn über meine Hände. Ich nahm ihm behutsam den Löffel aus der Hand und wiederholte für ihn die gleiche rituelle Handlung. Dann gingen wir weiter. Bald wurde das Heiligtum sichtbar. Ein gewaltiger Firstbalken ragte unter dem Dach aus gepresstem Reisstroh hervor. Die kleineren Zierbalken, an den Rändern vergoldet, erinnerten an ausgestreckte Insektenfühler. Der Holzbau war auf Pfählen errichtet. Das Gebälk hatte im Lauf der Jahre eine dunkle Bronzefärbung angenommen. Eine »Shimenawa« – eine Schnur der Läuterung –, ebenfalls aus Reisstroh angefertigt, hing zwischen den mit Eisen beschlagenen Türflügeln. Der Altar mit den vergoldeten Leuchtern, den Kultgegenständen und dem geflügelten Spiegel der Sonnengöttin war im Helldunkel nur undeutlich sichtbar. Wir gingen die Stufen hinauf, warfen ein Geldstück in den Opferstock und bewegten das am Dachfirst befestigte Seil, an dem eine bronzene Glocke hing. Das Bimmeln hallte laut durch die Stille. Wir klatschten zweimal in die Hände und beteten für Nina.

Neben dem Heiligtum befand sich ein hölzerner Pavillon, in dem einige Priesterinnen verschiedene Orakel und Talismane verkauften. Die jungen Frauen trugen ein weißes Übergewand mit Flügelärmeln, dazu einen karminroten Hosenrock. Ihr langes Haar hielten sie im Nacken mit einem Band aus Reisstroh zusammengebunden.

»Warte, ich ziehe das Orakel«, sagte ich zu Seiji.

Eine Priesterin reichte mir einen hölzernen Zylinder, den ich mit beiden Händen schüttelte. Unten war eine Öffnung angebracht, aus der die Orakel fielen. Ich versuchte, fest an Nina zu denken, stellte mir nicht nur ihr Gesicht, sondern ihr ganzes Wesen vor. Eine Weile noch hörte ich vereinzelte Stimmen, das Gurren der Tauben, das Knirschen der Schritte auf dem Boden. Schlagartig wurde mein Kopf dumpf, als ob der Nebel in meine Ohren dringen würde. Die Geräusche verschwanden in weiter Ferne, während Ninas Bild sich vor meinen inneren Augen formte. Sie sah anders aus als sonst, größer, schlanker. Ihr Haar war füllig und geschmeidig und wehte in der Sonne. Sie lachte und winkte mir zu. Nein, ihr Gruß galt nicht mir. Er galt …

Die Vision flackerte auf und erlosch; wahrscheinlich hatte sie nicht einmal eine Sekunde gedauert. Meine tastenden Finger bekamen einen der zusammengerollten Papierstreifen zu fassen; ich zog ihn heraus. Ich verneigte mich dankend, gab der Priesterin den Zylinder zurück und faltete das Orakel auseinander. Wir steckten die Köpfe zusammen, um zu lesen. Orakelsprüche sind stets feierlich, wortreich in der Sprache und streng zeremoniell im Ton.

»Wer diesen Spruch zieht, soll wissen, dass seine Zukunft schon von den Göttern beschlossen wurde«, stand auf dem Papier geschrieben. »Die Namen sind bereits verbunden und die Vorzeichen versprechen großes Glück. Noch trennen die Wasser, die teilenden, beide Herzen. Doch die Brücke ist schon im Bau. Ein Stern wird leuchten, ein Lied erklingt. Hohes und Tiefes kann nicht gemessen werden. Ebenso ist es nutzlos, himmlische Beschlüsse zu durchkreuzen und sich nicht dankbar dem göttlichen Willen zu beugen.«

Wir tauschten einen erfreuten Blick.

»Oh, das ist ein gutes Orakel!«, rief ich. »Aber sagen wir Nina lieber nichts davon. Die glaubt ja sowieso nicht an diese Dinge.«

Neben dem Heiligtum befanden sich einige Bäume, an deren Zweige unzählige Orakelzettel wie weiße Schleifen gebunden waren. Der Baum, dessen Wurzeln in das Erdreich stoßen und dessen Zweige in den Himmel wachsen, gilt als

Vermittler zwischen Diesseits und Jenseits. Und da der Baum unaufhörlich weiterwächst, wird der Wunsch mit ihm beständig. So faltete ich den Orakelzettel zusammen und knüpfte ihn mit einem besonderen Knoten an einen Zweig. Seiji stand neben mir, hielt den Zweig fest und sah zu. Dann ließ er behutsam den Zweig zurückschnellen und wir blickten zufrieden zum Baum empor. Über dem nassen Laub wogte lautlos der Nebel. Auf einmal fuhr ein Windstoß durch die Blätter. Die Nebelmassen teilten sich. Die Baumkrone flackerte und flimmerte wie ein brennender Busch und vergoldete unsere Gesichter. Wir sagten kein Wort; nur unsere Finger schlangen sich eng ineinander. Wir wussten, unser Wunsch würde in Erfüllung gehen.

Allmählich ließ der Regen nach; die heiße Jahreszeit begann. Anfang Juli fand die letzte Vorlesung statt. Endlich Ferien. Jetzt, als der Stress von uns abfiel, fühlten wir, wie schlapp und ausgepumpt wir waren. »Nimm dir doch ein paar Tage frei, statt gleich am Montag deine doofen Apfelkuchen zu verkaufen«, sagte Nina. »Du hast ja schließlich was geleistet.«

»Das geht nicht«, sagte ich. »Ich habe schon den Vertrag.« Wir saßen auf der Dachterrasse eines Kaufhauses und tranken Kornbier, wie das in Japan in den Sommermonaten üblich ist. Der Himmel war durchsichtig blau. Kleine Wölkchen wehten wie Flaum, vom heißen Wind getragen.

»Selber schuld«, sagte Nina. »Aber tu, was du musst.«

Sie fuhr mit ihren Eltern und ihrer kleinen Schwester Erika für einen Monat nach Singapur.

»Mein Vater muss geschäftlich hin. Inzwischen machen wir Ferien. Ich weiß doch, wie das wird. Ich spiele Babysitter, stopfe mich mit indonesischen Reisgerichten voll und setze wieder Speck an.«

»Vielleicht lernst du nette Leute kennen.«

»Nein. Nicht mit meinen Eltern im Schlepptau!«

Sie zog ihre nackten Füße aus den Sandalen und rieb ihre Zehen. »Übrigens ... entschuldige, wenn ich schon wieder neugierig bin: Hast du jetzt endlich mit deiner Mutter gesprochen?«

Ich lachte ein bisschen verärgert und verneinte. Die Frage war mir peinlich.

Nina nickte sarkastisch. »Ich schlage vor, du fährst einfach los und schickst ihr eine Karte.«

»Einen Monat nach der Abreise womöglich?«, sagte ich schnippisch. »Ich warte nur auf einen passenden Augenblick«, ergänzte ich würdevoll, während Nina mich spöttisch musterte. Was ich wusste und was ich mir nicht eingestehen wollte, war die Angst, die ich hatte.

Es dunkelte schon, als wir uns trennten. Der Himmel schimmerte grüngelb. Eine wogende Menschenmenge erfüllte die Straßen. Vor den Rotlichtern stauten sich glitzernde Wagen. Ganz Tokio funkelte wie eine gläserne Riesenkugel, voller zuckender Bilder, Stimmengewirr und Musik.

Wir verabschiedeten uns vor der U-Bahn-Treppe, mitten im Gedränge. Unsere Stimmen klangen dünn und erstickt. Ich sagte: »Ich rufe dich an, sobald ich wieder da bin.«

»Warte noch eine Sekunde!«, rief sie etwas atemlos. »Ich

muss dir endlich sagen, wie mutig ich dich finde. Ich weiß nicht, ob ich den Mumm hätte, mich in einen fünfzigjährigen Familienkrach zu mischen. Was sagst du denn deiner Großmutter, wenn du vor ihr stehst? ›Guten Tag, da bin ich!‹ Und dann?«

Ich schüttelte den Kopf. »Ich weiß es nicht.«

»Es ist möglich, dass du die ganze Sache nur noch komplizierter machst. Hast du daran schon gedacht?«

Ich blickte in ihr Gesicht, von Licht überzogen, abwechselnd rosa und hellgrün. Ich fühlte, wie mein Herz sich verkrampfte. »Ja, auch daran habe ich gedacht. Aber ich lasse es darauf ankommen.«

Unsere Blicke trafen sich. Wir tauschten ein Lächeln.

»Du schaffst es schon«, sagte Nina.

Mit diesen Worten trennten wir uns.

Manchmal, wenn wir eine Sache zu lange hinausschieben, zwingen uns die Umstände zum Handeln. Am nächsten Morgen schlief ich zunächst aus. Als ich aus dem Badezimmer kam, war mein Vater schon weg. Die Mutter hatte den Frühstückstisch noch nicht abgeräumt und meine halbierte Grapefruit mit einer Zellophanfolie zugedeckt. Ich ging in die Küche und schaltete die Kaffeemaschine ein. Während ich gähnend aus dem Fenster blickte, kam die Mutter fertig angezogen aus dem Schlafzimmer. Heute besuchte sie ihren Kurs für Seidenmalerei und traf anschließend ihre Freundinnen. Sie trug ein kühles hellgrünes Leinenkleid. Ihr Gesicht war frisch gepudert, ihr Lippenstift taufrisch. Ich kam mir in meinem

Trainingsanzug ungepflegt und nichts sagend vor. Gekämmt war ich auch noch nicht. Ich strich eine Strähne aus dem Gesicht und wünschte ihr höflich Guten Morgen.

»Diese Hitze!«, seufzte meine Mutter. »Um sieben hatten wir schon sechsundzwanzig Grad. Und achtzig Prozent Luftfeuchtigkeit.«

»Ich habe mein Bettzeug auf den Balkon gelegt«, sagte ich. »Heute putze ich mein Zimmer, sonst komme ich nicht mehr dazu. Morgen muss ich um halb sieben aus dem Haus. Und das einen Monat lang.«

»Norio und du, ihr habt beide Ferien nötig«, sagte meine Mutter. »Ich schlage vor, dass wir im August für vierzehn Tage nach Takayama gehen.«

Takayama war ein berühmter Thermal-Kurort in den Bergen. Die malerische Kleinstadt, im Winter wegen ihres rauen Klimas berüchtigt, galt während der Sommermonate als angenehmer Ferienaufenthalt.

»Ich kümmere mich um die Reservierungen«, setzte sie hinzu. »Hoffentlich finden wir noch Zimmer!«

Ich schluckte. Mir war noch flau im Kopf. Hätte ich nur Zeit gehabt, meinen Kaffee zu trinken! »Es tut mir leid, aber ich glaube nicht … dass ich mitkomme«, stotterte ich errötend. »Ich habe anderes vor …«

Sie runzelte die Stirn. »So? Was denn?«

»Ich … ich gehe nach Kanada!«, platzte ich heraus. »Ich habe schon mit Onkel Robin darüber gesprochen. Ich kann bei ihm wohnen.«

Sie starrte mich an, als wäre ich wahnsinnig geworden. Das

Blitzen ihrer Augen verkündete nichts Gutes. »Ohne mich zu fragen?«

Die Kaffeemaschine blubberte. Es roch gut nach Kaffee. Wenn ich mir nur eine Tasse hätte einschenken können, um endlich vernünftig zu denken!

»Eigentlich … wollte ich es dir schon seit Langem sagen«, stammelte ich kindisch. »Aber ich war mir selbst noch nicht im Klaren darüber, ob ich gehen sollte oder nicht.«

Sie holte tief Luft und straffte die Schultern. »Und dein Vater? Weiß er schon Bescheid?«

Die Sonne schien durchs Küchenfenster und blendete mich. Ich wandte mich ab, holte eine Tasse aus dem Schrank. »Ich sagte ihm, dass ich mal hinfahren wollte. Er … er hat nichts dagegen gehabt.«

»Und was gedenkst du in Kanada zu tun?«, fragte meine Mutter, wobei sie jedes Wort betonte.

Ich goss mir mit zitternden Händen Kaffee ein. »Ach, ein bisschen herumfahren. Land und Leute kennenlernen. Und vielleicht auch Tante Chiyo besuchen.«

»Ich glaube kaum«, sagte die Mutter kalt, »dass Chiyo dich empfangen wird. Nach all dem, was dein Großvater ihr angetan hat!«

Ich holte Milch aus dem Eisschrank. »Einen Streit, der fast ein halbes Jahrhundert zurückliegt, sollte man doch endlich aus der Welt schaffen«, entgegnete ich, so ruhig wie möglich.

Meine Mutter schwieg einige Atemzüge lang. An ihren Schläfen glitzerten kleine Schweißtropfen. Es war viel zu heiß, um zu schimpfen oder zu toben. »Mir missfällt es zutiefst, dass du diese Geschichte erfahren hast. Aber was geschehen ist, ist geschehen und vielleicht ist es besser so.« Sie sprach erstaunlich gleichmütig.

Ich fühlte, dass an Stelle ihres Zornes eine Art Erleichterung getreten war.

»Die ganze Sache ist Gift für unsere Familie. Norio leidet stark darunter. Ich kann es nicht mehr mit ansehen.«

Plötzlich tat sie mir leid. Sie liebte meinen Vater. Sie liebte ihn wirklich. Sie spürte, dass er sich immer mehr von ihr entfremdete, und wollte ihn nicht verlieren.

»Es wird schon alles gut werden«, sagte ich dumpf.

Meine Mutter klappte ihre Handtasche auf, brachte ein blütenweißes Taschentuch zum Vorschein und tupfte sich die Stirn ab. »Die Menschen wurden damals durch Ketten gehalten, die stärker waren als jene, die man schmieden kann – von ihren eigenen Ehrbegriffen.«

Ich nickte; auch das verstand ich.

Meine Mutter knetete ihr Taschentuch. »Was Norios Mutter betrifft … nun, was ich von ihr gehört habe, spricht zu ihren Gunsten.«

Ich trank einen Schluck Kaffee. Ich hatte ihn nötig. »Sie will mich sehen.«

Meine Mutter zuckte zusammen. »Woher weißt du das? In Mayumis Brief ist nirgendwo die Rede davon!«

Ich ließ mich nicht einschüchtern. »Ich habe es zwischen den Zeilen gelesen.«

»Du mit deinem Dickkopf«, murmelte sie, aber es war kein Vorwurf in ihrer Stimme. »Ich weiß nicht, ob eine Begegnung mit ihr etwas bringt. Aber vielleicht wird es Zeit, dass sich die Dinge mal ändern. Norio grübelt zu viel über die Vergangenheit nach. Dass Mayumi nicht mehr ist, trifft ihn hart.« Sie warf einen Blick auf ihre kleine goldene Uhr. »Ich muss fahren. Das Reisebüro öffnet um zehn. Dann kommst du also nicht mit uns in die Ferien?«

Ich verneinte mit einer Kopfbewegung und sagte höflich: »Ich bitte um Entschuldigung.«

Sie steckte ihr Taschentuch in die Handtasche und ging. Die Tür fiel hinter ihr ins Schloss. Ich hörte, wie der Wagen aus dem Gartentor rollte. Im Haus wurde es still. Ich steckte eine Schnitte Weißbrot in die Toastmaschine. Ich war so erleichtert, dass ich mich kaum noch spürte. Wochenlang hatte ich mich davor gefürchtet, es ihr zu sagen, denn ich hatte mir ein großes Drama mit Geschrei, Tränenvergießen und Gestikulieren vorgestellt. Und jetzt war alles in gemäßigter, nahezu gefühlvoller Weise über die Bühne gegangen.

»Erwartest du Berge, begegnen dir Maulwurfshügel«, pflegte Midori-Sensei zu sagen. Ich lächelte bei dem Vergleich. Ich musste sie besuchen, bevor ich abreiste, und ihr für alles danken. Sie deutete die Dinge immer zum Besten, nie zum Schlechtesten. Sie kannte mich besser als ich selbst.

7

Schrilles Läuten in der Morgenstille. Ich drehte mich auf die andere Seite und zog mir die Decke über beide Ohren. Es half nichts, der Wecker schepperte. Ich stellte ihn abends ganz nahe an mein Bett, damit ich ihn hörte. So tief wie jetzt hatte ich früher nie geschlafen.

Seufzend richtete ich mich auf. Halb sechs. Alles war noch in Dämmerlicht getaucht; im Garten flatterten und zwitscherten die Vögel. Ich zog die Schiebetür zum Balkon auf und hängte mein Bettzeug zum Lüften nach draußen. Dann ging ich ins Bad und duschte, zuerst warm, dann kalt, um wach zu werden. Inzwischen blubberte die Kaffeemaschine. Ich frühstückte allein. Die Eltern schliefen noch. Nach dem Frühstück lief ich nach oben, räumte mein Bettzeug in den Schrank, schlüpfte in Jeans und T-Shirt und rannte aus dem Haus. Wenn ich mich beeilte, erwischte ich den Expresszug um sechs Uhr zwanzig. Es waren schon viele Pendler unterwegs, aber die eigentliche Stoßzeit begann erst um sieben. Manchmal, wenn ich schnell genug war, fand ich sogar einen Sitzplatz und konnte bis Shinjuku weiterdösen. Dann hieß es umsteigen, mitten im Gewühl. Noch eine halbe Stunde mit der U-Bahn, dann zehn Minuten zu Fuß. Um fünf vor halb acht kam ich atemlos bei Sweet Apple an, zog meine Kleiderschürze über, strich die Haare aus dem Gesicht und stülpte das lächerliche Häubchen auf – fertig. Nun wurden die Kaffeemaschinen gesäubert und die Theke gewaschen. Die Tische mussten blitzsauber sein. Inzwischen kamen die Lieferanten, die Angestellten in der Küche machten sich an die Arbeit. Um acht öffnete das Lokal. Schon kamen die ersten Geschäftsleute, stellten sich an die Stehtische und schlugen ihre Zeitungen auf. Ich lächelte, schenkte Kaffee ein und wärmte den Apfelkuchen im Mikrowellenherd. Nach drei Stunden schmerzte mein rechter Arm, die Kaffeekanne schien eine Tonne zu wiegen und in meinen Beinen kribbelten Ameisen. Um zehn gab es fünf Minuten Pause, um zwölf ebenfalls, dann ging es richtig los. Viele Büroangestellte aßen mittags nur schnell einen Apfelkuchen. Um halb zwei war mein Ellbogen steif und ich konnte kaum noch auf den Füßen stehen. Ich hatte mir vorgestellt, dass es angenehm sein müsste, morgens zu arbeiten und nachmittags freizuhaben. Wollte bummeln gehen. Galerien besuchen. Im Park faulenzen und mich abends mit Seiji treffen. Weit gefehlt! Erstens fiel ich vor Müdigkeit fast um und zweitens waren Seijis und meine Arbeitszeiten unvereinbar. Morgens ging Seiji manchmal erst um zehn oder sogar noch später ins Studio. Dafür war er am Abend selten vor acht oder neun Uhr fertig.

»Es ist wirklich zum Heulen«, flüsterte ich ihm zu, als er – am dritten Tag – schnell einen Apfelkuchen bei mir essen kam. »Und ich dachte, wir hätten etwas Zeit füreinander.«

»Nun«, Seiji schmunzelte. »Das erinnert mich schwer an

Tanabata!« Ich kicherte verstohlen, mit einem Seitenblick zum Chef, der allzu vertrauliche Gespräche mit der Kundschaft nicht duldete. Tanabata war ein Volksfest, das kürzlich, am 7. Juli, stattgefunden hatte. Altair, aus dem Sternbild des Adlers, steht in Konjunktion mit der Wega aus der Leier. In der Legende sind sie ein himmlisches Prinzenpaar, dessen Schicksal es ist, sich nur einmal im Jahr über die Milchstraße hinweg zu begegnen.

»Ich nehme noch einen Kaffee«, sagte Seiji, dem das Stirnrunzeln meines Chefs nicht entgangen war. Ich lächelte und schenkte ihm ein.

»Du fehlst mir so«, flüsterte er.

»Du mir auch«, hauchte ich.

Die Glastüren schwangen auf, neue Kunden drängten sich an die Theke. Seiji schlang seinen Apfelkuchen hinunter, grinste mir zerknirscht zu und ging. Ich wusste schon jetzt, dass ich bis an mein Lebensende keinen Apfelkuchen mehr sehen konnte.

In der folgenden Woche kam mein Vater mich abholen. Er hatte in der Nähe zu tun und wollte mich zum Essen einladen.

Er kam gegen eins, bestellte einen Kaffee und sah belustigt zu, wie ich hinter der Theke hantierte. »Du machst deine Sache gut!«

Ich lächelte zurück. »Ich habe inzwischen Übung.«

Er trank in Ruhe seinen Kaffee aus. Um halb zwei war ich fertig. Ich schlüpfte aus meiner Kleiderschürze, riss mein

Häubchen vom Kopf und schüttelte mein Haar. Nachdem ich mich rasch frisch gemacht hatte, ging ich zu meinem Vater, der inzwischen draußen wartete. In letzter Zeit gewöhnte ich mich an die Arbeit, mein Armgelenk schmerzte nicht mehr und nachmittags war ich wieder unternehmungslustig.

»Was möchtest du essen?«, fragte mein Vater.

»Alles, bloß keinen Apfelkuchen!«

Mein Vater lachte und führte mich in ein Tempura-Restaurant, das meine bescheidenen Taschengeld-Verhältnisse weit überschritt. Da die allgemeine Essenszeit schon vorüber war, brauchten wir nicht zu reservieren. Durch eine Schiebetür traten wir in einen kühlen, mit Bambus und Zwergkiefern dekorierten Vorraum, wo wir unsere Schuhe ließen. Eine Empfangsdame im lachsrosa Sommerkimono geleitete uns in einen etwas erhöhten, mit Matten ausgelegten Raum. Wir ließen uns auf flache, baumwollene Kissen nieder. Eine Kellnerin mit einem Lacktablett stellte ein Glas mit Wasser und Eiswürfeln vor uns hin. Dazu brachte sie die »O-Shibori« in einem zierlichen Bambuskörbchen. Ich riss das Zellophan auf und drückte das heiße Tuch an mein Gesicht. Der wohltätige Hitzeschock ließ mich behaglich aufstöhnen. Sekunden später fühlte sich die Gesichtshaut straff und herrlich kühl an.

»Hast du großen Hunger?«, fragte mein Vater, der inzwischen die Karte studiert hatte.

»Ziemlich«, erwiderte ich. In letzter Zeit war ich dünn geworden, alle meine Hosen waren mir um meine Taille zu weit. Aber zunehmen würde ich nicht, solange ich bei Sweet Apple hinter der Theke stand. Mein Vater gab die Bestellung auf. Wir tranken beide Kornbier. Ein kurzes Schweigen folgte, während ich meinen Vater verstohlen betrachtete. Sein Gesicht wirkte eingefallen, die Wangenknochen traten stark hervor. Er sah müde und verbraucht aus. Mich überkam eine solche Rührung, dass ich mich danach sehnte, ihn tröstend zu umarmen.

»Du hast graue Haare bekommen«, sagte ich.

Er lächelte bitter. »Und das wundert dich?«

Ich senkte verlegen die Stirn. »Es muss schlimm für dich gewesen sein. Und ich war unvernünftig. Verzeih mir.«

Er machte eine Bewegung, als wolle er sagen, dies sei nicht der Rede wert. »Wann fliegst du nach Kanada?«

»Am sechsten August.«

Ein Schimmer von Überraschung trat in seine Augen. »Ausgerechnet an meinem Geburtstag. Wie merkwürdig!«

Ich stutzte und legte den Finger an die Lippen. Ich war müde gewesen, als ich den Flug buchte, und hatte das Datum kaum beachtet. Mein Vater nickte sinnend vor sich hin.

»An dem Tag, als Jahre zuvor die erste Atombombe Hiroshima zerstörte, kam ich in den Wäldern Kanadas zur Welt. Und genau an diesem Datum kehrst du dorthin zurück. Soll das wohl etwas zu bedeuten haben?«

Er sah mich an, als ob er eine Antwort von mir erwarten würde. Eine Antwort, die ich ihm nicht geben konnte. Oder vielleicht doch?

»Midori-Sensei glaubt nicht an Zufälle«, erwiderte ich. »Sie sagt, unser Schicksal liegt in unseren Händen.«

Die Schiebetür glitt zur Seite. Die Kellnerin brachte das Essen. Jeder bekam ein Tablett mit einer Anzahl rot-goldener Lackschalen vorgesetzt. In der einen war Reis, in der anderen dampfte eine klare Gemüsesuppe. Goldbraun gebackene Garnelen, knusprige Fischhäppchen, frittierte Auberginen und Peperonischoten lagen auf fettsaugenden Papierservietten in körbchengleich geformten Schalen. Ein winziges Gefäß enthielt geriebenen Rettich, ein Tüpfchen grünen Senf und eine Portion rosa Ingwer, in Form einer Blüte geraspelt. Stäbchen lagen in einer weißen Papierhülle. Wir gossen Sojasoße in eine kleine Schale und mischten sie mit Rettich und etwas Senf.

»Es gibt wohl kaum ein anderes Land«, sagte mein Vater, »in dem so viel Sorgfalt auf das kleinste Detail verwendet wird. Deswegen kommt uns, wenn wir im Ausland sind, vieles so ungeschliffen und grob vor.«

Ich zog meine Stäbchen aus der Hülle, nahm eine Garnele und tauchte sie in die Soße. »Denke nicht, dass ich mit Illusionen nach Kanada fahre. Aber ich glaube, wenn man richtig hinsieht, muss man am Ende auch begreifen.«

Er nickte geistesabwesend, während er seine Suppe aus der Schale trank. »In letzter Zeit habe ich über vieles nachgedacht. Ich habe zu lange mit unklaren Erwartungen gelebt. Ich war niemals selbstsicher. Ich suchte und zweifelte an mir und an den anderen.«

Ich wollte etwas sagen, doch er fügte hinzu:

»So war es auch mit meiner Mutter. Die Liebe zu ihr hatte ich mir verboten und abgewöhnt. Aber ich dachte viel an sie. Und wenn es auch nicht Liebe war, so doch die Erinnerung daran. Und das, glaube ich, war das Schlimmste.«

Er sprach zu mir wie ein Mann zu einer Frau, aber nicht wie ein Vater zu seiner Tochter. Ich schlug verlegen die Augen nieder.

»Jahrelang machte ich mir Vorwürfe, dass ich sie verlassen hatte, dass ich lebte, als ob sie längst gestorben wäre. Erst ging es mir schlecht, dann besser. Es ist alles eine Gewohnheitssache …«

Er stockte und sagte dann kaum hörbar:

»Jetzt wage ich es nicht mehr, ihr unter die Augen zu treten. Ich verstecke mich hinter dir. Verzeih mir, aber ich schäme mich, dass du gehst.«

Ich legte meine Stäbchen nieder. Es war unhöflich, mich vollzustopfen, während er kaum etwas anrührte. »Ich hätte längst hinfahren oder wenigstens schreiben sollen«, fuhr er fort. »Ich tat es nicht. Warum? Ich weiß es nicht. Es gibt Augenblicke, wo man nicht schreiben kann. Es wird zu kompliziert, es liegt zu lange zurück. Wir wissen nichts voneinander außer ganz unbestimmte Dinge. Ist dir aufgefallen, wie hübsch sie war? Ich glaube, du siehst ihr ähnlich …«

Ich fühlte meine Wangen heiß werden. »Ja, das sagte auch Onkel Robin. Und es ist mir ganz recht, dass ich ihr ähnlich sehe.«

»Wie vernünftig du bist«, sagte er, voller Zärtlichkeit. »Ich nehme an, sie war wie du, so klar und eigen. Mein Vater muss sie wohl sehr geliebt haben, dass er ihr unser Schwert überließ.«

»Ich muss es Tante Chiyo mitteilen«, erwiderte ich lebhaft. »Sie bildet sich ja immer noch ein, dass mein Großvater es verkauft hat. Deswegen ist sie ja so verbittert. Ich glaube, sie ist sehr unglücklich«, sagte ich.

Er nickte. »Ja, das glaube ich auch ...«

»Hoffentlich setzt sie mich nicht vor die Tür, bevor ich überhaupt den Mund aufbringe!«

Ein flüchtiges Lächeln glitt über sein Gesicht. »Das wird sie nicht tun. Dazu ist sie zu gut erzogen.«

Das ist kein Grund, dachte ich.

Doch er sprach schon wieder von seiner Mutter. Er dachte die ganze Zeit nur an sie. »Ich kann es kaum erwarten, von ihr zu hören; zu wissen, wie es ihr geht. Sag ihr, sie solle zu uns kommen. Bei uns wohnen. Ich werde ein Zimmer für sie einrichten. Ich will, dass sie es schön hat ... « Er schluckte krampfhaft. »Und sag ihr auch ... wie leid mir alles tut.«

Ich nickte wortlos. So stark war seine innere Verzweiflung, dass selbst die Vorfreude ihn nicht davon befreien konnte.

»Dein Essen wird kalt«, sagte ich, um ihn abzulenken. Zerstreut griff er zu den Stäbchen. Ich sah, dass seine Hände zitterten.

»Ich möchte ihr etwas schicken«, sagte er nach einer Weile. »Etwas, das von mir kommt. Hast du eine Idee, mit was ich ihr wohl eine Freude machen könnte?«

In seinen Augen war etwas Hilfloses, er wirkte auf einmal erstaunlich jungenhaft. Welch ein unendlich anziehender Mensch wäre er, wo immer er hinkäme! Ich wusste, dass er mich beeinflusst hatte, auf seine ureigene Art. Auch bei meinem Lebenspartner würde ich Sanftmut, Toleranz und Verstehen suchen. Plötzlich wurde mir klar, warum ich Seiji so liebte: Er war ebenso ruhig und gelassen, aber ohne die Verbitterung und die Schuldgefühle, die das Leben meines Vaters vergifteten. Ich würde in Vater nie mehr mein Vorbild sehen. Aber er würde stets mein Gefährte bleiben, mein Bruder, mein Kind, der Zwilling meiner Seele. Alle gewichtigen Gründe – Freundschaft, Liebe, Mütterlichkeit, Eifersucht, Zorn und Vergebung –, durch ihn hatte ich sie alle kennengelernt. Er war weiser, als ich dachte, denn er bereute sein Versagen, trauerte um den Verlust der Liebe und kannte die Dunkelheit in des Menschen Herz.

Doch dies alles konnte ich nicht, wollte ich ihm nicht sagen. Und so erwiderte ich nur, mit halbem Lächeln: »Du schickst mich. Das sollte genügen.«

8

Am Tag vor meiner Abreise gingen Seiji und ich Midori-Sensei besuchen. Ich hatte ein schlechtes Gewissen, weil ich dem Unterricht fast einen Monat lang ferngeblieben war.

Aber die Kunst des Bogenschießens verlangte höchste Konzentration; solange ich bei Sweet Apple arbeitete, war mein Gehirn mit Watte verstopft. Immerhin hatte ich die Meisterin angerufen und ihr meine Pläne mitgeteilt.

Es war Sonntagnachmittag. Der Himmel war wolkenlos; der Wind wirbelte die heiße Luft wie aus einem Ofen empor. In der Hand hielt ich ein buntfarbiges Päckchen mit »Mizu-Yokan«: Kuchenstückchen, aus Algengelee angefertigt, ein beliebtes Geschenk in der Sommerzeit.

An Midori-Senseis Haustür war keine Klingel angebracht. Wir klopften.

»Herein! Herein!«, rief Haru-San mit fröhlicher Stimme.

»Sie ist Midori-Senseis Milchschwester und führt ihr den Haushalt«, hatte ich Seiji erklärt. »Ich weiß nicht, wie alt sie ist.«

Haru-San trug die Pluderhosen der japanischen Bäuerinnen und dazu eine kurze blütenweiße Kittelschürze. Ein freundliches Grinsen überzog ihr Gesicht. Ihre betont feierliche Verbeugung drückte gutmütigen Spott aus.

»Ach, Kinder, wie nett, dass ihr eure kostbare Zeit vergeudet, um zwei langweilige alte Frauen zu besuchen!«

Wir zogen unsere Schuhe aus. Ich überreichte ihr das mitgebrachte Paket und erklärte, dass ich wochenlang Apfelkuchen serviert hatte und jetzt keinen mehr sehen konnte. Die alte Frau lachte mit zahnlosem Mund.

»Ach, wie schade! Ich freute mich den ganzen Tag auf ein saftiges Stück Apfelkuchen und muss mich jetzt mit Mizu-Yokan zufriedengeben! Trotzdem, vielen Dank!«

Sie hob das Geschenk an ihre Stirn, zum Zeichen, dass wir ihre Worte nicht ernst nehmen sollten, und sagte, Midori-Sensei erwarte uns im Garten.

Der Garten, bewachsen mit Zwergkiefern und blühenden Büschen, ausgelegt mit schön geformten Steinen, glich einer kühlen, verwunschenen Insel. Die hässlichen Betonklötze auf der anderen Straßenseite verschwanden hinter einer Bambushecke. Im Schatten wuchsen vielerlei Moose, von zartgrau bis smaragdgrün; gedämpfte, friedvolle Farben. Und ebenso friedlich war die feingliedrige Frau im blau-weißen Baumwollgewand, die im frischen Helldunkel der Veranda kniete. Sie hielt einen runden Papierfächer in der Hand und erwiderte lächelnd unseren Gruß.

»Wie schön, euch zu sehen! Es ist ziemlich heiß, ne? Das liegt an der Jahreszeit. Ihr beide seht müde aus. Zu viel Arbeit oder zu viel Vergnügen?«

Wir lachten etwas befangen. Midori-Sensei deutete auf die

flachen Baumwollkissen, die schon für uns bereitlagen. »Setzt euch! Ein wenig Müdigkeit schadet nichts«, fuhr sie im heiteren Plauderton fort. »Als ich jung war, herrschte die Ansicht, leibliche Entbehrungen würden die geistige Erkenntnis fördern. Diese Zeiten sind vorbei. Heutzutage wird der Jugend nicht allzu viel zugemutet.«

Sie fächerte sich gelassen Luft zu. Ihr kurz geschnittenes Haar schimmerte silberhell im Schatten und in ihren Augen tanzten kleine Funken. Seiji und ich wechselten einen Blick. Es war manchmal schwer herauszufinden, ob sie uns neckte oder nicht. Die Schiebetür zum nächsten Zimmer öffnete sich. Haru-San stellte ein Lacktablett mit drei Schalen erquickend heißem Grüntee vor uns auf die Matte. Dazu brachte sie kleine Teller aus Steingut mit winzigen Holzgabeln. Sie löste das rote Band, wickelte die weiße Geschenkschachtel aus dem Papier und legte behutsam die Kuchenteilchen auf die Teller, bevor sie sich auf einem Kissen im Türrahmen niederließ.

Midori-Sensei forderte uns auf, uns zu bedienen. Behutsam wickelten wir die durchschimmernde Köstlichkeit aus dem Zellophanpapier. Nachdem die Meisterin den Kuchen gelobt hatte, sagte sie zu mir:

»Ich hörte, du wolltest zu deiner Großmutter nach Kanada. Wann gehst du?«

Ich erklärte, dass das Flugzeug morgen Abend startete. Der Zeitverschiebung wegen würde ich einen Tag früher in Kanada landen.

Midori-Sensei lächelte.

»Sehr symbolisch! Um echtes Verstehen zu gewinnen,

kehrst du zu den Anfängen zurück. Aber jeder Mensch muss wissen, wo er mit der Vergangenheit haltmachen soll. Sonst bleibt er in seiner Entwicklung stecken. Was uns gestern quälte, kümmert uns heute wenig. Und der morgige Schmerz wird übermorgen heilen. So ist der Lauf der Welt.«

»Sie haben mich viel gelehrt«, sagte ich steif. »Ich danke Ihnen.«

»Ich habe dir nichts beigebracht«, widersprach sie heiter. »Aber du hast einiges dazugelernt.«

Haru-San, der nichts von dem entging, was gesagt wurde, rief verschmitzt aus dem Hintergrund: »Wer abends so dumm einschläft, wie er morgens aufgewacht, ist wirklich nicht zu retten!«

»Du bist so still«, sagte die Meisterin zu Seiji. »Warum nur?«

Er saß nicht im Schneidersitz, wie es junge Leute zu tun pflegten, sondern kniete nach alter Sitte aufrecht auf dem Kissen. Mir fiel auf, wie sehr er trotz seines roten T-Shirts und seiner modischen Jeans in dem Frieden dieses Gartens zu Hause war. Und wie stets war Seijis Antwort von absoluter Ehrlichkeit und Offenheit.

»Ich mache mir Sorgen um Jun. Es wird nicht einfach für sie sein.«

Midori-Sensei nickte ruhig. »Natürlich nicht. Es wird allmählich Zeit, dass sie die Welt kennenlernt.«

»Ich weiß, dass sie gehen muss«, sagte Seiji. »Und ich werde auf sie warten.«

Midori-Sensei fächelte sich Kühlung zu. Ihr Gesicht, wie eine Maske aus hellem, edlem Holz, war gleichsam das Antlitz einer uralten Weisen und einer schönen jungen Frau. »Junge Menschen überschätzen gerne ihre Kräfte. Was, wenn sie anders zurückkommt, als sie gegangen ist? Hast du das auch bedacht?«

Seiji schlug die Augen nieder. »Ja, daran habe ich auch gedacht.«

»Und?«

Er lächelte; es war ein trauriges Lächeln, das seine Mundwinkel herabzog und ihn älter erscheinen ließ, als er es eigentlich war. »Das macht nichts«, sagte er dumpf. »Ich werde zu verstehen suchen.«

»Was ist die Liebe?«, sagte Midori-Sensei wie zu sich selbst. »Eines unserer frühesten Gedichte erzählt: Wie die unvergleichlich schönen Kirschblüten im Laufe einer Nacht welken und abfallen, so dauert auch das Zusammensein zweier Liebenden nur eine einzige Nacht. Aber wie gegen Ende derselben Nacht die Regenwolken sich weiß und licht um den Berggipfel lagern, so lindert innige Zuneigung die Herzen und löst den Abschiedsschmerz.« Ein Seufzer hob ihre Brust. »Ach, wie glücklich ihr doch seid!« Dann schwieg sie plötzlich und eine seltsame Rührung schimmerte in ihren Augen.

Zum letzten Mal vor meiner Abreise war ich mit Seiji in sein Studio gegangen. Alles war ruhig. Das Summen der Klimaanlage erstickte die Geräusche von draußen. Wir lagen im Dunkeln; der rot-grüne Widerschein der Leuchtschriften huschte und zuckte über unsere Haut.

Ich sagte Seiji, dass meine Mutter mich zum Bus-Terminal bringen werde. »Warum macht sie mir diesen Vorschlag! Es passt ihr doch überhaupt nicht, dass ich fahre. Die Verhältnisse bei uns zu Hause ertrage ich sowieso nicht mehr. Mein Vater redet kaum noch mit ihr, zieht sich in sein Zimmer zurück und grübelt. Sie will, dass es wieder wie früher wird. Auch wenn es nur eine Fassade ist.«

»Wie früher?«, sagte Seiji. »Das kann sie sich aus dem Kopf schlagen. Sogar ich habe manchmal Angst.«

Ich legte die Hand auf seine Stirn. Seine Haut fühlte sich klamm an. »Angst? Aber warum denn?«

Er presste sein Gesicht an meines. »Weil ich das Gefühl habe, dass ich nahe daran bin … dich zu verlieren. Die Sache hängt einzig und allein von dir ab. Das beunruhigt mich.«

»Spinner!«, sagte ich zärtlich.

Er lächelte ohne Fröhlichkeit. »Ich frage mich, ob mein Leben von morgen an anders sein wird, nur weil du nicht mehr da bist. Kein Augenblick, an dem ich nicht an dich denke. Und ich bin schon jetzt krank vor Sehnsucht nach dir.«

Ich legte meine Arme um ihn. »Das ist bei solchen Trennungen immer so …«

»Nein«, sagte er dumpf. »Nicht immer, das weißt du. Ich mag gar nicht an deine Abreise denken, morgen …«

Er war allzu ruhig, fast in sich gekehrt. Ich drückte ihn an mich, um seine Traurigkeit zu lindern. Ich streichelte sein Gesicht, in dem kein Trost war.

»Sag etwas«, flüsterte ich.

Sein Kopf fiel auf meine Schulter. »Ersticke mich.«

Ich umschlang ihn enger. »Du frierst ja! Warum?«

Er atmete mit geschlossenen Augen meinen Atem. Als er die Wimpern hob, lief über seine Wange eine glitzernde Spur. »Sag, dass du zurückkommst. Sage es!«

Ich küsste so lange seine Tränen, bis sich unter meinen Lippen die Haut wieder trocken anfühlte. Dann erst lächelte ich ihn an. »Aber natürlich komme ich zurück!«

»Ich bin nicht traurig«, sagte Seiji. »Jetzt nicht mehr.« Bald wurde es Zeit, dass ich ging. Seiji machte Licht. Wir standen auf und suchten unsere Sachen zusammen. Seijis rotes T-Shirt lag zusammengerollt am Boden.

Ich hob es auf und zog es über den Kopf. »Ich will etwas von dir bei mir behalten«, sagte ich.

Er brachte mich bis zur U-Bahn-Station. Im Gedränge vor den elektronischen Schranken umarmten wir uns ein letztes Mal. Wir küssten uns, stumm und zart. Sein Haar streichelte meine Wange. Dann trennten wir uns. Ich lief eine Treppe hinauf. Auf dem Bahnsteig standen die Menschen dicht nebeneinander, hielten Taschen, Bücher und Zeitungen, wischten sich mit weißen Taschentüchern die Stirn und warteten aufs Einsteigen. Ich atmete schnell und fühlte meinen Herzschlag. Das rote T-Shirt lag weich und zerknittert auf meiner Brust. Jedes Mal, wenn ich mich bewegte, spürte ich den Geruch von Seijis Haut. Wie ein Streicheln war das, eine Umarmung, innig und vertraut, die mich begleitete und beschützte.

9

Ich stand vor meiner Reisetasche und überlegte, ob ich nichts vergessen hatte. Für zehn Tage lohnte es sich nicht, viel Gepäck mitzunehmen. Zwei leichte Baumwollhosen, einige T-Shirts, einen Blazer und einen Pulli, damit würde ich auskommen, die Tasche war schon schwer genug. Zum Schluss kam noch eine Schachtel »O-Senbei« dazu, knusprige Reisplätzchen, die Onkel Robin besonders mochte. Bis der Reißverschluss endlich zu war, brach mir der Schweiß aus.

Unten im Flur prüfte meine Mutter ihren Lippenstift im Spiegel und blickte ungeduldig auf die Uhr.

»Wir sollten fahren!«, rief sie. »Man weiß ja nie, ob wir in einen Stau geraten.«

Ich nahm Tasche und Rucksack und warf meinen Regenmantel über den Arm. Onkel Robin hatte gesagt, dass ich einen mitnehmen solle. Mein Vater arbeitete in seinem Zimmer. Das Faxgerät lief. Ich klopfte behutsam. Er kam im Jogginganzug an die Tür. Er hatte gerade geduscht, sein schweres Haar war noch nass.

»Musst du schon abreisen?«, fragte er in beiläufigem Ton. Er nahm mir die Tasche ab und kam hinter mir die Treppe herunter. Ich wunderte mich, dass er schwieg. Wir hatten uns alles gesagt, was gesagt werden musste.

Ich schlüpfte in meine Schuhe; er reichte mir die Tasche. »Gute Reise!«, sagte er dumpf. »Grüße Robin von mir!«

Unsere Blicke fanden sich einen Atemzug lang. Dann machte ich eine höfliche Abschiedsverbeugung und hauchte:

»Bis bald!«

Draußen, beim Wagen, setzte meine Mutter ihre Sonnenbrille auf. Mein Vater hob winkend die Hand und schloss leise die Tür hinter mir.

Ich ging, um das Gartentor zu öffnen. Langsam und geschickt setzte meine Mutter den Wagen in Bewegung. Ich stieß das Tor wieder zu, warf meine Tasche auf den Rücksitz und stieg ein. Wir fuhren durch ruhige Straßen, über eine Eisenbahnbrücke. Dann bogen wir in den Highway ein, der auf erdbebensicheren Pfählen ganze Stadtviertel überquerte. Meine Mutter hatte Übung und fuhr entspannt und sicher im dichtesten Gewühl. Wegen der dunklen Gläser, die ihre Augen verbargen, erschien ihr Profil seltsam ausdruckslos. Ich wusste nicht, was ich ihr sagen sollte. Sie selbst schien sich auf den Verkehr zu konzentrieren und so sprachen wir nur wenig. Bald verstopften endlose Fahrzeugkolonnen die Straßen, aber wir hatten Glück, die Wagen kamen selten zum Stehen. Knapp eine Stunde später fuhr meine Mutter die Rampe zur Ausfallstraße hinunter und hielt vor dem unterirdischen Eingang des Bus-Terminals. Ich bedankte mich und nahm mein Gepäck. Meine Mutter stieg ebenfalls aus. Sie sprach jetzt mit hastiger, verwirrter Stimme, als ob sie im letzten Augenblick alles nachholen wollte, was sie während der Fahrt nicht gesagt hatte.

»Hast du auch nichts vergessen? Geld? Pass? Flugschein?« Sie behandelte mich wie ein Kleinkind. Ich wühlte in meinem Rucksack und brachte alles durcheinander, bis sie beruhigt war. Doch sie war noch nicht fertig mit mir. Ich merkte es an der Art, wie sie ihre schwarze Brille abnahm, um mir gebieterisch in die Augen zu sehen.

»Ich möchte dich nochmals darum bitten: Überlege dir gut, was du sagst. Dein Vater ist in einer sehr unangenehmen Lage. Du trägst eine große Verantwortung. Sei nicht zu impulsiv, stifte nicht noch größeren Unfrieden!«

Ich kochte innerlich. Aber ich verbeugte mich, ganz wie eine gehorsame Tochter. Sie konnte nicht aus ihrer Haut heraus. Mir lag viel daran, dass wir friedlich Abschied nahmen. Aber gleichzeitig wollte ich sie loswerden. »Bitte, warte nicht mit mir«, sagte ich in rücksichtsvollem Ton. »Gleich geht ja schon mein Bus.«

Eine Falte zuckte zwischen ihren Brauen, ihre Mundwinkel zogen sich herab. Wie es in letzter Zeit oft vorkam, zeigte sich unter der Puderschicht ein anderes Gesicht, das Gesicht eines Menschen, der verbittert ist und leidet. Und als ob sie die Notwendigkeit empfände, dieses Gesicht vor mir zu verbergen, setzte sie mit der Gebärde einer Schlafwandlerin die dunkle Brille wieder auf.

»Ich glaube«, seufzte sie, »ich brauche jetzt einen Kaffee.«

Ich hob meine Tasche auf und wandte mich ab von diesem Gesicht, das ich nicht sehen sollte. Auf der Rolltreppe zur Gepäckabfertigung winkte ich ihr aus Pflichtbewusstsein ein letztes Mal zu. Sie erwiderte meine Geste mit seltsamer Erregung. Es war nicht eigentlich Zuneigung, die mir in ihrer Bewegung sichtbar wurde. Weit eher erkannte ich darin so etwas wie eine Beschwörung, eine flehende Bitte. Sie schaute mir nach, bis ich oben ankam. Dann ging sie.

Der Bus stand schon da. Die Passagiere warteten hinter den Glastüren: Geschäftsleute mit Aktentaschen und spiegelblanken Schuhen; eine Reisegruppe aus Australien, große blonde Leute, grellbunt gekleidet; zwei Amerikanerinnen in schlabbrigen Jogginganzügen, mit Säuglingen in ihren Tragtaschen. Die Leute standen oder saßen und redeten in allen möglichen Sprachen. Ich hörte zu, ohne zu verstehen, und schwebte in einem unwirklichen Zustand, zwischen Erregung und Empfindungslosigkeit. Seijis T-Shirt trug ich auf der bloßen Haut. Manchmal strich ich mit der Hand über die dünne Baumwolle; es war, als ob seine eigene Hand mich liebkosen würde.

Die Glastüren teilten sich. Sofort begann ein Stoßen und Schubsen. Ein urmenschlicher Reflex bewirkte, dass sich jeder als Erster durch die Tür zwängen wollte. Ich gab dem Fahrer mein Ticket, fand einen Sitzplatz und verstaute mein Gepäck. Die Türen schlossen sich. Der Fahrer legte den Gang ein; schwerfällig setzte sich der Bus in Bewegung, fuhr in einer Kurve die Straße hinauf und tauchte ins flammende Sonnenlicht empor. Die Fahrt zum Flughafen sollte eine Stunde dauern. Ich lehnte mich zurück, schloss die Augen und döste vor mich hin.

Die Maschine der Canadian Pacific startete fast pünktlich

auf die Minute. Langsam rollte die Maschine an und machte dann schwerfällig eine Wendung. Das Brummen der Düsen wurde zum schrillen Pfeifton, als das Flugzeug zu rasen anfing. Ein dumpfer Stoß: Die Boeing hob sich mit gewaltigem Ruck vom Boden ab. Wasserfälle brausten in meinen Ohren und mein Magen kribbelte. Das Flugzeug stieß höher durch rot glühende Nebelfelder. Zwischen Wolkenfetzen kamen die schachbrettartigen Reisfelder in Sicht, die grünen Hügel und dann das Meer, golden von der Sonne beschienen. Die Leuchtschrift »No smoking« erlosch. Die Maschine ließ die letzten Dunststreifen hinter sich und schwebte unter tiefblauem Abendhimmel. Ich schluckte; es krachte und zischte in meinem Trommelfell, dann wurde mein Gehör wieder frei. Das Dröhnen der Düsen ging in gleichmäßiges, beruhigendes Summen über. Ich saß an einem Fensterplatz. Neben mir las ein höflicher, stiller Herr in einem englischen Buch. Ich lehnte mich zurück in dem seltsamen Gefühl, wach zu träumen.

Die Zeit verging. Die Stewardessen hatten sich eine Schürze umgebunden und schoben die Wagen mit den kargen Mahlzeiten durch den Gang. Ich hatte kaum Hunger, stopfte aber alles gleichgültig in mich hinein. Nach dem Essen gingen die Lichter aus; man zeigte einen amerikanischen Unterhaltungsfilm. Schüsse, rasende Autos, dickbusige Blondinen. Die übliche Verherrlichung muskelprotzender, männlicher Gewalt. Ich schob meine Schlafmaske über die Augen, schlief ein und wachte nur kurz auf, als der Herr neben mir zur Toilette ging. Später weckte mich die Stimme des Piloten und kündigte Turbulenzen an. Die Schrift »Fasten seat belts please« leuchtete auf. Die Maschine tanzte und vibrierte. Die Rückenlehnen zitterten, die Fächer für das Kabinengepäck dröhnten. Ich saß ganz still und atmete entspannt im Rhythmus meiner Gedanken. Das eigentümliche Gefühl, durch rasende Wolkenfelder einem geheimnisvollen Ziel entgegenzufliegen, berauschte mich. Ich fühlte einen Druck auf dem Magen, aber nicht die geringste Angst. Ich schlief erneut ein.

Ich erwachte, als im Flugzeug die Lichter angingen. Es war bereits Morgen. Die Passagiere warteten verschlafen und in zerknitterter Kleidung vor der Toilette. Zerknüllte Zeitungen, gebrauchte Kleenex und zerwühlte Decken lagen auf den Sitzen. Es gab Frühstück: warme Brötchen, Marmelade, Eierkuchen, Kaffee, so viel man wollte. Man teilte uns mit, dass die Maschine dank starkem Rückenwind früher als geplant auf dem Vancouver International Airport landen würde. Die Außentemperatur betrug 17 Grad. Kalt, für meine Begriffe. Das Flugzeug senkte sich. Der Himmel, die Landschaft, die Fluganlagen, alles war in dichten Nebel gehüllt. Der Lärm der Düsen steigerte sich zu einem grellen Pfeifen. Stöße erschütterten den Flugzeugrumpf. Dann, ein kurzer, scharfer Aufprall: Die Räder hatten den Boden berührt. Für Sekunden schien die Geschwindigkeit zuzunehmen, dann rollte die Maschine langsamer und stand endlich still. Der Herr neben mir faltete seine zerknitterte Zeitungen zusammen und nickte mir zum Abschied zu. Die Passagiere erhoben sich alle gleichzeitig und suchten ihr Gepäck in unnötiger Hast zusammen. Ich schüttelte den zerknitterten Regenmantel, zog ihn an und schwang den Rucksack über die Schulter.

In einer Menschenschlange stehend, wartete ich auf die üblichen Pass- und Ankunfsformalitäten und darauf auf meine Tasche, die schon bald auf dem Fließband heranglitt. Auch die Zollabfertigung hatte ich schnell hinter mir. Kaum trat ich durch die Glastür in die Ankunftshalle, als Onkel Robin sich aus einer Gruppe von Menschen löste und auf mich zukam.

»Jun! Wie schön, dich zu sehen! Bist du gut gereist?«

»Ja, danke. Ich habe viel gegessen und viel geschlafen.«

Ich deutete eine Verbeugung an, doch er kam mir zuvor und umarmte mich.

»Du bist braun«, sagte ich. »Bist du an der Sonne gewesen?«

»Ich spiele wieder etwas Golf. Aber seit ein paar Tagen haben wir Nieselregen.«

Draußen war es ziemlich kalt. Ich verschränkte fröstelnd die Arme.

»Ich habe bei uns die Heizung angestellt«, sagte Robin. »Ich konnte mir denken, dass du frieren würdest. Um diese Jahreszeit ist es ja in Tokio so warm.«

Onkel Robin fuhr einen großen amerikanischen Wagen mit automatischer Schaltung.

»Den habe ich schon seit zwölf Jahren. Einen neuen kaufe ich mir nicht mehr. Wozu auch?«

Neben dem Lenkrad war ein kleines, eingerahmtes Foto von Mayumi angebracht. Mein Herz verkrampfte sich; ich wandte sofort die Augen ab.

Mir fiel auf, dass man in Kanada rechts fuhr und links überholte. Doch die Geschwindigkeitsbegrenzungen waren ebenso streng wie in Tokio: Auf der Autobahn fuhren wir nicht schneller als hundert. Der Verkehr war noch chaotischer als bei uns. Robin erklärte mir, dass die Stadt nach einem George Vancouver benannt worden war, der 1791 dort an Land ging.

»Das Gebirge ist heute verhüllt. Aber der Wetterbericht ist gut. Morgen soll es wieder schön werden.« Auch das Hafengelände lag im Nebel; nur einige größere Schiffe, Kräne und Brückenpfeiler waren sichtbar. Ein Meeresarm mit vielen kleinen Inseln, das »Burrard Inlet«, erstreckte sich bis ins Stadtinnere. Im Zentrum ragten Hochhäuser schemenhaft aus dem Dunst; es war, als ob ganze Gebäudeteile frei in der Luft schweben würden. Etwas später erklärte mir Robin, dass wir nun durch Granville Island fuhren, eine künstlich angelegte Landzunge. Im Vorbeifahren erhaschte mein Blick ein buntes Durcheinander von Boutiquen, Restaurants und Cafés, überdimensionalen Werbetafeln und Wohnhäusern aus roten Backsteinen.

Robin sagte, dieses Viertel sei noch vor dreißig Jahren eine verlotterte Gegend mit Lagerhallen, Sägewerken, altmodischen Fabriken und Güterbahnarealen gewesen. »Jetzt steht das Viertel unter Denkmalschutz. Viele Häuser wurden restauriert, in Lofts oder teure Boutiquen umgewandelt.«

Menschen aller Hautschattierungen füllten die Straßen. Die meisten erschienen mir schlecht geschminkt, unfrisiert, halb nackt oder in zu grelle Farben gekleidet. Das saloppe Bild hatte zwar etwas Fröhliches an sich, Ferienstimmung im alltäglichen Leben. Aber die Häuser waren nicht immer gepflegt, die Fenster oft staubig. Oft sah man auf düstere, halb verfallene

Gebäude, auf halb zugemauerte Ladentüren und verrostete Balkone. Mehrstöckige Häuser mit abgebröckeltem Putz, eingeworfene Scheiben. Schmutzige Gestalten irrten durch düstere Höfe, ein zerlumpter Alter wühlte in einer Mülltonne. Hinter der sorglosen Fassade schien Elend zu lauern.

Robin wohnte in der Nähe des Geländes, wo 1986 die Weltausstellung stattgefunden hatte. Es war ein ruhiges Viertel mit Einfamilienhäusern und akkurat gemähten Rasenflächen. Robin fuhr an einer großen Oleanderhecke entlang und hielt vor einer Garagentür, die sich automatisch hob. Das große Backsteinhaus, hinter den Büschen sichtbar, hatte ein Erkertürmchen und hellblau gestrichene Fensterrahmen. In der Garage befand sich ein kleiner blauer Wagen, dessen Nummernschild abgenommen worden war. Ich stieg aus und Robin nahm meine Tasche aus dem Kofferraum. Eine Treppe führte direkt in eine Diele mit quietschendem Parkettfußboden. Dass Robin eine Japanerin zur Frau gehabt hatte, merkte man an der Anzahl Pantoffeln, die am Eingang bereitstanden. Durch eine Tür blickte ich in ein großes, altmodisch eingerichtetes Wohnzimmer mit schweren Möbeln, Spitzenvorhängen und Perserteppichen in dumpfen, üppigen Farben. Während ich mich mit schüchterner Neugierde umsah, kam eine stattliche Frau aus einer Tür gegenüber und streckte mir mit herzlichem Willkommen beide Hände entgegen.

»Guten Tag! Ich freue mich, dich kennenzulernen. Ich bin Tante Alice.«

Obwohl älter als Robin, sah sie jugendlicher aus. Ihr Gesicht war gebräunt, ihre blauen Augen leuchteten. Ihr Körperbau war fest und geschmeidig. Alles in ihr strahlte Tatkraft und Energie aus.

»Du möchtest dich sicher frisch machen«, meinte sie. »Komm, ich zeige dir dein Zimmer.«

Sie führte mich die Treppe hinauf. Das Zimmer befand sich im ersten Stock. Eine Tapete mit kompliziertem Blumenmuster überzog die Wände. Das Bett, die Kommode, der Schrank, alles war aus dunklem, glänzend poliertem Holz. Es roch nach Bohnerwachs und Mottenpulver. Auf den Tisch hatte Tante Alice einen kleinen Strauß mit Kletterrosen gestellt. Sie öffnete den Schrank und wies auf einige zusätzliche Decken.

»Wir haben zwar geheizt, aber ich möchte um Himmels willen nicht, dass du frierst.«

Ich lachte und sagte ihr, ich käme nicht aus Afrika. Sie zeigte mir das Badezimmer. Das riesige Waschbecken und die Badewanne hatten Messinghähne in Form von Schwänen. An der Wand war ein großer Spiegel angebracht. Ganz besonders fiel mir die Blumentapete auf, denn bei uns sind Badezimmer ausnahmslos mit Kacheln versehen.

Alice gab mir Handtücher und setzte hinzu: »Ich habe einen kleinen Imbiss vorbereitet. Ich hoffe, du hast Hunger.«

»Danke, ein wenig«, erwiderte ich, um sie nicht zu enttäuschen. In Wirklichkeit war ich schrecklich müde. Die Augen fielen mir zu. Alles war so verwirrend und ungewohnt.

Ich packte meine Tasche aus, duschte und wechselte die Wäsche. Meine ganzen Sachen waren zerknittert. Ich hängte meinen Blazer auf, um die Falten zu glätten. Als ich umgezogen war, warf ich einen Blick aus dem Fenster. Die Sonne drang schwach durch den Nebel. Der Garten, mit Obstbäumen und verschiedenen Beeten, überraschte mich durch seine üppige, nahezu grelle Blumenpracht. Wir in Japan bevorzugen gedämpfte Farben.

Als ich nach unten kam, war der Tisch schon gedeckt. Robin las die Zeitung und wartete auf mich. Als ich hereinkam, erhob er sich höflich.

»Nun, wie fühlst du dich?«

Ich lächelte ein wenig zerknirscht. »Ein bisschen müde, vielleicht …«

»Das macht die Zeitverschiebung. Am besten, du legst dich heute Abend früh schlafen. Morgen bist du wieder in Form.«

Ich überreichte ihm das mitgebrachte Reisgebäck. Robin war entzückt. »O-Senbei! Großartig! Die gibt es hier niemals so gut und so frisch wie in Japan!«

Alice stellte eine Schüssel mit bunten Salaten auf den Tisch und fragte, ob ich lieber Bier oder Apfelwein trinke. Ich entschied mich für Apfelwein. Robin schenkte mir ein, wobei er erzählte, dass er sein Obst selbst pflücke und destilliere.

»Alles schön und gut«, warf Tante Alice ein. »Aber jetzt sollte er aufhören, auf Leitern herumzuturnen. Er ist schließlich auch nicht mehr der Jüngste.«

»Ach, die frische Luft tut mir gut«, meinte Robin. »Mayumi und ich teilten uns die Gartenarbeit. Mayumi hatte eine glückliche Hand mit Blumen. Der Goldregen über unserer Veranda war immer eine Pracht. Freilich hat er im letzten Frühjahr nur sehr spärlich geblüht.« Ein Schatten trübte seine Augen.

Alice warf mir einen bedeutsamen Blick zu und wechselte sofort das Thema. »Ich weiß, dass in Japan viel Fisch gegessen wird. Hoffentlich hast du meinen gegrillten Lachs gerne!«

Ich lächelte sie an. »Er schmeckt wundervoll.«

Nach dem Essen wollte ich Tante Alice in der Küche helfen, doch sie winkte ab.

»Ich führe Robins Haushalt, weil ich Nichtstun hasse. Was nützt es mir, wenn ich dasitze und in die Glotze starre?«

»Alice hatte schon als Kind viel Energie«, sagte Robin. »Sie konnte niemals stillsitzen. Mayumi, die gerne Spitznamen verteilte, nannte sie ›Frau Wirbelwind‹.«

Alice setzte lachend die Teller ineinander. »Und dich nannte sie den ›Stillen Denker‹.« Dann verschwand sie in der Küche, wo man sie mit Geschirr klappern hörte.

Robin nickte mir zu. Das graue Tageslicht fiel auf sein Gesicht und ließ es schlaff und müde erscheinen. »Komm, setz dich ein wenig zu mir. Wie steht es mit deinem Programm? Was hast du morgen vor?«

Ich sagte ihm, dass ich gerne das Haus meiner Großeltern sehen würde.

Robin machte ein zustimmendes Zeichen. »Ich zeige es dir. Es liegt nicht weit von hier, an der Dunbar Road. Ich glaube, es wird noch von der Familie bewohnt, die es damals kaufte. Genaueres weiß ich nicht, aber ich kann mich erkundigen, wenn du willst.«

Ich schüttelte den Kopf. »Nein, das wird nicht nötig sein.«

»Noch etwas?«, fragte er.

Ich schluckte. »Ich möchte Tante Chiyo besuchen. Ich habe

ihr aus Tokio geschrieben. Aber ich weiß nicht, ob sie den Brief erhalten hat.«

Robin rutschte unbehaglich hin und her. Ich sah, wie eine leichte Röte seine Wange überzog. »Eins musst du wissen …: Ich habe sie angerufen und gesagt, dass du kommst.«

Ich starrte ihn an. »Und?«

Robin holte gepresst Luft. »Sie sagt, sie sei krank und könne keinen Besuch empfangen.« Er sprach nicht weiter. In seinem Schweigen lag eine Müdigkeit.

Draußen in der Küche setzte Alice die Spülmaschine in Gang. Ich saß unbeweglich, die Hände auf den Knien gefaltet.

Robin sah nervös an mir vorbei. »Lass es gut sein!«, seufzte er schließlich. »Sie war schon immer ein schwieriger Mensch.«

Ich lächelte beschwichtigend. »Ja, ich weiß. Das macht nichts. Ich danke dir trotzdem.«

Manche Menschen, dachte ich, verstehen die Gegenwart nur, wenn sie längst vorüber ist. Sie verkennen die Wirklichkeit und weisen alle unbequemen Wahrheiten von sich. Ich hatte nicht im Sinn, mich aufzuregen. Aufregungen strengen an und führen zu nichts. Aber ich wusste, was mir zu tun blieb.

10

Obwohl ich müde war, verbrachte ich eine schlechte Nacht. In der Matratze war eine unbequeme Grube, das Kopfkissen war viel zu hoch und zu weich. Ich wälzte mich hin und her und lauschte auf die ungewohnten Geräusche. Ich hörte jeden Schritt im Erdgeschoss und die schweren Möbel gaben manchmal ein scharfes Knarren von sich. Es war kein bedrohlicher Laut: Ich spürte die Unmittelbarkeit und Lebendigkeit des alten Holzes. Doch dies alles war neu für mich. Ich vermisste die kühle Helle japanischer Wohnräume. Das große Haus mit den hohen Decken, den vergoldeten Spiegelrahmen, die Fülle von angesammelten Gegenständen – Vasen, Statuen, Muscheln, Fotografien – vermittelten mir zwar den Eindruck von Geborgenheit und Wärme, aber auch von erdrückender Schwere. Dazu kamen die unruhigen Gedanken, die Chiyo betrafen. Ihre angebliche Krankheit war ja nur eine Ausrede. Dass sie mir aus dem Weg ging, ärgerte und kränkte mich mehr, als ich es wahrhaben wollte. Warte nur ab, du Dickschädel, dachte ich ziemlich respektlos, ich bin nicht so schnell kleinzukriegen.

Am nächsten Morgen erwachte ich mit Rückenschmerzen und steifem Nacken. Ächzend schob ich die Beine aus dem hohen Bett und tastete mit den Füßen nach dem Boden. Im Halbdunkel wankte ich ans Fenster und zog die Vorhänge auf. Blaue, strahlende Helle strömte herein, im Sonnenschein tanzten Staubkörnchen. Ich sah die lichtüberflutete Bergkette und die weißen Häuser am Hang. Bei offenem Fenster machte ich einige Turnübungen, um meine verkrampften Muskeln zu lockern, und atmete tief die kühle, prickelnde Morgenluft ein. Nach dem Duschen fühlte ich mich besser. Ich machte mein Bett und ging nach unten. Robin und Alice saßen schon beim Frühstück. Es duftete gut nach Kaffee und auf dem Tisch war ein ganzer Berg Zeitungen ausgebreitet.

Alice lächelte mich an. Sie trug einen blauen, ziemlich verschlissenen Morgenrock. »Gut geschlafen?«

Ich dankte höflich und setzte mich, wobei ich das Gesicht leicht verzog.

Robin nahm seine Brille ab und schmunzelte. »Rückenschmerzen, nehme ich an? Ich kenne das. In Japan sind die Betten so hart, dass ich am nächsten Morgen sämtliche Knochen fühle!«

»Tee oder Kaffee?«, fragte Alice.

»Ich trinke sehr gerne Kaffee«, sagte ich und wandte die Augen ab. Meine Mutter hätte sich niemals mit Lockenwicklern am Frühstückstisch blicken lassen.

»Ich dachte, du würdest lieber grünen Tee trinken«, meinte sie belustigt.

Ich erklärte ihr, dass die meisten Japaner Toast, Marmelade und Rührei zum Frühstück nahmen. »Es gibt aber noch Leute, die den Tag mit Fisch, Reis und Miso-Suppe beginnen.«

Alice lachte. »Fisch zum Frühstück, warum auch nicht? Bei uns verschlingen manche Farmer schon morgens ein Steak. Danach sind sie stark genug, um einen Ochsen zu verladen!«

Das Frühstück war reichlich: Milchbrötchen, Getreideflocken, mehrere Sorten Marmelade.

Dazu hatte Alice, die mir eine Freude machen wollte, eine Portion Pfannkuchen zubereitet. »Mit Ahornsirup!«

Ich war begeistert. »Mein Vater schwärmt noch heute davon!«

Robin faltete die Zeitung zusammen. »Irgendwann kommt immer eine Zeit, in der man sich nur an die schönen Dinge erinnern und die schlechten vergessen will.« Sein Blick verlor sich in die Ferne; er starrte abwesend vor sich hin.

Alice hob mir die Kanne entgegen. »Noch etwas Kaffee?«

Ich verstand ihren stummen Wink und wechselte das Gespräch. »Übrigens, Onkel Robin, du hast sicher Wichtigeres zu tun, als mich überallhin zu fahren. Mach dir keine Sorgen um mich! Ich besorge mir einen Stadtplan und komme schon zurecht. Japanerinnen gehen nie verloren«, setzte ich lächelnd hinzu. Robins Augen kehrten zu mir zurück. »Heute zeige ich dir einen Teil der Stadt. Ab morgen kannst du alleine auf Entdeckung gehen. Dann nehme ich mir ein paar Tage frei, um nach Cattle Creek zu deiner Großmutter zu fahren.«

Alice trank schweigend ihren Kaffee. Aber ich bemerkte ihren wissenden Blick und fühlte, wie ich errötete.

»Ich danke dir«, sagte ich bewegt.

Gleich nach dem Frühstück fuhren wir los. Robin erklärte mir, dass man in Vancouver mit dem Bus schnell und bequem überallhin kam. Er zeigte mir die Haltestelle an der nächsten Kreuzung. Durch Straßen, von Fahrzeugströmen und Lärm gefüllt, fuhren wir dem Stadtkern entgegen. Wolkenkratzer drangen in die Höhe, die große Kuppel der Weltausstellung war weithin sichtbar.

Kreischende Möwenschwärme verliehen der Luft etwas Lebendiges, Schwirrendes. Die Nähe des Wassers war überall zu spüren und die Bergkulisse leuchtete smaragdgrün gegen den tiefblauen Himmel. Am Stanley-Park ließen wir den Wagen stehen und bummelten durch die Anlagen. Die Sonne stieg; die unzähligen Fenster der Hochhäuser funkelten. Der Blick wanderte über den blau schimmernden Meeresarm mit seinen Frachtern, Segelschiffen und Fischkuttern. Es roch nach Wasser, Dieselöl und Sonnencreme. Wir wanderten an Rasenflächen und grellfarbigen Blumenbeeten vorüber, als ich plötzlich den Arm ausstreckte.

»Was ist das?« Ich zeigte auf einige Pfähle aus bemaltem und geschnitztem Holz, die rund zwanzig Meter in die Höhe ragten. Sie waren offenbar zu Dekorationszwecken aufgestellt worden. Doch die Kraft, die von diesen seltsamen Gegenständen ausging, war mir vertraut: Es war die Kraft der Erde, der Wälder und Gewässer.

»Das sind indianische Totempfähle«, sagte Robin. »Sie wurden aus Zedernholz angefertigt und dienten als Symbol für das Ansehen und den Wohlstand eines Stammes. Jede Familie hatte ihre Wappen und ihren Schutzgeist. Diese Pfähle gehören den Squamish-Indianern: Hier lag ihr einstiger Jagd- und Lebensraum.«

Langsam trat ich an die Kunstwerke heran. Sie zeigten riesige Tierfiguren in gewaltig stilisierter Form: einen Wolf, einen Bären, einen Adler mit ausgebreiteten Schwingen. Die Pfähle selbst waren neu; die Farben leuchteten frisch. Manche Touristen hatten es sich nicht verkneifen können, in das ehrwürdige Holz ihren Namen zu ritzen. Und doch erschauerte ich beim Gedanken, dass in diesen Skulpturen der ewig lebende Geist wohnte. Die Tierfiguren, in dunklen, satten Farben gehalten, waren alt. Die Bäume, mit der Tierwelt verbunden, hätten diese Muster aus sich selbst erschaffen können, lange bevor die Hand des Menschen überhaupt zu meißeln vermochte. Ja, es waren »Yorishiro«, Göttersitze, wie ich sie von Japan her kannte. Eine Weile stand ich still, den Blick ehrfürchtig erhoben.

Auch Robin schwieg. Er spürte meine Ergriffenheit, wenn er sie auch nicht deuten konnte.

Auf einmal fuhr ich zusammen, kehrte in die Wirklichkeit zurück. Junge Leute kamen vorbei, lärmend, lachend, sich einander schubsend. Der wachsende Lärm drang mir in den Kopf und ich sehnte mich danach, dass es wieder ruhiger würde. Doch sie stellten sich neben mich, betrachteten die Totempfähle, übertrumpften sich mit Witzen und rannten mit ihren Fotoapparaten herum. Ich hätte sie am liebsten verprügelt.

Ich schluckte und wandte mich ab. Wir gingen weiter. Schüler auf Skateboards und Rollschuhen flitzten vorbei, Fahrradfahrer klingelten. Im Meer wurde gebadet und aus Transistorradios drang überlaute Rockmusik.

Später schlenderten wir durch die Fußgängerzone an der Granville Mall. Wir setzten uns in ein Straßencafé unter lustige bunte Sonnenschirme und bestellten Eis. Die Portionen kamen: Sie waren so riesig, dass ich lachen musste. Robin sah heiter und spürbar verjüngt aus. Es freute ihn offenbar, mich auszuführen. Doch unter den vielen Menschen, die fröhlich, gut genährt und bunt gekleidet waren, zogen mit unsicheren Schritten verkommene Gestalten vorbei. Sie hatten nichts zu bieten, nichts zu geben, sie waren unerwünscht. Dieses großzügige Land hatte kein Herz für Notleidende und Unterdrückte. Hinter der lebensfrohen Kulisse keimte der Verfall wie eine schleichende Krankheit.

Ich war mit Sahne vollgestopft und kratzte lustlos meinen Eisbecher aus, um Robin nicht zu kränken. Inzwischen breitete dieser einen Stadtplan vor mir aus.

Er zeigte mir, wo sich unser altes Haus befand: in der Nähe des einstigen Klein-Japans, unweit der Universität von British Columbia. »Möchtest du jetzt hinfahren?«, fragte er.

Meine Zusage hörte sich unnötig steif an.

Wir gingen zum Wagen zurück und Robin schlug eine Abkürzung durch Chinatown vor. Schon ein paar Minuten später sah ich, dass es auf den Straßen von Chinesen wimmelte. Wie merkwürdig, die westlichen Hochhäuser und zu ihren Füßen dieses farbenfrohe, unbekümmerte Chaos! Die Werbetafeln an allen Wänden waren in chinesischen Schriftzeichen gehalten, die Schaufenster quollen über von exotischen Waren und Lebensmitteln. Es roch nach Gewürzen und Holzkohle. Robin erzählte, dass es in den alten Trödlerläden alles gab, was man in Hongkong, China oder Taiwan kaufen konnte, mit etwas Glück – und einer kaufkräftigen Kreditkarte – auch wertvolle Raritäten. Dieses chinesische Viertel war aus der Notwendigkeit des Zusammenhaltens gegen eine feindliche Umwelt gegründet worden. Im neunzehnten Jahrhundert hatte man Chinesen zu Zehntausenden ins Land geholt. Beim Eisenbahnbau, in den Kohle- und Erzminen brauchte man billige, zähe Arbeitskräfte. Sie hatten geholfen, das Land aufzubauen, aber die Staatsbürgerschaft wurde ihnen verweigert. Sie wurden als Menschen zweiter Klasse behandelt, mit Sondersteuern belegt und starken Arbeitseinschränkungen unterworfen.

»Auch Japaner versuchte man auf ähnliche Weise zu diskriminieren«, sagte Robin. »Mit dem wesentlichen Unterschied, dass es sich zumeist um Menschen höherer Bildungsschichten handelte, die solche Schikanen nicht als unvermeidlich hinnahmen und sich rechtlich dagegen zur Wehr setzten.«

Ich schwieg und er fuhr fort:

»Die unbewusste Angst, die hochbegabten Völker des pazifischen Raumes könnten die Vorherrschaft der Weißen bedrohen, schürte solche Vorurteile. Ich persönlich sehe diese Entwicklung als naturgegeben und logisch an. Dem Höhepunkt folgt der Rückgang, das ist das Schicksal der Zivilisation. Die Zukunft gehört Asien. Ich jedoch bin alt und werde es nicht mehr erleben. Du vielleicht?«

Er lächelte mich gütig an; ich lächelte zurück. Inzwischen ließen wir die engen, lärmigen Straßen von Chinatown hinter uns und fuhren dem Universitätsgelände entgegen. Die ein-

oder zweistöckigen Häuser, weiß gestrichen oder aus rostbraunen Backsteinen, waren von kleinen Gärten oder Blumenbeeten gesäumt. Robin bog in eine Straße ein, die zu den Sportanlagen führte. Nach einer Weile bremste er in seiner bedächtigen Art und hielt den Wagen an.

»Dort«, sagte er und wies auf die andere Straßenseite. »Dort ist es!«

Ich sah ein zweistöckiges Haus aus geschwärzten Backsteinen mit einer hölzernen Veranda. Das zweite Stockwerk zeigte eine neuere Bauart: Die großen Fenster ließen die Sonne herein und unter dem Ziegeldach war ein verspielter Erker angebracht. Ein altes Eisentor, braun angestrichen, führte in einen Vorgarten.

»Sieh es dir in Ruhe an«, sagte Robin sanft. »Ich warte hier.« Ich schluckte würgend, öffnete und stieg aus. Meine Knie zitterten, als ich langsam über die Straße ging und vor dem Eisenzaun stehen blieb. Der Garten war mit Unkraut und Gestrüpp überwuchert. Die Bewohner schienen sich nicht viel darum zu kümmern. Einige Steinstufen führten zur Haustür; an der Wand lehnte ein Fahrrad und daneben standen einige leere Blumentöpfe. Durch Spitzenvorhänge hindurch sah ich grüne Pflanzen auf den Fensterbänken. Im zweiten Stock stand ein Fenster offen. Das Radio oder der Fernseher lief. Ein Violinkonzert. Während ich emporschaute, brach die Musik plötzlich ab; einige Sekunden Stille folgten, bevor dieselbe Melodie von vorne begann. Da wurde mir klar, dass im Erkerzimmer jemand Geige spielte. Ich lauschte fasziniert. Wie schön die Musik klang! Wie schön und wie traurig. Doch allmählich schlug ein anderes, unangenehmes Geräusch an mein Ohr: Ein breiter Lastwagen, mit einem Betonmischer beladen, kroch langsam die Straße entlang; irgendwo in der Nähe musste eine Baustelle sein. Die Musik war verstummt. Ich blickte empor und sah, wie sich ein dunkelhaariger Junge aus dem Fenster beugte und wieder zurückzog. Die Scheiben blinkten, als er das Fenster schloss. Der Lastwagen fuhr vorbei. Ruhe trat wieder ein. Doch das Fenster blieb zu. Die Musik war nicht mehr zu hören. Eine Weile blieb ich unschlüssig stehen, bevor ich mit gesenktem Kopf über die Straße zum Wagen zurückkehrte. Robin beugte sich über den Beifahrersitz hinüber und öffnete mir die Tür.

Ich setzte mich neben ihn. »Es tut mir leid, dass du warten musstest.«

»Das macht nichts.« Er wandte den Kopf, nur ein klein wenig. Seine Stimme klang leise und so verständnisvoll, dass mir fast die Tränen kamen. »Möchtest du noch etwas bleiben?«, setzte er hinzu.

Ich schüttelte den Kopf.

Robin drehte den Zündschlüssel. Der Wagen setzte sich in Bewegung.

11

Meine zweite Nacht in Vancouver. Auch diesmal fand ich den Schlaf nur mühsam. Helles Sternenlicht schien durch die Vorhänge. Manchmal fuhr ich zusammen, wenn die Möbel ihr zischendes Knarren hören ließen. Aber ich fürchtete mich nicht; es war, als würden die Gegenstände zu mir sprechen. Immer wieder sah ich das schwarzbraune Backsteinhaus vor mir, den Eisenzaun, den kleinen, ungepflegten Garten. Mir kam das Fahrrad an der Hauswand in den Sinn, ich sah die alten Blumentöpfe. Dabei dachte ich an den Jungen, der im Erkerzimmer Geige spielte. Ob er mich wohl gesehen hatte? Vielleicht hatte er sich gewundert, dass ich am Zaun stand und lauschte. Vielleicht kam es oft vor, dass Leute stehen blieben und zuhörten, wenn er spielte; es klang ja so wunderschön. Oder vielleicht war ich in seinen Augen nur eine Passantin gewesen, die auf die Seite ging, um ein Fahrzeug vorbeizulassen. Ich war unentschlossen. Ich wusste nur, dass ich das Haus noch einmal sehen wollte. Sehr spät – lange nach Mitternacht – schlief ich mit diesen Gedanken ein.

Als ich am nächsten Morgen zum Frühstück kam, war Robin schon gegangen. Er hatte eine Sitzung und musste früh weg. Alice bot sich an, mir Vancouvers Sehenswürdigkeiten zu zeigen. Aber die hatte ich schon gesehen. Und deswegen war ich auch nicht gekommen. Ich dankte höflich. Mit meinem Stadtplan würde ich mich schon nicht verlaufen. Tante Alice machte sich Sorgen, das ist immer so bei älteren Leuten. Wenn ich Probleme hätte, würde ich anrufen, beruhigte ich sie. Sie fragte auch nicht, wohin ich gehe. Vielleicht ahnte sie es. Da wir alleine waren, erzählte sie mir, wie sie ihren Mann durch einen Schlaganfall verloren hatte.

»Jetzt werde ich weiterleben, so gut es geht. Aber alles ist anders. Auch für Robin wird es niemals mehr sein wie früher. Er ist mein Bruder, aber ich kenne ihn nicht wieder.«

Ihre Augen waren voller Tränen. Ich hatte ein schlechtes Gewissen, dass ich nur mit halbem Ohr zuhörte. Aber ich hatte zu viel anderes im Kopf. Sie fing an, den Tisch abzuräumen, und machte viel Lärm dabei. Ich wollte ihr helfen, aber sie lehnte ab; sie müsse immer etwas zu tun haben. Anschließend würde sie den Rasen mähen, denn die ganze Gartenarbeit habe immer Mayumi gemacht. Robin sei darin so ungeschickt.

Ich brachte mein Zimmer in Ordnung, verabschiedete mich und ging. Der Bus kam schon nach ein paar Minuten. Robin hatte mir erklärt, wie ich das Ticket zu lösen hatte. Ich konnte gut mit dem Stadtplan umgehen und fand mich schnell zurecht. An der Universität stieg ich aus, ging über eine Kreuzung und bog in die Dunbar Street ein. Ich sah das Haus schon von Weitem. Zuerst ging ich schnell, doch je näher ich kam, desto mehr verlangsamte ich meine Schritte. Wozu bin ich eigentlich hier?, dachte ich. Ich hatte das Haus doch schon gestern gesehen. Meine Urgroßeltern hatten dort gewohnt. Na und? Das war vor einem halben Jahrhundert gewesen. Zögernd ging ich weiter. Doch als ich vor dem Zaun stand, wusste ich, warum ich zurückgekommen war. Das Fenster im Erker war offen. Musik strömte nach draußen, ein glockenheller, schwingender Ton. Die Melodie war mehr als nur hörbar, sie pulsierte. Ich hatte den Eindruck, als wäre es das Haus selbst, das tönte. An diesem Morgen war kaum Verkehr auf der Straße. Nur selten fuhr ein Lieferwagen vorbei oder klingelten Fahrräder. Ich stand, den Kopf erhoben, und lauschte. Ich fühlte kaum, wie ich die Hände auf den Zaun legte, wie meine Finger sich fest um die Gitterstäbe schlossen. Hätte ich die Geste bemerkt, wäre ich wahrscheinlich erschrocken zurückgewichen. Aber ich fühlte nichts; ich war völlig verloren, versunken in jener Geistesabwesenheit, in der das Ich sich selbst nicht mehr spürt. Auf einmal erwachte ich, wie aus einem Traum. Die Geige schwieg. Meine Finger lösten sich vom Zaun. Unwillkürlich trat ich einen Schritt zurück. Wie lange stand ich schon hier? Ich hatte jegliches Zeitgefühl verloren. Spiel, oh spiel weiter, rief ich der Geige im Geiste zu, hör nicht auf mit dieser wundersamen Melodie. Doch ich wartete vergeblich; die Musik war verstummt. Gedankenverloren knetete ich meine Finger, rieb winzige Rostspuren von der Haut. Gerade wollte ich gehen, als ein Geräusch mich den Kopf wenden ließ. Die Haustür ging auf. Ein Junge stand auf der Schwelle.

Ich wusste sofort, wer er war. Wahrscheinlich hatte er mich

vom Fenster aus gesehen. Einige Atemzüge lang starrten wir uns an. Der Junge war groß gewachsen und schlank. Sein Haar, das er vorne kurz und hinten lang trug, fiel schwarz und gelockt über den offenen Hemdkragen. Aus dem blassen, schmalen Gesicht blickten mir dunkle Augen neugierig und amüsiert entgegen.

»Hello«, sagte er.

Meine Wangen wurden heiß. Ich wäre am liebsten weggerannt. Doch ich beherrschte mich. Es gelang mir sogar zu lächeln. »Hello«, erwiderte ich schüchtern seinen Gruß.

»Warst du nicht schon gestern da?«, fragte er.

Ich nickte wortlos und er fuhr fort:

»Zufällig sah ich dich unten stehen. Hörst du gerne Musik?«

Ich machte ein zustimmendes Zeichen.

»Komm doch herein!«, sagte er.

Nach kurzem Zögern stieß ich das Tor auf. Im Vorgarten knirschte der Kies unter meinen Turnschuhen. Er kam mir einige Stufen entgegen und streckte mir die Hand entgegen.

»Ich heiße Ronald. Ronald Weinberg. Sag ruhig Ronnie zu mir. Meine Eltern sind in Europa«, setzte er hinzu. »Aber mein Großvater ist da.«

Wir schüttelten uns die Hand.

»Ich bin Jun Hatta«, stellte ich mich vor.

»Wohnst du in Vancouver?«

»Nein, in Tokio. Ich bin hier in den Ferien.«

»Ach, du bist Japanerin.« Er lachte etwas verlegen. »Um ganz ehrlich zu sein, ich habe echt Mühe, Japaner von Chinesen zu unterscheiden.«

»Ich auch«, erwiderte ich.

Er brach in Lachen aus und machte eine einladende Handbewegung. Scheu stieg ich die Stufen empor, putzte mir die Schuhe an einem abgetretenen Läufer ab und trat ein. Im Hausflur mit seinen schwarz-weißen, in kreisförmigem Muster verlegten Bodenplatten tickte eine altmodische Standuhr. Es roch nach Waschküche, Essen und Kampfer, eine eigentümliche Mischung. Ronnie öffnete eine Tür. Ich betrat ein kleines Wohnzimmer, vollgestopft mit Stühlen, Tischen und Sesseln. Ein gewaltiges Sofa, mit weinrotem Samt bezogen, nahm eine ganze Wand ein. Ein altes Klavier stand auf einem abgeschabten Läufer. Neben allen möglichen Ölstichen, Familienfotos und verblichenen Gobelins sah ich eine überraschende Fülle von Gegenständen aller Art: französische Puppen in grellfarbenen Krinolinen, bunt bemalte Porzellantiere, leere Vasen, von denen einige sehr schön waren, seltene Muscheln, Briefbeschwerer und gehäkelte Schonerdeckchen. Das Licht fiel gedämpft durch die Spitzenvorhänge und die unzähligen Grünpflanzen in den Töpfen. Obwohl nach japanischer Auffassung alles ohne Rücksicht auf Ordnung und Angemessenheit verstreut war, kam mir das Durcheinander ebenso liebenswert wie witzig vor. Ich lächelte Ronnie an.

Er erwiderte mein Lächeln und zog bedeutsam die Schultern hoch. »Nicht unbedingt mein Geschmack! Aber Großvater kann sich von nichts trennen.« Er hob einen großen kristallenen Briefbeschwerer auf und legte ihn mir in die Hand. In der Kugel sah man einen silbernen Eiffelturm; wenn man sie schüttelte, wirbelten Schneeflocken auf. »Paris«, sagte er. »Noch aus der Vorkriegszeit.« Er wies auf einen bronzenen Kerzenleuchter mit sieben Armen, der auf einem kleinen Tisch mit einem Spitzendeckchen stand. »Diese Menora stammt noch aus Polen, aus dem jüdischen Ghetto. Meine Urgroßeltern nahmen sie mit, als sie nach Kanada auswanderten.«

»Ist deine Familie jüdisch?«, fragte ich.

Er nickte. »Meine Großeltern waren noch sehr traditionsbewusst. Aber bereits meine Eltern nahmen das Ganze viel lockerer. Was mich betrifft, ich machte meine Bar-Mizwa mit dreizehn, das ist ungefähr alles. Den Sabbat halte ich selten ein und in die Synagoge gehe ich nur, wenn ich mal gerade in Stimmung bin. Ich gebe Konzerte«, setzte er hinzu. »Und dafür muss ich täglich üben, sonst geht es nicht.«

»Spielst du schon lange Geige?«

»Ach, ich habe schon damit begonnen, als ich noch in den Windeln lag.« Er lachte. »Nein, vielleicht doch ein bisschen später. Mein erstes Konzert gab ich mit acht. Damals dachten meine Eltern, sie hätten ein Wunderkind in die Welt gesetzt, und behandelten mich wie ein rohes Ei. Entsetzlich! Später besuchte ich die Musikhochschule in Ottawa und bemerkte, dass ich überhaupt nichts konnte. Meine Eltern zum Glück auch.«

»Ich kann das nicht beurteilen«, meinte ich. »Ich finde es schön, wie du spielst.«

Er verzog das Gesicht. »Großer Gott! Ich werde den Eindruck nicht los, dass mich sämtliche Nachbarn auf den Bugaboo-Gletscher wünschen! Aber ich kann nicht immer bei geschlossenem Fenster üben, ich brauche frische Luft. Soll ich dir etwas vorspielen?«

»Doch, gerne!«, rief ich erfreut.

»Dann komm!«

Ich ging hinter ihm die Treppe hinauf. Die Stufen knirschten und knarrten unter unseren Schritten. Im ersten Stock waren die Wände bis auf halbe Höhe mit dunkel glänzendem Holz getäfelt. Irgendwie kam mir die Einrichtung vertraut vor. Vielleicht lag es an der Maserung des Holzes, das aussah, als wäre es mit Kristall überzogen. Auf einmal blieb ich stehen. Mein Atem flog. Ich erkannte den unverwechselbaren Ausbau eines japanischen Hauses.

Während ich verwirrt umherschaute, spürte ich ein seltsames Kribbeln im Nacken; es war wie ein Blick, der sich in meinen Rücken bohrte. Ich drehte mich um und sah aufwärts. Im Halbdunkel, unter der Decke, hing eine japanische Tusch-Kalligrafie. Wie ein Beben erfasste es meine Nerven und zuckte durch meinen Kopf. Der Rahmen war alt und schief, das cremefarbige Reißpapier vergilbt. Doch die zwei Silbenzeichen, mit einem einzigen, schwungvollen Pinselstrich verbunden, leuchteten in tiefschwarzer Pracht wie am Tag ihrer Entstehung.

Ronnie war meinem Blick gefolgt. »Früher soll hier mal eine japanische Familie gewohnt haben. Ein lustiger Zufall, nicht wahr? Mein Großvater sagte, das Bild habe der Familie gehört. Er fand es so schön, dass er es nie entfernt hat. Aber das Papier wird allmählich modrig.«

»Es ist kein Bild«, stieß ich rau hervor. »Es ist eine Tuschzeichnung.«

»Ach so. Kannst du lesen, was da steht?«

Ich nickte stumm. Ronnie sah mich fragend an, doch ich war unfähig, ein weiteres Wort über die Lippen zu bringen. Zitternd stellte ich mich auf die Zehenspitzen und näherte mich dem Kunstwerk, um den Namen auf dem winzigen roten Siegelabdruck zu entziffern. Mein Herz stockte; dann aber pochte es so heftig, dass es mich beinahe erstickte. Nun wusste ich, wer diese Tuschzeichnung geschaffen hatte. Ich hatte es geahnt; jetzt aber war es Gewissheit. Tränen trübten meine Augen. Blind wich ich einen Schritt zurück. Mein Atem röchelte in meiner Kehle; mit aller Kraft kämpfte ich gegen das Schluchzen an. Ronnie wartete immer noch auf eine Antwort, die nicht kam. Ich wandte das Gesicht ab; er sollte nicht sehen, in welchem Zustand ich war.

»Ach, streng dich nicht an!«, hörte ich ihn gutmütig sagen. »Ich versteh sowieso nichts von dem Zeug.«

Ich holte tief Luft. Endlich konnte ich wieder reden. »In Japan«, sagte ich, »ist die Schönschrift eine ebenso anerkannte Kunst wie die Malerei. Alle Schulkinder werden in Kalligrafie unterrichtet.« Und dann, ich weiß nicht, warum, setzte ich hinzu: »Nach Kriegsende wurde die Schönschrift für viele Jahre von den Amerikanern verboten.«

Ronnie starrte mich an. »Wie blödsinnig! Warum denn?«

»Wir waren ein besiegtes Land«, sagte ich gepresst. »Sie wollten unsere Kultur zerstören.«

»Und euch dafür mit Mickymaus beglücken! Na ja, die Welt

ist bunt.« Ronnie zog sarkastisch die Schultern hoch. »Im Grunde ist es bei den Großmächtigen nicht anders als bei den Urwaldstämmen: Der Sieger bestimmt, was der Besiegte schön zu finden hat. Und in tausend Jahren reißen sich die Archäologen die Haare aus!«

Ich äußerte mich nicht dazu, sondern fuhr fort: »Man lernt nach und nach, dass mit der Pinselschrift die tiefen Gefühle dargestellt werden können; dass man mit dem Herzen schreibt und die Hand nichts anderes ist als ein Werkzeug, wie Pinsel und Tusche es sind.«

Ronnies spöttischer Ausdruck war verschwunden. Er nickte nachdenklich.

»Ja, ich verstehe. Genau genommen ist eine Geige auch nichts anderes als ein exakt gebauter Holzkasten. Was sie zum Leben erweckt, sind die Gefühle. Die Hand, die den Bogen führt, wird vom Herzen geleitet. So ist es.« Während er sprach, ging er ein paar Stufen hinauf und öffnete eine Tür. »Hier übe ich. Meine Eltern haben den Raum für mich einrichten lassen.«

Ich betrat das Erkerzimmer, das ich von der Straße aus gesehen hatte. Die vier Wände und die Decke waren weiß gestrichen. Ich sah ein Metronom, ein Notenpult, einen kleinen Tisch und einen Stuhl. Neben einem schmalen, vollgestopften Bücherregal hingen einige gerahmte Fotos, mit handgeschriebenen Autogrammen versehen. Sie zeigten einige ältere Herren, eine schöne blonde Frau im Abendkleid, eine Asiatin mit lockigem Haar, alles Geigenspieler.

Ronnie zeigte lächelnd auf die Fotos. »Anne-Sophie Mutter.

Isaak Stern. David Oistrach. Kyung Wha Chung. So großartig wie die möchte ich auch mal werden. Aber dazu müsste ich üben, bis sich die Nachbarn die Ohren zuhalten. Setz dich!«

Er deutete auf den Stuhl. Ich setzte mich, stumm und aufgewühlt. Inzwischen ergriff Ronnie Geige und Bogen. Ich sah, wie behutsam er mit seinem Instrument umging; er hielt es mit einer Ehrfurcht und Liebe, als wäre es ein lebendiges Wesen. Er ist wie ein Japaner, dachte ich. Denn für uns verbinden sich die Kräfte im Menschen auf magische Weise mit den Kräften außermenschlicher Natur. Ich erinnerte mich an das, was Midori-Sensei mir beigebracht hatte: dass der Mensch seine inneren Spannungen auf die Dinge übertrug, mit denen er umging. Die Geige war nicht nur eine Geige, sie besaß ihre eigene Seele, auf die der Mensch sich einstellen muss. Ich hatte keine Ahnung, ob Ronnie Weinberg sich jemals Gedanken darüber gemacht hatte; ich wusste nur, dass er instinktiv auf diese Weise empfand.

Inzwischen legte Ronnie ein weißes Tuch über den Arm und klemmte die Geige unter sein Kinn. Ganz plötzlich geschah eine Verwandlung mit ihm; es war eine Veränderung, die sich von innen her auf sein Äußeres übertrug. Sein Griff nach dem Bogen war dem Griff eines Vaters ähnlich, der die zarten Finger seines Neugeborenen zum ersten Mal in seine Hand schließt. Mit einer Bewegung, selbstsicher und zärtlich, ließ er den Bogen über die Saiten gleiten. Mein Körper erschauerte, als der lang gezogene, seidenweiche Klang die Stille durchdrang. Die Töne folgten einander, immer höher und voller, es war ein Schmerz ohnegleichen, aber auch eine Freude, ein Trost. Es war wie eine anrollende Regenwolke, wie ein Blütenblatt, das sich in nebliger Frühe entfaltet, wie ein Windhauch, der die Luft in flirrende Bewegung versetzt. Die Musik tat mir in der Brust weh, vor Schmerz öffnete ich die Lippen ein wenig. Die Melodie glich einer Lerche, die sich über die Landschaft schwingt und ermattet vom eigenen Flug wieder in die Tiefe gleitet, sich noch einmal auffängt, bevor sie, erschöpft und geläutert von Luft und Licht, endgültig in dunkle Stille taucht.

Und plötzlich war alles vorbei. Vielleicht war es schon lange vorbei gewesen. Ronnie hatte den Bogen sinken lassen. Sein Gesicht war abwesend, die Augen blickten mich an und gleichsam durch mich hindurch. Er hatte die Lider halb geschlossen, sich blind der inneren Schau der Melodie überlassen, die, in seinem Herzen entstanden, sich auf die Geige übertragen hatte. Ja, das Holz war lebendig, es hatte die Gefühle aufgesaugt, ihnen seine vogelklare Stimme geliehen. Und ich als Japanerin wusste, es wohnten gute, sanfte Geister in diesem Haus. Vielleicht, dachte ich, ist es der Segen der Tuschzeichnung, der sie für immer drinnen weilen ließ. Ein »Norito«, ein Ritualgebet aus den Urzeiten Japans, fiel mir ein. Woher ich die Worte kannte, wusste ich nicht. Ich musste sie irgendwo gehört oder gelesen haben und mein Gedächtnis hatte sie aufgespeichert. Jetzt kamen sie mir wieder in den Sinn:

»Die Erdgottheiten auf den hohen Bergen, die Himmelsgottheiten in den niedrigen Wolken werden mit verschlungenen Händen dies ihnen anvertraute Heim beschützen.«

Erst als Ronnies Gesicht mit milchiger Helle verschwamm, merkte ich, dass ich weinte, dass die Tränen mir warm über die Wangen liefen. Schluchzen erstickte mich. Ich drückte den Handrücken gegen meine Zähne. Wie aus weiter Ferne drang Ronnies verwunderte Stimme an mein Ohr.

»Was ist denn los? Warum weinst du?«

Ich blinzelte verwirrt. Der klebrige Schleier vor meinen Augen löste sich. Hastig öffnete ich meinen Rucksack, wühlte darin und schmiss auf der Suche nach einem Taschentuch alles durcheinander.

»Es tut mir leid«, Ronnie ließ einen verlegenen Räusper hören, »ich wollte dir nur eine Freude machen.«

Ich tupfte mir die Tränen aus dem Gesicht und putzte mir die Nase so geräuschlos wie möglich.

»Entschuldige … ich … ich bin etwas durcheinander.»

Er starrte mich verlegen an.

Ich versuchte, mich in seine Lage zu versetzen. Seine Absicht, einem wildfremden Mädchen einen Gefallen zu tun, war fehlgeschlagen. Statt sich zu bedanken, schluchzte das dumme Ding. Ich war so geniert, dass ich ihm eine Erklärung schuldete. »Glaube nicht, dass ich heule, weil du schlecht spielst …« Ich stockte.

Ein schelmischer Funke tanzte in seinen Augen. »Sondern?«, fragte er.

Ich zerknüllte mein Taschentuch. »Nun … es ist vielleicht mehr … weil du zu gut spielst.«

Zaghaft hob ich den Blick. Unsere Augen begegneten sich. Auf einmal warf er den Kopf zurück und lachte so laut und herzlich, dass ich nicht anders konnte, als scheu in sein Gelächter einzustimmen.

»Jetzt komme ich nicht mehr mit!«, stöhnte er. »Das wird mir zu kompliziert. Himmel! Ich brauche dringend einen Tee. Trinkst du auch einen?«

Warum konnte ich nicht offen zu ihm sein? Ihm sagen, dies ist das Haus meiner Vorfahren. Man hatte es ihnen weggenommen. Es war schlimm, aber du kannst nichts dafür. Ich bin froh, dass du hier wohnst. Das Haus liebt dich, ich spüre es. Alles ist gut. Aber das konnte ich ihm nicht sagen, noch nicht. Stattdessen erwiderte ich, mit einem Lächeln: »Danke, ja. Ich trinke gerne einen Tee.«

Ronnie legte die Geige in den Kasten zurück, mit den gleichen liebevollen Gesten, wie er ein Kind zu Bett bringen würde. Wir stiegen die Treppe hinab. Vor der Tuschzeichnung blieb ich kurz stehen, deutete eine Verbeugung an. Ronnie warf mir einen überraschten Blick zu, doch er stellte keine Frage.

Die Küche war ein Chaos. Überall standen Töpfe, Kannen, Teller und Tassen herum. In der Spüle häufte sich das schmutzige Geschirr.

Ronnie schob eine Einkaufstasche voller Früchte und Gemüse mit dem Fuß zur Seite. »Entschuldige die Unordnung. Das ist immer so, wenn meine Mutter nicht da ist. Großvater und ich lassen alles liegen und finden überhaupt nichts mehr!«

»Und deine Großmutter?«, fragte ich.

»Ach, die ist schon lange gestorben.« Er setzte Wasser auf und hängte Teebeutel in die Kanne.

Irgendwo im Flur ging eine Tür auf. Schritte schlurften über den Boden.

Ein alter Mann kam in die Küche. Er trug eine Hose, an den Knien ausgebeult, eine fusselige graue Wollweste und ein altes Hemd. Das weiße, struppige Haar schaute unordentlich unter der kleinen, runden »Kippa« hervor, der traditionellen Kopfbedeckung der frommen Juden. Er starrte mich an, schnappte nach Luft und rief heiser: »Ronald! Schämst du dich nicht, dieser hübschen jungen Dame unseren Schweinestall zu präsentieren?«

Ronnie, der vor der Spüle stand und kleine Silberlöffel unter das laufende heiße Wasser hielt, wandte grinsend den Kopf. »Sorry, Großvater! Der Besuch war nicht angemeldet, sonst hätte ich die ganze Nacht geputzt. Das ist Jun Hatta aus Tokio«, stellte er mich vor. »Sie ist hier in den Ferien.«

»Sehr erfreut! Ich bin Aaron Weinberg.« Der alte Mann verbeugte sich feierlich, zupfte erbost an seinem Wollgilet und legte erst richtig los. »... die Fusseln hätte ich mit der Stickschere wegschnippeln sollen! Ronald, du Ungeheuer! Konntest du mir nicht vorher Bescheid sagen, damit ich Zeit gehabt hätte, mich in einen menschenwürdigen Zustand zu versetzen? Jetzt stehe ich hier wie ein Trottel aus Kluczbork, mit ungebügelter Hose und zerschlissenem Kragen. Das kannst du mir nur antun, weil ich schon über achtzig bin. Mit siebzig hätte ich dir eins übergezogen!«

Ich lächelte Großvater Aaron an. Er war schmächtig, mit leicht verkrümmten Rückgrat. Sein bewegliches Gnomgesicht, grau und eingefallen, war von trockenen und tiefen Falten durchzogen. Er hatte Augen, wie sie manchmal bei sehr alten Leuten oder bei Säuglingen vorkommen: dunkelblau, weiß gerändert und verschwommen. Der Ausdruck dieser Augen war jenseits von Kummer, jenseits von Furcht. Es war der Blick eines Mannes, der über die Menschheit und sich selbst lachen konnte, weil er längst alle Tränen geweint hatte. Ich las Weisheit und Güte aus den zwinkernden Augen heraus, aus dem Zucken seines bleichen Mundes. Und ich achtete sein Lachen, wie ich seine Tränen geachtet hätte. Während Aaron seine Rede hielt, schnappte sich Ronnie unbeeindruckt ein Küchenhandtuch und trocknete Geschirr ab.

»Nimmst du auch Tee?«, fragte er seinen Großvater. Aaron nickte finster. »Ja, wenn ich erwünscht bin.«

Er schlurfte ins Wohnzimmer, ließ sich auf einen Stuhl fallen und rieb sich die Hände mit kratzendem Geräusch. Inzwischen brachte Ronnie ein volles Tablett und stellte es schwungvoll auf den Tisch.

Aaron legte die Stirn in argwöhnische Falten. »Die Tassen sind hoffentlich sauber?«

Ronnie tat sehr entrüstet. »Aber Großvater! Mama hat mich doch gut erzogen!«

»Ja, Gott sei Dank, das hat sie«, brummte Aaron. »Schließlich ist Lisbeth meine Tochter. Und wenn ihre eigene Mutter – meine liebe Rachel – noch am Leben wäre, würde sie sagen, sie hasse den Haushalt, deshalb sei sie eine gute Hausfrau geworden. Und sie würde von morgens bis abends auf Trab sein, nur um sich selbst zu beweisen, wie perfekt sie sei. Daran solltest du dir ein Beispiel nehmen ...« Aaron schien sich plötzlich auf meine Anwesenheit zu besinnen und stockte mitten im Satz. »Machen Sie sich nichts daraus! Ich necke ihn ja nur. Im Grunde ist er ein guter Junge. Kennen Sie sich eigentlich schon lange?«, setzte er neugierig hinzu.

Ronnie stellte Milchkanne und Zuckertopf hin. »Seit ungefähr einer halben Stunde.«

Aaron schüttelte bedächtig den Kopf. »Ja, heute macht man nicht mehr viel Umstände. Und obwohl ich bei diesen Dingen den Hals recke wie ein Huhn, das Musik hört, störe ich mich nicht an jugendlicher Eilfertigkeit. Früher war alles komplizierter. Wir machten uns das Leben schwer und in unserem Haus und in unseren Betten herrschte Ängstlichkeit.« Er zwinkerte mir zu.

»Leider kommen Sie fünfzig Jahre zu spät, junge Dame. Wenn ich Ihnen zeigen könnte, wie ich früher die Herzen mit Geigenklängen eroberte, würde sich unser Wunderkind in den Erdboden verkriechen!«

»Es ist kein Witz«, sagte Ronnie zu mir. »Großvater war früher ein hochbegabter Musiker. Aber er musste arbeiten und seine Sippe ernähren. Er spielte nur an Familienfesten. Außerdem war Krieg.«

Ich nahm behutsam die Kanne und goss dem alten Mann Tee ein. Ich hoffte, dass ich nicht mehr verheult aussah.

»Dafür glaubt Ronald, er sei Yehudi Menuhin.« Aaron zeigte grinsend sein Gebiss. »Nun, wer weiß? Die Leute rennen nicht aus dem Konzertsaal, wenn er die Geige kratzt; immerhin ein gutes Zeichen. Leider werden die jungen Menschen heute in Watte gepackt. Immer genug zu essen haben. Gut.

Sich alles leisten, was sie im Schaufenster sehen. Schlecht. Eine gesicherte Zukunft haben. Gut und schlecht. Wohlstand macht träge. Der Mensch setzt sich auf den fetten Hintern und bildet sich ein, das Leben wäre ein Kinderspiel. Ronald ist viel zu verwöhnt. Er weiß nicht, was es heißt, zu leiden und zu lieben. Und solange er das nicht weiß, spielt er mittelmäßig. Bleibt nur noch zu hoffen, dass er bald mal ein gewaltiges Liebesdrama erlebt, mit Tränen und Geschrei und allem, was dazugehört. Dann kann er sich vielleicht später eine Stradivarius leisten«, beendete er nüchtern seinen Redefluss. Ronnie war etwas rot geworden. »Eine Stradivarius ist eine besondere Geige«, erklärte er mir. »Die teuerste der Welt.«

Aaron tastete nach der Zuckerdose. »Eine Guadagnini ist auch nicht schlecht. Vorausgesetzt, dass du den Unterschied erkennst.«

»Großvater, du bist unmöglich«, seufzte Ronnie. »Jun wird glauben, dass du mich tyrannisierst.«

»Nein, das wird sie nicht. Mädchen sind vernünftig. Singen wir nicht am Sabbatabend das ›Lob des Weibes‹? Schon zu Salomons Zeiten waren Frauen gescheiter als Männer. Gott hat es so eingerichtet. Er wusste schon, warum.« Er schüttete mit ungeduldiger Geste Zucker in seinen Tee. »Ronald, du dämlicher Knochen! Denkst du eigentlich nie an Zitrone? Ach, es ist nicht seine Art, die Dinge blitzschnell zu begreifen! Von mir aus könnt ihr lachen«, setzte er düster hinzu, während Ronnie aufsprang und in die Küche lief. »Was Hänschen nicht lernt, lernt Hans nimmermehr …«

Er betrachtete mich sinnend, unter flackernden Lidern.

»Was haben Sie gesagt, wie Sie heißen, junge Dame? Jetzt habe ich wahrhaftig Ihren Namen vergessen. Mein Gedächtnis ist auch nicht mehr wie früher. Kreuzworträtsel in vier Minuten lösen, das war einmal.«

Ich holte tief Luft. Langsam, jede Silbe betonend, sagte ich:

»Mein Name ist Jun. Jun Hatta.«

Er stieß den Löffel in die Zuckerdose. Jäh hielt er in der Bewegung inne und musterte mich. Seine Augen waren plötzlich starr geworden. Ein Zittern bewegte seine dünnen Lippen. »Hatta ...«, stieß er hervor. »Diesen Namen kenne ich doch.«

Äußerlich ruhig, aber innerlich bebend, hielt ich seinem Blick stand. Die Stille um uns herum schien zu rauschen, zu vibrieren. Es musste das Blut sein, das in meinen Ohren klopfte. Plötzlich blitzte in den trüben Augen ein Funke auf; sie wurden mit einem Mal so durchsichtig wie Glas. Da wusste ich, dass er sich erinnerte. Ein Schauer lief durch meinen ganzen Körper. Nicht nur mein Gesicht, auch mein Zwerchfell schien zu glühen, während ich, den Blick fest auf den seinen gerichtet, langsam nickte. Da zuckten die Lider über den geröteten Augen; der Teelöffel fiel klirrend zu Boden. Zuckerkörner verstreuten sich über das Wachstuch. Der Kopf des alten Mannes sackte auf seine Brust. Er schlug beide Hände vors Gesicht; seine Nägel gruben sich in die Stirn. Rote Striemen entstanden auf der blassen Haut. Ein seltsamer Laut drang aus der Brust des alten Mannes, einem Stöhnen ähnlich, wie ein Verwundeter ihn wohl ausstoßen mag, wenn er die Zähne zusammenbeißt und versucht, stumm zu bleiben. Sekundenlang schien die Zeit stillzustehen. Dann stürzte Ronnie mit erschrockenem Gesicht aus der Küche herein.

»Großvater! Was ist denn los? Um Gottes willen! Bist du krank?« Er streckte beide Arme nach ihm aus und hielt ihn an den Schultern fest.

Ich sah, wie der alte Mann, sich im Schluchzen hin und her wiegend, mit seinen gebrechlichen Händen die Hände des Jungen umfasste und sie beruhigend streichelte. Eine Weile saß er da, mit eingezogenen Schultern und hängendem Kopf. Und dann quollen, während sein Gesicht müde zur Seite fiel und ein Beben über sein Kinn lief, Tränen, durchsichtig wie Wasser, unter den zitternden Lidern hervor. Endlich richtete er sich auf und wandte mir sein feuchtes Gesicht zu. »Weißt du … über das Haus Bescheid?«

Ich machte ein zustimmendes Zeichen.

Aaron nickte grüblerisch. »Dann kennst du also die Geschichte?«

»Nur teilweise«, hauchte ich.

»Ja, natürlich«, flüsterte Aaron, wie zu sich selbst. »Woher solltest du sie auch kennen?« Das Atmen schien dem alten Mann plötzlich schwerzufallen. Ein Krampf schüttelte ihn, während seine tränennassen Augen die meinen suchten. »Es tut mir so leid, mein Kind. Sag, kannst du mir verzeihen?«

Mein Hals, mein ganzer Nacken, schmerzte. Stockend erwiderte ich: »Es gibt nichts … was ich dir zu verzeihen hätte, Großvater. Und was das andere betrifft … wenn ich für die sprechen darf, die gestorben sind …« Ich suchte zitternd nach

Worten: »… es ist schon lange her … und am Ende sind ihre Seelen besänftigt.«

Da ging ein Leuchten über Aarons Gesicht; es war, als würde eine geheimnisvolle Kraft aus dem alten, zitternden Mann einen ganz anderen, jugendlichen machen, mit hoch erhobenem Gesicht und rosiger Haut, der beide Hände emporhob und mit freudenerstickter Stimme sprach: »Ich danke dir, oh Herr! Deine Wege sind erbarmungsvoll und gerecht. Ich danke dir, dass du mich so alt werden ließest. Jetzt kann ich in Frieden sterben.«

Seine Hände fielen kraftlos herab. Er lächelte unter Tränen. Scheu erwiderte ich sein Lächeln. Er streckte die Hand aus, ich nahm sie und hielt sie fest. Seine Handfläche war feucht, die alten Finger bebten. Voller Zärtlichkeit dachte ich an einen warmen, klebrigen Vogel, den ich als Kind einst im Garten gefunden hatte.

12

Ich hielt Großvaters Hand, während er stumm vor sich hin starrte. Da ich ihm so nahe war, sah ich, warum er nicht reden konnte. Der Schmerz der Erinnerung war über ihn gekommen. Es gab Dinge, die gesagt werden mussten, die nüchternen Wahrheiten, die niemand gerne hörte. Dies war eine Herzensweisung, eine Pflicht, ein Befehl. Noch aber hemmte ihn eine tiefe Angst. Er sagte kein Wort und schaute Ronnie, der erstaunt die Luft anhielt, nicht einmal an.

»Großvater, nun sag doch etwas, bitte!«, stieß Ronnie endlich hervor.

Ein Zucken ging über Aarons Gesicht. Indem ich seine Hand drückte, wollte ich ihm die Angst nehmen. Unsere Blicke trafen sich. Da richtete er sich auf, atmete tief ein und schüttelte mit Ungeduld und Ärger seine Angst wie eine störende Last ab. »Woher willst du denn etwas wissen?«, schnauzte er Ronnie an. »Das ist eine Sache zwischen Jun und mir.«

Entgeistert, wie er war, konnte Ronnie nur stammeln: »Aber ihr kennt euch doch gar nicht!«

»Es ist eine alte Geschichte …«, sagte ich ruhig.

Aaron bestätigte meine Worte mit kräftigem Kopfnicken. »Jawohl, eine alte Geschichte. Aber nicht so alt, dass ich sie vergessen hätte. Schau nicht so drein, Ronald, und setz dich gefälligst hin. Ich rede jetzt mit Jun, wenn du willst, kannst du zuhören. Ist noch Tee da?«

Ich füllte wortlos seine Tasse. Aaron trank einen kräftigen Schluck. Er wurde wieder ruhig. Doch er senkte den Kopf und blieb so sitzen. »Alles, was auf der Welt geschieht, geschieht durch uns. Gott gab uns Gebote, doch Er ließ uns die Wahl. So machen wir es uns leicht und gehorchen lieber den Gesetzen der Menschen und der Nationen. Wir beantworten Hass mit Hass, Gewalt mit Gewalt. Aber Gott weiß, dass wir das Falsche tun, und belastet uns mit einem schlechten Gewissen.« Ein Schauer überlief den alten Mann. Er nahm meine Hand und hielt sie fest. »Hast du das Bild gesehen? Das Bild oben im Flur? Weißt du, was es darstellt?«

Ich wollte sprechen.

Er presste meine Hand so fest, dass es schmerzte. »Nein, warte! Hab Geduld mit mir. Mein altes Herz muss geschont werden.« Er beugte sich vor und sah mir ins Gesicht. »Wie hast du die Wahrheit erfahren?«

»Im April erhielt ich Post aus Vancouver. Von Mayumi, der Schwester meines Vaters.«

»Wohnst du jetzt bei ihr?«, warf Ronnie ein.

Ich schüttelte den Kopf. »Sie ist inzwischen gestorben. Ich bin bei meinem Onkel, einem Kanadier, zu Gast. Mayumi erzählte Dinge, von denen ich keine Ahnung hatte. Asiaten sollen in Kanada früher als Menschen zweiter Klasse gegolten haben. Die Ausübung wichtiger Berufe blieb ihnen verwehrt. Und in guten Restaurants wurden sie nicht bedient. Im Kino durften sie nur auf die billigsten Plätze und auf der Straße verprügelte man sie oft.«

Ronnie unterbrach mich. »Großvater, ist das wirklich wahr?«

»Lass Jun reden, Ronald«, sagte der alte Mann dumpf. Ich erzählte, was ich erfahren hatte: wie alle eingewanderten Japaner, auch solche, die in Kanada geboren waren, nach dem Angriff auf Pearl Harbour interniert wurden, wie man ihre Häuser plünderte und ihre Besitztümer beschlagnahmte.

Ronnie starrte mich an. »Das ist völlig neu für mich.«

»So war es aber«, antwortete Aaron ruhig. »Lange Zeit hat man darüber geschwiegen. Es war politisch heikel, solche Dinge an die große Glocke zu hängen.« Er blickte düster vor sich hin. »Schon vor Kriegsbeginn mussten sich alle Japaner der Polizei stellen. Ihre Personalien wurden registriert und sofort nach Pearl Harbour begann die Verhaftung. Zuerst die Intellektuellen, die Journalisten und Buchhändler, die Ärzte und Wissenschaftler. Es gab 54 japanische Schulen, die von einem Tag auf den anderen geschlossen werden mussten. Alle Autos der Japaner, alle Schiffe, alle Nutzfahrzeuge wurden beschlagnahmt. Inzwischen tobte in Europa der Krieg, die Nazis brachten die Juden um, aber den Deutschen und den Italienern auf kanadischem Boden wurde kein Haar gekrümmt: Sie waren ja Weiße. Die Japaner jedoch wurden in Arbeitslager gesteckt, weit weg von der Küste, in der Wildnis der Rocky Mountains. Die Juden in Europa trugen den Davidsstern, die internierten Japaner das Zeichen der roten Sonne. Auf dem Rücken allerdings: als Zielscheibe, falls sie fliehen wollten.«

Ronnie starrte seinen Großvater an.

Aarons Augen glänzten feucht. »Auch ich … der Einwanderer aus Polen, sah in jedem Japaner den bösen, schlitzäugigen Feind. Die gelbe Gefahr. Damals war ich schon seit zwanzig Jahren in Kanada. Ich hatte eine kleine Sägerei aufgebaut … an der Kreuzung, wo jetzt die Tankstelle steht. Das Geschäft ging gut. Ich beschäftigte ein Dutzend Arbeiter, darunter auch einige Chinesen. Die taten ihre Pflicht und blieben unter sich. Japaner waren bessere Zimmerleute, aber die wollte ich nicht anstellen: Ich traute ihnen nicht. Ich war stolz darauf, ein Weißer zu sein. Ein kanadischer Staatsbürger. Ich hatte vergessen, wer ich war und warum ich das Warschauer Ghetto verlassen hatte. Ich dachte nicht mehr an die Worte unserer Heiligen Schrift: ›Erinnere dich, dass du Knecht warst im Lande Ägyptens.‹ Ich, ein Mensch vor Gottes Augen, bot meinem unschuldig verfolgten und gedemütigten Bruder keine schützende Hand. Ich sprach nicht zu ihm: ›Was kümmert uns das Ränkespiel der Politiker, das Hassgeschrei der Nationen, der Wahnsinn eines Krieges, den weder du noch ich entfacht haben? Komm! Sei mein Bruder, ein Mensch unter Menschen. Ruhe dich an meinem Herdfeuer aus, lass uns Brot und Salz teilen. Komm und sei mein Gast …‹ Diese Worte sprach ich nicht, denn meine Seele war von Profitgier vergiftet.« Aarons Stimme klang heiser. Auf seinen Lippen erschien eine Speichelspur.

»Trink«, flüsterte ich.

»Ja.«

Ich hielt die Tasse, gab ihm zu trinken.

Seine Kehle wurde frei. Er sprach weiter. »Jeden Tag sah ich dieses Haus, am Ende der Straße. Ich wusste, dass es einem Japaner gehörte. Ich dachte: Woher nahm er sich das Recht, hier zu bauen? Hier, in einem Wohngebiet für Weiße? Oft beobachtete ich ihn, wie er im Garten arbeitete. Ein schöner Garten, dachte ich, gerade richtig für uns! Manchmal sah ich auch seine Frau. Sie wirkte still und zurückgezogen, in seltsame Gewänder gehüllt. Wie eine Puppe kam sie mir vor. Sie hatten drei erwachsene Kinder, zwei Mädchen und einen Jungen. Die Älteste sah kalt und abweisend aus, die Jüngere war sogar für meine Begriffe eine Schönheit. Liebreizend, sprühend vor Leben … « Aaron machte eine Pause, wie um seine Kräfte zu sammeln, und fuhr fort: »Den Jungen hasste ich. Er hatte etwas Erregendes an sich. Eine aufreizende Mischung von Draufgängertum und Stolz. Ab und zu fühlte ich seine Augen auf mich gerichtet. Es waren rätselhafte Augen, von blitzendem Schwarz. Stets sah er mir voll ins Gesicht. Für einen Farbigen, und noch dazu in seiner Lage, hätte sich größere Bescheidenheit und geringerer Hochmut geziemt. Ich nannte ihn ›den Wilden‹. Ich trachtete danach, ihm eine Lehre zu erteilen. Die Gelegenheit bot sich, als er sich bei mir um eine schlecht bezahlte Arbeit bewarb. Ich verhöhnte ihn und befahl meinen Arbeitern, ihn rauszuschmeißen. Es kam zu einer Schlägerei. Erst als er blutend im Staub kroch, rief ich meine Leute zurück.«

Ich brach in Schweiß aus. Doch ich rückte dichter an ihn heran und hielt seine Hände ganz fest. Er brauchte mich jetzt so nötig.

»Ich hatte auch Freunde bei der Verwaltung. So wusste ich von der Entstehung des ›Immediate Action Commitee‹, das die Internierung aller Japaner, Männer und Frauen, vorbereitete. Mir war auch bekannt, dass die Verhaftung bevorstand. Und ich wartete ... wartete wie eine dicke, fette, hässliche Spinne in ihrem Netz.« Sein flackernder Blick war auf den meinen gerichtet. Doch er erwartete keine Antwort. »Endlich war es so weit. Einige Tage nach dem Überfall auf Pearl Harbour, an einem eisigen Dezemberabend, umzingelte kanadische Militärpolizei das Haus. Die Bewohner wurden mit Kolbenschlägen herausgetrieben und in einem Lastwagen weggeschafft. Das Haus wurde geplündert und versiegelt. Ich sah zu und frohlockte. Keine Sekunde kam mir in den Sinn, dass ähnliche Ereignisse sich zur selben Zeit in Polen, Deutschland und anderswo abspielten. Dass es mein eigenes Volk war, das dort verschleppt und enteignet wurde. Ich hatte lediglich das Haus im Kopf.«

Aaron rang nach Atem.

»Einer meiner Freunde, Jack Murphy, saß bei der Stadtverwaltung. Er war ein Irländer, der die Japaner hasste. Ich lud ihn in ein teures Lokal ein und bestellte den besten Whisky. Als er in guter Stimmung war, erzählte ich ihm von dem Haus des Japaners in der Nähe meiner Sägerei. Ein solides, schönes Haus, das nunmehr dem Staat gehörte. Er sollte es mir zu einem günstigen Preis beschaffen ...« Großvater ließ ein Lachen vernehmen, das fast wie ein Schluchzen klang. »Jack Murphy meinte, so eine gute Gelegenheit solle man nicht fahren lassen. Für fünfhundert Dollar könne ich das Haus übernehmen. Ich holte das Geld aus dem Safe und zahlte bar. Im Whiskynebel verfassten wir den Kaufvertrag, den ich am nächsten Morgen amtlich beglaubigen ließ. Das Haus war mein.«

Aarons blasse Lippen zitterten.

»Ich verbrannte die noch vorhandenen Gegenstände, ließ den Fußboden neu belegen und alle Zimmer frisch tapezieren. Doch als ich im ersten Stock das Bild entfernen wollte, hielt mich eine seltsame Scheu davon ab. Es war, als sähe ein schwarzes Auge, ernst und mahnend, auf mich herab. Ich schwitzte und erschauerte wie vor dem Auge Gottes. Ich hatte nicht den Mut, das Bild von der Wand zu nehmen. Ich dachte, ein Fluch würde auf mich fallen, sollte ich es jemals berühren. Da ließ ich es hängen …«

Aaron seufzte. Es war ein lang gezogener, tiefer Seufzer, der kein Ende zu nehmen schien.

»Indessen zogen wir in unser neues Heim. Rachel hatte Marmorkuchen gebacken. Und während wir sangen und musizierten, grölten die Nazis immer lauter ihre Kampf- und Siegeslieder. Während unsere Kinder durch das große, schöne Haus hüpften, tanzten die Juden in Europa ihren Totentanz: Auschwitz, Dachau, Ravensbrück. Wir freuten uns und musizierten: Aber meine Mutter, mein Bruder, meine zwei jüngeren Schwestern, ihre Männer und ihre Kinder waren im Ghetto von Warschau wie in einer Falle gefangen. Hunger,

Elend, Massenverhaftungen. Und Nacht für Nacht fuhren versiegelte Todeszüge den Vernichtungslagern entgegen …«

Aaron presste meine Hand, als ob ich ihn vor dem Ertrinken retten müsste.

»Irgendwie gelang meiner Familie in Europa die Flucht. Irgendwie, durch tausend Gefahren. Durch feindliches Besatzungsgebiet. Durch zerbombte Städte, niedergebrannte Dörfer. Halb verhungert, zu Tode erschöpft, kamen sie über die Grenze nach Litauen und erreichten die Stadt Kanau. Sie waren nicht die Einzigen: Aus ganz Polen strebten Flüchtlinge demselben Ziele zu.«

»Warum?«, fragte Ronnie.

Aaron sah ihn an; doch seine Augen blickten durch ihn hindurch. »Es hatte sich herumgesprochen, dass es auf der ganzen Welt nur noch ein einziges Land gab, das kein Einreisevisum verlangte: Curaçao, eine Insel der Antillen. Flüchtlinge mit einem japanischen Transitvisum konnten über Sibirien nach Japan reisen, um sich von dort aus nach Südamerika einzuschiffen. Und das japanische Konsulat in Kanau war befähigt, ein solches Visum auszustellen.«

Ronnie öffnete den Mund und wollte sprechen. Mit einem Wimpernzucken gebot ich ihm Schweigen.

»Es war der 29. Juli 1940«, sagte Aaron. »Seit den frühen Morgenstunden drängten sich die Flüchtlinge vor den Gittern des japanischen Konsulates. Militärposten hielten sie zurück. Hinter den Fensterscheiben, im ersten Stock, blickten ein Mann und eine Frau auf die immer dichter werdende Menge. Bald waren es Tausende, viele Tausende, die schreiend und flehend das Konsulat belagerten. Der Mann war Sempo Sugihara, der japanische Konsul in Kanau. Neben ihm stand seine Frau Mariko. Viele Jahre später schrieb sie ein Buch über das, was sich damals ereignet hatte.«

Aaron hielt inne, um Atem zu schöpfen.

»Sugihara hatte die Wahl zwischen seiner Pflicht und seinem Gewissen. Er hielt Zwiegespräche mit sich selbst und entschied sich fürs Zweite. Seine Pflicht wurde ihm von den Menschen aufgetragen. Sein Handeln aber hatte er vor Gott zu verantworten. Zuerst suchte er Beistand auf offiziellem Wege: Dreimal telegrafierte er mit dem Außenministerium in Tokio und bat um die Erlaubnis, den Flüchtlingen ein Visum zu gewähren. Dreimal kam der abschlägige Bescheid. Schroff ersuchte ihn das Ministerium, sich nicht einer Unbotmäßigkeit auszusetzen. Mariko Sugihara erzählt in ihren Memoiren: ›Mein Mann sagte ruhig zu mir: »Hier endet meine Laufbahn.« Er setzte sich an seinen Schreibtisch und machte sich an die Arbeit.‹ Von sowjetischer Seite war dem Konsul bestätigt worden, dass man die Flüchtlinge durchlassen würde. Sugihara war von einem einzigen Gedanken besessen: so viele Menschenleben wie möglich zu retten, solange es in seiner Macht stand. Von morgens früh bis abends spät schrieb er die Visa aus, bis er vor Erschöpfung zusammenbrach. Offiziell heißt es, er habe sechstausend Juden das Leben gerettet. In Wirklichkeit waren es mehr, viel mehr. Einen Monat später schlossen die Sowjets ihre Grenzen. Sugihara stellte ein letztes Visum aus und gab dem japanischen Außenministerium seinen Rücktritt bekannt. Die Wirrnisse des Krieges verschlugen ihn zuerst nach Berlin, dann nach Prag und Bukarest und schließlich in ein sowjetisches Arbeitslager. Krank und notleidend kehrte er 1947 nach Tokio zurück, wo man ihn eisig empfing. Er lebte noch vierundvierzig Jahre lang, in aller Stille. 1986 starb er. In Israel hat man ihm ein Denkmal errichtet, eine Stiftung in New York trägt seinen Namen. Und als Litauen 1990 seine Unabhängigkeit erlangte, wurde eine Straße nach ihm benannt. Mehr nicht. Er war ein Held. Aber weder Sieger noch Besiegte sahen einen Nutzen darin, dass sein Name bekannt wurde. Die Scheinheiligkeit der Nationen verlangt, Ungehorsam zu bestrafen oder totzuschweigen ...«

Aaron sprach mit schwacher, verzweifelter Kraft.

»Unter den Menschen, denen Sugihara zur Flucht verhalf, befand sich meine Familie. Zuerst erhielt ich Post aus der japanischen Hafenstadt Kobe. Dann aus Südamerika. Später aus New York. Alle waren gesund, gerettet. Und ihre Dankbarkeit richtete sich auf den Einzigen, der den Mut aufgebracht hatte, die Verantwortung zu tragen, bis zum bitteren Ende ...«

Ein trockenes Schluchzen hob die Brust des alten Mannes.

»Ach, meine Kinder! Damals betrat ich meine ganz private Hölle: die Hölle meines schlechten Gewissens. Und Tag für Tag, während der Krieg im pazifischen Raum und in Europa tobte, focht ich meinen eigenen Krieg in meinem Herzen aus. Und als die erste Atombombe auf Hiroshima fiel, als die Hitze dieses Sonnenballs über der Stadt glühte, als Fetzen menschlicher Haut auf schmelzendem Asphalt klebten und ihre Abdrücke menschlicher Körper, verflüssigt durch die

Hitze, für alle Ewigkeit in die Steine einbrannten, da weinte ich um die Toten, weinte um sie wie um mein eigenes Volk …«

Er stöhnte leise auf. In seinem greisen Gesicht leuchteten die Augen wie blaue, wässrige Sterne.

»Nach Kriegsende forschte ich nach der Familie, die ich bestohlen hatte. Ich fand lediglich heraus, dass die Eltern gestorben waren. Von ihren drei Kindern fehlte jede Spur. Jahre vergingen. Ich bewohnte weiter dieses Haus, dessen Besitz mir zum Fluch geworden war. Schmerz und Scham bedrückten mich. Ich schwieg darüber. Nur Rachel – meiner guten, verständnisvollen Rachel – zeigte ich die Wunden meiner Seele. Nur sie verstand es, mich zu trösten. ›Beruhige dich‹, sprach sie. ›Du bist jetzt ein anderer.‹ Langsam heilte mein Herz. Es war wie ein Erwachen, eine Wiedergeburt. Ich tat, was ich konnte, und bekämpfte den Rassenhass, wo immer er seine grässliche Fratze zeigte. Eine Zeit lang schöpfte ich Hoffnung und dachte, das Ungeheuer wäre endgültig besiegt. Doch es wird wiederkommen. Es schleicht schon umher. Ich spüre seinen stinkenden Atem. Die Menschen haben nichts gelernt. Sie werden wieder Atombomben abwerfen, Massengräber schaufeln und Millionen von Flüchtlingen in Bewegung setzen. Jahrelang fragte ich mich, warum Gott dieses Unheil immer wieder zulasse, warum Er diese Bestie im Menschen nicht mit Feuer und Wasser vernichte. Heute glaube ich zu wissen, warum Gott davon absieht: Sein hoher Plan ist es, aus uns echte, gute, warmherzige Menschen zu machen. Aber das geht nicht von heute auf morgen. Dazu braucht es Jahrtausende. Und nochmals Jahrtausende. Wir kommen langsam, oh Herr! So entsetzlich langsam. Aber wir kommen …«

Ein müder Seufzer hob Großvaters Brust.

»So dachte ich oft, wenn ich oben vor dem Bild stand und es betrachtete. Ich rührte es niemals an. Niemals mit meiner sündigen Hand. Aber ich blickte zu ihm hinauf. Und ich sah im Laufe der Jahre, wie es sich langsam verwandelte. Oder war es mein Herz, das sich verändert hatte? Ich weiß es nicht. Der Augenblick dieser Verwandlung ist mir entgangen. Später fühlte ich: Das Auge war nicht mehr ein strafendes, sondern ein segnendes Symbol, ein Zeichen Gottes, das kühl und milde auf mich herabblickte und alles Böse von diesem Haus fernhielt. Noch immer weiß ich nicht, was das Bild bedeutet. Im Laufe der Jahre nahm es so viele Gestalten für mich an. Doch an dem Tag, da ich es endlich erfahren sollte – das erkannte ich –, würde mir verziehen werden …«

Er stockte und hob den Kopf. Draußen im Flur begann die Standuhr zu schlagen. Zwölf langsame, glockenklare Schläge. Ich dachte an die Bronzeglocken im Hofe der buddhistischen Tempel, die mit ihrem Klang alle bösen Gedanken vertrieben.

Und während das sanfte, volle Echo in der Stille verhallte, erklang meine Stimme schwach und rau: »Es ist eine Tuschzeichnung. Es war mein Großvater Noburo, der sie schuf.« Ich brach in Tränen aus …

»Ja«, flüsterte Aaron, »ja, ich entsinne mich! So hieß der Junge mit den funkelnden Augen. Der Junge, den ich zusammenschlagen ließ …« Er presste meine Hand mit leidenschaftlicher, fast besessener Heftigkeit. »Sag es mir, mein Kind! Sag es mir jetzt! Ich muss es wissen! Was zeigt dieses Bild? Einen Stein? Eine Blume? Ein Auge? Oder einen Stern?«

»Es ist ein Ideogramm«, antwortete ich. »Ein Wort in zwei Silben. Und es bedeutet: ›Frieden‹.«

13

Großvater Aaron erhob sich langsam und mühevoll. In seinem abgezehrten Gesicht strahlten die Augen wie Vergissmeinnnicht. Ich stand ebenfalls auf.

Er legte beide Hände auf meine Schultern, dann auf meinen Kopf. »Der Herr segne und beschütze dich«, flüsterte er, kaum hörbar. »Er lasse sein Angesicht leuchten über dich und gebe dir seinen Frieden. Denn du hast mir meinen geschenkt. In Ewigkeit ...«

Einige Atemzüge lang rührten wir uns nicht. Dann seufzte der alte Mann. Er ließ den Kopf auf die Brust hängen und wandte sich schwerfällig ab.

»Ich bin müde. Ich glaube, ich lege mich ein bisschen hin ...«

Ronnie riss sich mühsam aus seiner Erstarrung. »Soll ich dir behilflich sein?«, stammelte er verwirrt. Aaron machte eine verneinende Geste. »Lass es gut sein, mein Junge. Kümmere dich um unseren Gast. Und mach dir keine Sorgen um mich, denn heute ist ein Festtag.«

Er schlurfte zur Tür hinaus. Wir hörten seine unsicheren Schritte im Gang. Eine Tür schloss sich leise. Dann war Stille um uns. Wir standen wie erstarrt. Keiner sagte ein Wort. Ronnie war bleich und sah aufgewühlt aus, mit feucht glänzender Stirn. Ich konnte kaum besser aussehen.

Ronnie brach zuerst das Schweigen. »Ob du es glaubst oder nicht, meine Großeltern haben niemals ein Wort darüber verloren. Mir war lediglich erzählt worden, dass Großvater das Haus im Krieg für fünfhundert Dollar erworben hatte. Das wurde in unserer Familie als Scherz herumgeboten. Oft sagte ich zu Aaron: ›Ich bin nicht so clever wie du und finde ein Haus für fünfhundert Dollar!‹« Er schüttelte fassungslos den Kopf. »Woher sollte ich wissen, was mit ihm los war? Wenn er nie etwas sagte?«

Ich nickte müde. »Mir erging es ähnlich. Meine Eltern redeten niemals von den Kriegsjahren. Es war der Brief meiner Tante, der den Stein ins Rollen brachte. Deswegen bin ich ja hier. Ich wollte wissen, was eigentlich geschehen war.«

Ronnie lächelte freudlos: »Gestern, als ich dich vom Fenster aus sah, dachte ich: Wer ist dieses asiatische Mädchen? Ich wollte mit dir reden, aber da warst du schon weg. Heute Morgen sah ich dich wieder. Da wollte ich die Gelegenheit natürlich nicht verpassen. Ein Glück, was?«

Ich zögerte und erwägte das Für und Wider. Schließlich nickte ich. »Ein Glück auch für mich.«

Ronnie war wieder heiter. »Du, nächsten Dienstag gebe ich ein Konzert in der Musikhalle! Brahms. Tschaikowsky. Schubert. Hast du Lust? Ich besorge dir eine Freikarte.«

Ich schüttelte den Kopf. »Am Dienstag bin ich schon wieder weg.«

»Ist das wahr?«, fragte er betroffen.

»Es ist wahr.«

Wir schwiegen kurz.

»Und vorher?«, fragte er. »Hast du Zeit?«

Ich schüttelte erneut den Kopf. »Auch nicht. Ich fahre mit Onkel Robin nach Cattle Creek.«

Er lachte, ein wenig gezwungen. »Sorry, wenn ich keine Ahnung habe, wo das liegt.«

»Ach, irgendwo in Süd-Alberta. Es ist eine kleine Siedlung der Schwarzfuß-Indianer. Ich glaube, sie steht nicht einmal auf der Karte.«

»Was willst du denn da? Ferien machen?«

Unwillkürlich lächelte ich. »Nein, meine Großmutter besuchen.«

Er starrte mich an. »Lebt sie bei den Indianern?«

»Sie ist eine Indianerin«, erwiderte ich etwas spöttisch. Ronnie griff sich seufzend an die Stirn. »Es tut mir leid, aber ich muss zuerst etwas essen! Das ganze Psychodrama hat mir auf den Magen geschlagen. Soll ich eine tiefgekühlte Pizza wärmen?«

Ich folgte ihm in die Küche. »Kann ich behilflich sein? Abwaschen?«

»Ach, lass das Zeug nur liegen! Großvater macht das irgendwann mal. Er braucht Beschäftigung, um sich abzulenken. Aber du kannst den Salat waschen, wenn du unbedingt was tun willst.«

Einige Minuten später stand ich mit hochgekrempelten Ärmeln vor der Spüle, wusch Salat und schnitt Tomaten in kleine Scheiben. Inzwischen war der Backofen heiß.

Ronnie schob die Pizza in den Ofen. »Etwas Wein?«

»Gerne, aber nur ein bisschen, sonst werde ich ...«

»Beschwipst, ich weiß! Also, ich hätte die größte Lust, mir einen anzutrinken. Nach diesem Horrortrip!«

Ich ließ das kalte Wasser über meine Hände laufen. »Nachdem ich Tante Mayumis Brief gelesen hatte, bin ich von zu Hause weggerannt.«

Er starrte mich an. »Wohin?«

Ich zögerte. »Zuerst zu meiner Lehrerin. Dann zu meinem Freund.«

Er warf mir einen Seitenblick zu. »Was macht er?«

Ich fühlte, wie ich rot wurde. »Er arbeitet beim Fernsehen. Stellt Trickfilme her.«

»Kennt ihr euch schon lange?«

Ich nickte bejahend. »Wir sind zusammen zur Schule gegangen.«

»Ich decke den Tisch«, sagte Ronnie. »Wir können gleich essen.«

Er machte seine Sache gut, faltete sorgfältig die Papierservietten, zündete eine Kerze an und stellte einen Blumenstrauß auf den Tisch. Dann entkorkte er eine Weinflasche und nickte zufrieden. »Nicht übel.«

Er hatte für mich ein sauberes Glas aus dem Schrank geholt und es mit einem Handtuch poliert. Vorsichtig goss er ein. Dann schnitt er die Pizza an und schob mir ein großes Stück auf den Teller. Es war gemütlich. Da saß ich nun, im einstigen Haus meiner Urgroßeltern, und aß Pizza. Mir war, als kenne ich Ronnie schon lange, als hätte ich ihn schon ewig gekannt.

Ich wunderte mich über dieses Gefühl, für das mir die Erklärung fehlte.

Inzwischen verschlang Ronnie ein großes Stück und stopfte sich Salat in den Mund. »Jetzt geht es mir besser!«, seufzte er schließlich zufrieden. »Ich glaube, ich kann wieder denken. Also, wie war das noch mit deiner Großmutter?«

Ich nippte lächelnd an meinem Glas Wein. Mir gefiel seine Ungezwungenheit, sein humorvolles Verständnis. Er war ein Musiker, ein Künstler. Auf einmal wurde mir klar, warum ich mich auf ihn verlassen konnte: Er lebte im Haus meiner Vorfahren! Er tröstete mit dem Geist der Musik die Seelen der Verstorbenen. Alles war gut. Und so führte ich ihn endgültig in meine vertraute Welt ein, indem ich ihm die Geschichte meines Vaters erzählte. »Meine Tante Chiyo hat ihrem Bruder niemals verziehen, dass er eine Indianerin zur Frau genommen hatte. Sie weiß, dass ich hier bin. Aber sie weigert sich, mich zu sehen.«

Ronnie stieß ungehalten die Luft aus. »Manchmal frage ich mich, ob diese Leute nicht alle einen Knacks hatten! Bei uns war das übrigens nicht anders. Dazu kamen noch die religiösen Schranken. In traditionsbewussten jüdischen Familien heiratete man keine Andersgläubigen. Wie mich das nervt. Warum glauben die einen immer, sie wären besser und klüger und schöner als die anderen? Wir sind doch Menschen, alle miteinander. Ist doch egal, ob wir rot, grün, gelb oder blau mit rosa Pünktchen sind! – Was hast du denn jetzt vor?«, setzte er hinzu. »Der ehrenwerten Versteinerung die Wohnung einzurennen?«

Ich nickte finster. »So ungefähr. Bevor sie mich an die Luft setzt, schiebe ich einen Fuß in den Türspalt.«

Ronnie kicherte. »Das kann ich mir lebhaft vorstellen! Noch etwas Pizza?«

»Nein, danke«, sagte ich lächelnd. »Großvater möchte sicher auch ein Stück!«

»Ach Gott!«, stöhnte Ronnie. »Was für ein Tag! Als ich heute Morgen aus dem Bett stieg, hätte ich nicht gedacht, dass mir der Himmel sozusagen auf den Kopf fallen würde.«

»Auch mein Vater hatte jahrelang den Mund gehalten«, sagte ich. »Und auf einmal redete er wie ein Wasserfall und konnte nicht mehr aufhören.«

Ronnies empfindsame Augenbrauen zuckten. »Ich glaube, die meisten Menschen denken ungern an schwere Zeiten zurück. Und sie wollen ihren Kindern die eigenen Schmerzen ersparen. Ich weiß nicht, ob sie ihnen damit einen guten Dienst leisten. Es stimmt schon, was mein Großvater sagt: Wenn ich nicht leide, werde ich niemals ein guter Musiker. Es liegt nicht nur am Können. Wenn ich nur technisch perfekt spiele, hört keiner zu. Nur wenn ich meine Gefühle ausdrücke, spreche ich die Menschen im Innersten an. Vielleicht werde ich wirklich mal ein guter Geiger. Aber erst in dreißig Jahren. Nach meinen Ehen und Scheidungen, den Krankheiten und den Todesfällen meiner Liebsten. Wenn ich endlich erwachsen bin.«

Wir lächelten uns über den Tisch hinweg an. In seinen Augen stand … Was eigentlich?

Ich wollte es nicht wissen und wandte meinen Blick ab. »Ich muss jetzt gehen.«

Ronnie sagte eine Weile nichts. Dann sehr langsam, sehr bedacht: »An den heutigen Tag werde ich mich mein Leben lang erinnern. Auch wenn du ihn längst vergessen hast, ich werde daran denken.«

Ich antwortete ihm nicht, sammelte das Besteck ein und half, den Tisch abzuräumen. Wir brachten das Geschirr in die Küche.

Ronnie stellte die übrig gebliebene Pizza in den Eisschrank. Er sagte, er habe seinen eigenen Wagen und werde mich nach Hause fahren. »Ich habe vor drei Monaten meinen Führerschein gemacht«, setzte er stolz hinzu. »Im ersten Anlauf und ohne einen einzigen Fehler. Da sagt man immer wieder, Musiker würden in den Wolken schweben!« Als Solist fange er an, etwas Geld zu verdienen. Der Wagen sei das Erste, was er sich geleistet habe. »Das Nächste ist eine eigene Wohnung. Aber vorläufig bin ich pleite.«

Ronnies Wagen war ein kleiner roter Honda. Wir stiegen ein.

Ronnie fuhr auffallend vorsichtig. »Ich will nicht, dass dir etwas zustößt«, meinte er.

Der Nachmittag war schon fortgeschritten. Ein angenehm kühler Wind wehte. Das Wasser glitzerte, die Boote schaukelten. Überall Sonnenschein, bunt gekleidete Menschen, Ferienstimmung.

»Vancouver ist eine tolle Stadt«, sagte Ronnie. »Ich würde dich gerne mal ausführen. Morgen Abend, geht das?«

»Ich weiß es nicht …«, erwiderte ich unbestimmt. »Ich gehe doch zu meiner Tante …«

»Den ganzen Tag?«

Ich schüttelte den Kopf. »Das hängt von mir ab.«

Wir hatten Robins Wohnviertel erreicht.

Ich zeigte Ronnie den Weg. »Das Haus dort … mit den blauen Fensterläden.«

Er fuhr an den Straßenrand und hielt an.

»Vielen Dank«, sagte ich.

Ronnies Hände umklammerten das Steuerrad, während er geradeaus blickte. »Ich möchte dich wiedersehen«, sagte er. Kurze Stille.

Und in diese Stille hinein machte ich ein verneinendes Zeichen. »Übermorgen fahre ich nach Cattle Creek. Und am Dienstag geht mein Flugzeug.«

Er presste die Lippen zusammen. »Ich möchte dich wiedersehen, obschon du nach Cattle Creek fährst. Und obschon dein Flugzeug bald startet.«

Wieder schwiegen wir. Wir sahen uns nicht an, rührten uns auch nicht.

Schließlich seufzte ich. »Das wird kaum möglich sein.«

»Warum nicht?«, erwiderte er mit plötzlicher Erregung.

Ich ging der Frage aus dem Weg. »Ich rufe dich an.«

Er schüttelte heftig den Kopf. »Einfach so am Telefon reden, nach allem, was geschehen ist …« Er ließ den Satz in der Schwebe.

Ich blieb stumm.

Er umklammerte das Steuerrad fester. »Können wir uns irgendwo treffen? Oder, noch besser: Ich hole dich ab. Jetzt weiß ich ja, wo du wohnst.«

Ich öffnete die Wagentür.

Er zuckte zusammen. »Du willst nicht mehr mit mir sprechen?«

Ich lächelte ihn an und wiederholte: »Ich rufe dich an.« Dann stieg ich aus und ging.

Die Wagentür schlug zu. Ich stieß das Tor auf und ging über den knirschenden Kiesweg durch den Garten. Ich wandte mich nicht um. Aber ich hörte Ronnies Wagen davonfahren.

14

Ich erzählte Robin nur das Wesentliche: Unser ehemaliges Haus gehöre jetzt einer jüdischen Familie, ihr Sohn Ronald sei ein begabter Geigenspieler und sein Großvater habe nach dem Krieg vergeblich nach meiner Familie geforscht. Aarons Geheimnis behielt ich für mich. Vielleicht, weil ich mit ihm geweint hatte. Vielleicht auch, weil sich die Ereignisse im Laufe der Zeit wie Wasser im Sand verloren hatten und sie nicht mehr unsere Geschichte waren. »Alles ist gut«, sagte ich. »Die Leute waren gerührt, als sie mich kennenlernten. Sie haben mich zum Essen eingeladen und wir sprachen von früher. Dann hat mich Ronald mit dem Wagen hergefahren.« Und rasch entschlossen setzte ich hinzu: »Morgen besuche ich Tante Chiyo.«

Robin war ein besonnener Mensch. Er verbarg seine Überraschung und versuchte auch nicht, mich zu beeinflussen. Er seufzte nur. »Ich frage mich, ob das einen Sinn hat. Ich will nicht persönlich werden. Aber ich fürchte, sie bildet sich etwas ein. Sachen, die es gar nicht gibt.«

Aber ich sagte recht fest: »Ich will sie sehen.«

In dieser Nacht hatte ich denselben Traum wie damals in Tokio: Ich war ein Vogel – ein Falke – und flog dem Himmel entgegen. Es war ein berauschendes Gefühl. Ein weicher, wirbelnder Luftstrom trug mich empor. Um mich herum kreisten Nebel. Allmählich wurde es heller und heller, der silbrige Dunst verfloss. Auf einmal wurde es herrlich: Die Wolkenschleier türmten sich senkrecht auf, ich schwebte über ein dunkles Loch hin und dieses Dunkle war die Erde. Ich flog über Bergkämme, Wälder und Schluchten; die Landschaft war so deutlich, so klar. So wie Träume manchmal lebendiger als die Wirklichkeit sind, so hatte ich das Gefühl, dies alles schon einmal erlebt zu haben. Plötzlich entdeckte ich in der Ferne einen seltsamen Gegenstand, der wie ein Baumstamm aus dem Boden ragte. Ich flog näher heran; da sah ich, dass es ein Totempfahl war. Er stellte einen Falken dar, farbenprächtig und gewaltig, mit ausgebreiteten Schwingen. Da erkannte ich, wo ich war, und stieß mit unglaublicher Geschwindigkeit zur Erde hinab. Mit einem Mal stand ich auf dem Waldboden; kein Vogel mehr, nur ich selbst. Ich spürte Moos und kühle Gräser unter meinen Füßen und starrte zum Totempfahl empor. Das Antlitz des Falken blitzte hart und hölzern zurück; mir war, als würde sich der Augapfel bewegen. Der mächtige Schnabel, die weiß und purpurn bemalten Schwingen warfen ihren Schatten auf mich. Und plötzlich sprach dieses Antlitz zu mir. Es war eine Stimme, die ich vernahm, und doch keine Stimme. Einzig mein Gehirn verstand, was sie ausdrückte. »Da bist du endlich! Ich habe schon lange gewartet.«

Ich bewegte die Lippen und brachte verständliche Worte hervor. »Ich kenne dich nicht. Wer bist du?«

Mir war, als würde das Antlitz lächeln. »Ich bin ein Teil von dir«, sagte der Falke.

Da erwachte ich. Die Morgensonne schien durch den Vorhangspalt. Ich blinzelte verwirrt und schob die Beine aus dem Bett.

Der Fußboden knarrte unter meinen Füßen, als ich mich aufrichtete. Ich fühlte, wie ich hastig atmete. Ich dachte an Tante Chiyo; ein Schauer lief durch meinen Körper bis in die Kniekehlen hinunter. Ich ging ins Badezimmer und stellte mich unter die heiße Brause. Und als ich ein paar Minuten später mit Tante Alice am Frühstückstisch saß, Kaffee trank und Ahornsirup auf meinen Pfannkuchen strich, war mein Geist wieder klar. Ich fühlte mich wie in dieser Nacht, als ich in der Gestalt des Falken über Berge und Tälergeflogen war: hellwach und furchtlos.

»Nimm dir die Sache nicht allzu sehr zu Herzen«, sagte Alice, während ich den Stadtplan vor mir ausbreitete. »Ich glaube, Mayumi wollte mit ihrer großen Schwester nichts mehr zu tun haben.«

Ich erklärte ihr, warum es notwendig war, dass ich mit Chiyo sprach. Es ging um ihren Vater, der ihretwillen gelitten hatte. Ich musste die Angelegenheit in Ordnung bringen. Jetzt oder nie.

»Bist du sicher, dass es besser wird, wenn du sie gesehen hast? Ist diese Frau denn all die Anstrengungen und all diese Schmerzen wert, Jun?«, fragte Tante Alice mit kummervollem Blick. »Glaubst du nicht, dass du deine Zeit nur verschwendest?«

Ich drehte die Frage hin und her, aber mir fiel keine Antwort ein. Ich zog meinen Blazer an und ging.

Der Bus fuhr an der Robson Street mit ihren unzähligen Restaurants vorbei, längs der Fußgängerzone Granville Mall bis zum Ende der Granville Street, wo ich ausstieg. Zu Fuß ging ich die Hastings Street hinunter. Der Hafen war ganz in der Nähe. Kräne reckten sich schräg in die Höhe, vier oder fünf, alle in einer Reihe, dazwischen Schiffschornsteine, Fabriken, Lagerhäuser. In den Straßen herrschte das größte Chaos: Last- und Lieferwagen, klingelnde Fahrräder, hupende Autokolonnen. Dazwischen Menschen aller Hautschattierungen, Hausfrauen mit Einkaufstaschen, Matrosen und Hafenarbeiter, die Kisten schoben und Wagen anließen. Touristen standen vor den Landungsbrücken Schlange, Schiffssirenen tuteten, rauschend fuhren die Fähren hin und her.

Es war kein angenehmes Viertel: alte Backsteinhäuser und hässliche Betonblöcke. Über den Elektrizitäts- und Telefonleitungen kreisten Möwenschwärme. Es roch nach Abgasen, Dieselöl, Wasser und faulenden Früchten.

Das Apartmenthaus gegenüber einer Segelmacherei war fünf Stockwerke hoch: ein massiver Vorkriegsbau, ziemlich heruntergekommen, mit altersverrußten Backsteinen. An der Seite zog sich eine eiserne Feuertreppe, mit roter Schutzfarbe angestrichen, von Stockwerk zu Stockwerk. Der Eingang war ungepflegt, das Treppenhaus dunkel. Der Mörtel bröckelte von den Wänden. Es roch nach kalter Asche, eingeschlossener Luft und Salmiakgeist. Mit klopfendem Herzen suchte ich die Namen an den Briefkästen ab. Da! Chiyo Hatta. Vierte

Etage und kein Aufzug. Ich drückte auf den Lichtschalter und stieg die Steintreppe mit dem verschnörkelten Eisengeländer hoch. Auf den Stufen lagen Zigarettenkippen. Eindeutige Sprüche und obszöne Zeichnungen waren an die Wände gekritzelt. Ob es hier wohl einen Hausmeister gab? Ich nahm einige Stufen auf einmal. Mein Puls flatterte. Viertes Stockwerk. Ein langer Flur. Die schweren Wohnungstüren aus Metall waren braun angestrichen, damit es wie Holz aussah. An der hohen Decke brannte eine Glühbirne. Tante Chiyo wohnte am Ende des Flurs. Auf dem Steinboden lag eine Fußmatte, ein alter Regenschirm lehnte an der Wand. Ich merkte, dass ich zitterte, und holte tief Luft. Lass dich nicht gehen! Ich atmete ein paar Mal langsam tief ein und aus, bis sich mein Herzklopfen beruhigt hatte. Dann drückte ich auf die Klingel. Eine Zeit lang rührte sich nichts. Dann hörte ich drinnen ein schlürfendes Geräusch. Der Riegel wurde zurückgeschoben, die Tür öffnete sich einen winzigen Spaltbreit. Hinter der vorgelegten Kette spähten ein Frauengesicht und zwei dunkle Augen hervor.

»Guten Tag«, sagte ich höflich, auf Japanisch. »Ich bitte um Entschuldigung. Darf ich Sie einen Augenblick stören?«

Mit Geklapper von Schloss und Kette öffnete sich die Tür; ein helles Rechteck fiel in den Gang. Ich sah vor mir eine kleine, zarte Frau. Das längliche Gesicht war elfenbeinfarbig, wie vergilbt durch das hohe Alter. Doch seine Umrisse waren weder schlaff noch verwischt, sondern auf seltsame Art betont. Die erstaunlich glatte Haut spannte sich über den Knochen. Und da diese Knochen fein geformt waren, hatte sich das Gesicht einen gewissen Liebreiz bewahrt. Das lackschwarze Haar war aus der Stirn gekämmt und im Nacken zu einem Knoten verschlungen. Sie trug unmoderne graue Jerseyhosen. Eine Brille hing an einer Kette auf ihren ebenfalls grauen Pullover. Ihre Füße steckten in weißen Socken.

Sekundenlang musterte sie mich fragend. Dann glomm in den schmalen, lebhaften Augen ein Funke auf. Ihr Gesicht blieb unbeweglich, fast wie erstarrt, doch sie neigte den Kopf, eine kaum wahrnehmbare Begrüßungsgeste. Ihre Lippen bewegten sich. »Du bist Norios Tochter, nicht wahr?«

Ich nickte. »Mein Name ist Jun.«

»Wie lange bist du schon hier?«

»Seit drei Tagen«, hauchte ich.

»*Come in*«, sagte Chiyo, auf Englisch.

Ich bückte mich umständlich und schnürte meine Turnschuhe auf. Barfuß trat ich in den Flur. Chiyo schloss die Tür. Ich hörte das Rasseln der Sicherheitskette. Chiyo nickte mir auffordernd zu. Ich trat in einen Raum mit hoher Stukkaturdecke und antikem Marmorkamin. Der Parkettfußboden war zerkratzt und abgenutzt, die Einrichtung auffallend karg; zwei unbequeme Sessel aus den Fünfzigerjahren, ein runder Tisch mit Stühlen aus Rohrgeflecht, ein Schreibtisch mit vielen Fächern. Über dem Liegesofa war eine verblichene blaue Wolldecke ausgebreitet. Gegenüber stand ein altmodischer Fernseher. Zeitungen und Strickzeug lagen in einem Korb. In dem Raum war ein kleiner, geschlossener Altarschrein aus Mahagoniholz das einzig Schöne. Der Schrein stand auf einem Spitzendeckchen auf einer Kommode. Neben dem Altar hing ein Rollbild, das ziemlich alt aussah. Es zeigte eine wunderschön gemalte Lilienblüte. Unter dem Rollbild war in einer Steingutvase eine Lilie so kunstvoll gesteckt, dass sich beide Blumen – die gemalte und die lebendige – in vollendeter Harmonie ergänzten.

Während ich dies alles auf einen Blick wahrnahm, trat eine schmächtige olivfarbene Katze mit gelben Augen hinter dem Sofa hervor. Froh um die Ablenkung, lächelte ich Chiyo zu. »Wie heißt sie?«

»Tora-Chan«, sagte Chiyo. »›Kleiner Tiger‹, ich habe sie aus einer Mülltonne herausgeholt, als sie noch ganz klein war.«

»Tora-Chan!«, rief ich und hockte mich nieder. Die Katze trat behutsam näher, beschnüffelte mich und rieb ihre Wange an meiner Hand.

»Sie mag dich offenbar«, meinte Chiyo. »Eigentlich ist sie sehr menschenscheu.«

»Meine Großeltern in Tokio haben einen Hund«, sagte ich, um etwas zu sagen. »Einen Cockerspaniel. Er heißt Owen.«

»Möchtest du Tee?«, fragte Chiyo mit einem rauen Klang in ihrer Stimme, als sei sie bewegt und versuche, dies zu verbergen.

»Ja, gerne. Vielen Dank«, gab ich zurück.

Ich wollte ihr Zeit lassen, sich zu beruhigen. Eine offene Tür gab den Blick in eine altmodische Küche frei. Während Chiyo darin hantierte, strich die Katze schnurrend um meine Beine. Ich hob sie hoch und ging mit ihr zum Fenster. Weit unten sah ich die Hafenanlagen. Auf der anderen Seite erstreckte sich der schmale Meeresarm mit seinen vielen Schiffen, dahinter die Berge, dunstig und grün.

Chiyo kam aus der Küche. »In letzter Zeit ist viel gebaut worden«, sagte sie. »Aber vom Sofa aus sehe ich nur den Himmel und die Berge. Das ist schön.« Sie sagte: »*It's beautyful.*«

Mir fiel ihr stark mit englischen Ausdrücken vermischtes Japanisch auf. »Wohnst du schon lange hier?«, fragte ich.

Sie nickte. »Seit über zwanzig Jahren. Die Miete zahlt die Alterskasse. Man spricht jetzt davon, das Haus zu renovieren. Dann steigen die Mieten und ich muss raus. Ich hoffe nur, dass ich das nicht mehr miterlebe.«

Das Teewasser kochte. Tante Chiyo ging in die Küche zurück und kam mit einem Lacktablett zurück, das ich auf den ersten Blick als entsetzlich kitschig empfand. Grüner Tee dampfte in zwei Keramikschalen, wie man sie in Tokio den Touristen verkauft.

»*Sit down, please*«, sagte Chiyo und stellte die Schalen auf den Tisch.

Ich wartete, bis sie Platz genommen hatte, und setzte mich ihr gegenüber hin. Sie hielt sich auffallend gerade, den Kopf hoch erhoben. Ihre Bewegungen waren verhalten. An einem ihrer knochigen Finger steckte ein Perlenring. Ich hob die Schale mit beiden Händen und nippte am heißen Tee. Er war nicht gut. Mir kam Ninas abschätziger Ausdruck »Spülwasser« in den Sinn. Verlegen trank ich einen Schluck. Es herrschte eine merkwürdige Stimmung im Raum: eine Art strenger Friede und gleichsam eine Trostlosigkeit.

Chiyo saß ganz still und musterte mich mit kühler Ruhe. »Wie geht es deinen Eltern?«, fragte sie nach einer Weile.

»Danke, gut«, erwiderte ich. »Sie … haben mir Grüße für dich mitgegeben«, log ich.

Sie dankte mit einer alten, formellen Sprachwendung. Die Kopfneigung, mit der sie ihre Worte betonte, war fließend und graziös wie die einer Ballerina und doch von einer Würde, die ganz ihrem Alter entsprach. Ich schlug befangen die Augen nieder.

»Erzähl mir von dir«, forderte sie mich auf.

Ich sagte, was mir gerade einfiel. Ich hatte keine Ahnung, ob sie sich tatsächlich für mich interessierte oder nur so tat. Ich vermochte keinen Gedanken auf dem glatten, ausdruckslosen Gesicht zu lesen.

Schließlich nickte sie. »Ja«, murmelte sie, wie für sich selbst, »du siehst deinem Vater wirklich sehr ähnlich.«

Ein Schweigen folgte. Ob sie diese Bemerkung in freundlicher oder verletzender Absicht geäußert hatte, wusste ich nicht; ebenso wenig, ob ihr mein Besuch willkommen war. »Ehrenwerte Versteinerung«, hatte sie Mayumi genannt. Darüber hinaus aber spürte ich, wie sehr sich die irrten, die sie für gefühlskalt hielten. Was in ihrem Gesicht geschrieben stand, war so zurückhaltend, dass man es leicht übersah. Und ich fühlte ebenfalls, dass ich ihr nicht so gleichgültig war, wie es den Anschein erweckte. Deshalb zögerte ich nicht länger und warf jeden Takt über Bord.

»Ich hatte dir aus Japan geschrieben. Du hast meinen Brief unbeantwortet gelassen. Später hat Onkel Robin dich angerufen und gefragt, ob ich kommen dürfe. Aber du wolltest mich nicht sehen. Warum eigentlich nicht?«

Ihre Lider zuckten. Ich hatte das Gefühl, dass sie ihre ausdruckslose Ruhe nur mit Mühe bewahrte. »Ich bin jetzt alt«, erwiderte sie dumpf. »Früher habe ich viel nachgedacht. Jetzt nicht mehr. Was ist das schließlich, wenn man nur noch an das eine denkt und dieses eine nicht das Richtige ist? Und jetzt ist es zu spät …« Sie saß in kerzengerader Haltung, die Hände im Schoß gefaltet. »Früher war alles anders. Das große Buch unserer Vergangenheit lag offen vor uns. Als Samurai aus Aizu-Wakamatsu maßen wir unseren Stolz nicht an wertlosen Dingen. Unser Adel bürdete uns Pflichten auf. Unser Name musste rein und hoch gehalten werden wie eine Flamme. *Like a burning fire*«, wiederholte sie auf Englisch.

Ich starrte sie an, verlegen und fasziniert. Ich verstand sie und verstand sie doch nicht.

Sie fuhr fort: »Das ist jetzt vorbei. Auch die Ehren, die wir unseren Verstorbenen bezeugen, sind nicht mehr dieselben. Damals jedoch gebot uns die Pflicht, unseren Ahnen treu zu sein. *It was our duty*«, setzte sie mit Nachdruck hinzu und ich sah, wie ihre Lippen zitterten.

Ich schwieg; sie erzählte weiter, dass sie gelehrt worden seien, ihren Namen und ihre Herkunft zu achten, dass eine Samurai-Frau sich niemals habe gehen lassen dürfen, dass altertümliche Werte ihre Haltung bestimmt hätten. Wie groß auch ihr innerer Kampf sein mochte, man habe von ihr erwartet, dass sie sich selbst beherrsche.

Ich hörte zu und streichelte mit herunterhängender Hand

Tora-Chan, die neben meinem Stuhl saß. Und allmählich gewann ich den Eindruck, dass sie zu sich selbst sprach, von denselben Dingen, die schon seit Jahrzehnten in ihrem Kopf kreisten, immer wieder, wie der langsame Wirbel eines Stromes.

»Mein Bruder Noburo hatte die heilige Aufgabe, unseren Namen fortzupflanzen und das Fortleben unserer Ahnen zu sichern. Er hatte auch die Pflicht, sein Blut dem Kaiser zu opfern, falls dieser es von ihm verlangte. ›Wo du lebst, ist unbedeutend‹, pflegte meine Mutter zu sagen. ›Die Pflicht eines Samurais, Mann oder Frau, bleibt immer dieselbe: Treue deinem Lehnsherrn, Tapferkeit in der Verteidigung deiner Ehre!‹« Ihre durchscheinende Haut war noch blasser geworden. Ihre Augen hefteten sich auf mich, leicht hin und her irrend, als ob sie mich bannen wollte.

Mir wurde klar, warum Mayumi Angst vor ihr gehabt hatte. Während sie sprach, drangen die Geräusche des Hafens zu uns empor. Ein Dampfer tutete, Autos hupten, ein Bagger rasselte und klingelte. Ich aber kam mir vor wie in einem Raumschiff.

»Mein Bruder«, fuhr Chiyo fort, »missachtete diese Gesetze und verstieß gegen die Familienehre. Wer in alten Zeiten ein solches Vergehen auf sich genommen hatte, ging freiwillig in den Tod. Später wurde diese Strafe durch die Verbannung der Schuldigen aus der Ahnenreihe ersetzt. Keine Schande sollte sich auf die nächsten Generationen vererben.«

Allmählich verlor ich die Geduld. Was sie sagte, klang nach Kabuki-Drama und hörte sich fast komisch an. Aber ich vergaß nicht, dass mein Vater deswegen litt. »Für dich bin ich also nicht wert, den Namen Hatta zu tragen?«

Sie starrte mich an, wie aus einem Traum gerissen. »Wie kommst du darauf?«

Ich bemühte mich um einen ruhigen Tonfall. »Nimmst du meinem Großvater eigentlich immer noch übel, dass er eine Indianerin zur Frau genommen hat?«

Ich war auf vieles gefasst, doch nicht auf die Antwort, die ich jetzt hörte. Sie klang so klar, so schlicht, so überzeugend.

»Früher, ja, da war ich böse auf ihn. Und ich trage die Schuld, dass ich ein Kind die Missachtung spüren ließ. Diese Schuld bezahle ich mit Einsamkeit, denn Noburos Fehler hatte nichts auf sich, das eine große und innige Liebe nicht ausgewogen hätte. So denke ich heute. Nein, darum geht es nicht …« Sie machte eine Pause.

Ich wartete.

Sie sprach weiter, die Augen ins Leere gerichtet. »Das menschliche Herz wandelt sich; was bleibt, sind die Sinnbilder. Unsere Pflicht als Samurai ist, die Symbole unserer Vorfahren in Ehren zu halten. Es ist eine Aufgabe, mit der wir betraut sind, eine Grenze der Freiheit, die wir nicht überschreiten dürfen.« Sie verstummte abermals. Diesmal währte ihr Schweigen lange.

Meine Ungeduld wuchs. Ich dachte: Sie soll doch endlich zur Sache kommen!

Sie nickte mir zu. »Wenn du älter bist, wirst du es besser verstehen. Die Maßstäbe, die man bei der Pflichterfüllung anlegt, sind in allen Weltteilen verschieden. Aber wir Samurai hören den Ruf der Pflicht deutlicher als andere. Ihre Sinnbilder sind unser höchstes Gut. Wir verteidigen es, wenn es sein muss, mit unserem Leben. Und da ist keiner, der sich sagen darf: ›Ich entziehe mich dieser Pflicht.‹«

Ich verstand noch immer nicht. Sie las es in meinen Augen. Schwerfällig erhob sie sich; ich stand ebenfalls auf. Sie schlurfte in Richtung des Altarschreins. Sie ging sehr behutsam, weil Tora-Chan um ihre Beine strich. Vor dem Schrein verneigte sie sich; ich tat es ihr nach. Ehrfurchtsvoll öffnete sie die kleinen Türen und forderte mich mit einer Handbewegung auf zu schauen. Unter dem kleinen Bronzebuddha und der Ewigen Lampe aus durchbrochener Messingarbeit sah ich zwei Fotos in versilbertem Rahmen. Das eine war schon alt und vergilbt: Es war ein Bild meiner Urgroßeltern. Sie saß, er stand. Beide trugen europäische Kleidung. Ihre Haltung kam mir übertrieben gemessen und feierlich vor. Die starren Gesichter sprachen nicht mehr zu mir. Es waren Menschen von früher, mit fremden, komplizierten Gefühlen und Gedanken. Daneben stand ein Foto von Mayumi, wahrscheinlich aus den Sechzigerjahren. Diese Art, sich zu kleiden und zu frisieren, kam neuerdings wieder in Mode. Während ich sie so ansah, erkannte ich hinter der dunklen Augenschminke und den toupierten Haaren die fröhliche, lebhafte Frau wieder, die uns manchmal in Tokio besucht hatte. Ein feines Schmerzgefühl zog sich durch meine Brust hindurch, denn auch sie hatte von dieser Welt Abschied genommen. Ich spürte, dass Chiyo mich ansah, und erwiderte fragend ihren Blick.

Sie hob ihre blasse, mit blauen Venen durchzogene Hand.

»Noburos Bild fehlt, wie du siehst. Jedes Jahr im August, am Tage des Ura-Bon, dem Fest der zurückgekehrten Seelen, schmücke ich den Altar und zünde die Lampe an. Ich schlage den Gong und bete zu den Toten. Mit keinem Gebet jedoch gedenke ich Noburos, der das Murasama-Schwert unserer Ahnen nicht zu bewahren wusste. Dieser Frevel bleibt unverzeihlich. Einst besaß ich eine Schwester. Einen Bruder nicht.«

Ich spürte meine Wangen heiß werden. Voller Mitleid blickte ich auf die kleine, alte Frau mit den unbeugsamen Gesichtszügen. Sie verkörperte die Menschen einer alten Zeit; sie hatten nichts als die verfeinerte, aber nicht mehr erwünschte Kultur ihrer versunkenen Welt zu bieten und ertrugen mit stillem Hochmut ihr selbst gewähltes Schicksal. Es war kein Platz mehr für sie auf dieser Welt. Nein, ich brauche keine Angst vor ihr zu haben. Sie tat mir unendlich leid. Aber ein Unrecht war geschehen. Ein Unrecht, das auch mich betraf.

Dumpf fragte ich: »Hast du niemals mit Mayumi darüber gesprochen?«

»Wozu?«, erwiderte sie kalt. »Die Sache hatte nichts mehr mit ihrer Pflicht der Familie gegenüber zu tun.« Ich holte tief Atem.

Dann sagte ich leise, die Augen gesenkt: »Vielleicht war es falsch, was du damals geglaubt hast.«

Sie wandte mir ruckartig ihr strenges Gesicht zu. Ihre Augen funkelten mich an. »Wie wagst du es, so etwas zu sagen?«

Ich war größer als sie und blickte auf sie hinunter. »Das

Schwert …«, flüsterte ich und stockte. Ich konnte es nicht in Worte fassen.

Sie schwieg. Wartete. Ihr Gesicht war grau geworden. »… es ist immer noch da!«, brach es schließlich aus mir hervor.

Sie fuhr zusammen. »Was ist das für eine Lüge?«

»Es ist die Wahrheit.«

Ihre Augen verengten sich und glänzten, ihre Lippen wurden schmal. »Woher willst du das wissen?«

Ich fühlte, wie mir der Schweiß ausbrach. »Ich weiß, dass du dich irrst«, flüsterte ich matt und unhöflich. Ich sah mich außerstande, meine Worte sorgsam zu wählen.

Chiyo schoss die Röte ins Gesicht. Heftiger Atem hob und senkte ihre Brust. »*Shut up!*«, zischte sie.

Es war schrecklich, ihrem Blick standzuhalten. Ihre Augen glitzerten wie Pechkohle. Und auf einmal erschien, hinter dem gebieterischen Blick, eine Unsicherheit, ein Entsetzen. Denn in ihrem Glauben, das Richtige getan zu haben, hatte sie eine Art Frieden gefunden. Jetzt hatte ich diesen Frieden gestört. Tief in ihrem Herzen keimte die Furcht, dass nicht ihr Bruder, sondern sie selbst versagt haben könnte. Ich fühlte, wie ihre Gedanken wild und angstvoll ausschwirrten, das weite Feld der Erinnerung in Bewegung setzten, wie Verzweiflung und Grauen sie packten.

Einen Atemzug lang erschien das Bild des Falken vor mir, des Falken, den ich im Traum gesehen hatte. Einen flüchtigen Augenblick sah ich ihn am Himmel hängen, mit stechendem Blick die Beute suchend und beobachtend. Und im Bruchteil eines Atemzuges wurde ich selbst zu Schnabel, Krallen, Federn und zuckenden Flügeln. Ich ließ mich fallen wie ein Stein, wie ein Schatten und bohrte meine Krallen in zuckendes Fleisch. Unsäglicher Schmerz! Ich blinzelte; die Vision erlosch. Meine Augen waren voller Tränen. Heftiges, unbeherrschtes Schluchzen stieg in mir hoch. Und weinend gestand ich ihr, dass ich wisse, wo das Schwert aufbewahrt werde. Ich sei gekommen, es zu holen. Und ich würde es ihr zurückbringen.

15

Am Nachmittag kam Wind auf. Die Luft wurde klar, blau und kalt. Mein Blazer war viel zu dünn. Frierend stieg ich aus dem Bus und lief mit verschränkten Armen über die Straße. Das Gartentor war offen.

Alice stand schon vor der Tür, als ich kam. Sie sah erhitzt und aufgelöst aus. »Robin hat einen Unfall gehabt! Wir waren gerade beim Arzt.«

Ich starrte sie erschrocken an. »Schlimm?«

»Er hatte mehr Glück als Verstand. Er wollte auf einen Baum steigen und ist von der Leiter gefallen. Ich kann ja sagen, was ich will, er glaubt immer noch, er wäre zwanzig. Aber so sind die Männer.«

Robin saß im Wohnzimmer und machte ein zerknirschtes Gesicht. Sein rechter Fuß war verbunden.

»Tut es weh?«, fragte ich.

»Nicht der Rede wert! Ich bin mit einer Verstauchung davongekommen. Das Dumme ist nur, dass ich nicht Auto fahren kann. Wie kommst du jetzt nach Cattle Creek?«

»Mach dir keine Sorgen«, erwiderte ich. »Ich fahre mit dem Zug oder dem Bus.«

Alice ging in die Küche und setzte Teewasser auf. Robin betrachtete mich, erwartungsvoll und etwas besorgt. »Jetzt erzähl mal, wie war's denn bei Chiyo?«

»Ich bin eigentlich ganz gut mit ihr ausgekommen«, sagte ich unbestimmt. »Wir haben über vieles geredet.«

»Auch über deinen Vater?« Ich nickte nur.

Er war neugierig, aber ich hatte keine Lust, Einzelheiten zu erzählen.

Alice kam mit einer Teekanne und einer Schale Plätzchen aus der Küche. »Offen gestanden hatten wir Angst, dass unser Hausdrache dich verschlingen würde.«

»So schlimm war es auch wieder nicht«, erwiderte ich, mit halbem Lächeln. Und da ich nicht wusste, was ich sagen sollte, sprach ich von Tora-Chan.

Alice zog einen kleinen Tisch zu Robins Sessel heran und goss Tee ein. »Nun, eine Frau, die eine Katze aus der Mülltonne fischt, ist kein Eisblock … übrigens, bevor ich's vergesse …«, setzte sie hinzu, »ein Ronald Weinberg hat schon zweimal angerufen.«

Robin nahm ein Plätzchen. »Ist das nicht der junge Geigenspieler, der im Haus deiner Urgroßeltern wohnt?«

Ich nickte zustimmend. Ich fühlte, wie ich rot wurde.

Das Telefon läutete.

Alice wischte sich einen Krümel von den Lippen und stand auf. »Ich wette, das ist er schon wieder.« Sie nahm den Hörer ab. »Ja? Ach, Guten Abend! Doch, sie ist gerade nach Hause gekommen.« Sie hielt die Hand auf den Hörer und lächelte mir zu. »Du kannst in Robins Büro gehen. Ich verbinde.«

Robin mit seinem Ordnungsfimmel – jeder Gegenstand

stand an seinem Platz. Die Aktenstöße waren sorgfältig aufgestapelt, die Schreibunterlage abgestaubt. Die Briefe lagen in einem Briefordner. Die Bücher, alle in Leder gebunden, standen hinter Glas. Sogar der PC schien als Dekoration aufgestellt. Aus Höflichkeit setzte ich mich nicht an den Schreibtisch und nahm den Hörer im Stehen.

»Jun! Endlich!«, rief Ronnie. »Hast du heute Abend Zeit? Ich würde gerne mit dir essen gehen.«

Ich spürte, wie er am anderen Ende des Drahtes wartete. Wartete, bis ich zögernd erwiderte:

»Wann?«

»Gleich. In einer halben Stunde hole ich dich ab.«

»Einverstanden«, sagte ich.

Im Wohnzimmer überflog Robin trübsinnig die Tageszeitung. Er hob den Kopf und sah mich an.

»Ronnie hat mich zum Essen eingeladen«, sagte ich.

Er schmunzelte. »Nun, es wird dir guttun, zur Abwechslung mal mit einem Kanadier auszugehen.«

Ich ging in mein Zimmer, sah in den Spiegel und fand, dass ich blass aussah. Sonst half ich mit etwas Puder und Lippenstift nach. Japanische Mädchen lernen früh, sich zurechtzumachen. An diesem Abend aber stand mir nicht der Sinn danach. Ich zog einen Pullover über Seijis rotes T-Shirt und kämmte mich – fertig!

Eine halbe Stunde später klingelte es. Tante Alice öffnete.

Ronald stand vor der Tür, etwas atemlos. Er trug ein frisches Hemd und einen Pullover über den Schultern. »Guten Abend, ich bin Ronald Weinberg«, stellte er sich höflich vor.

»Kommen Sie herein«, sagte Tante Alice, wobei sie ihn mit sichtlichem Entzücken betrachtete.

Ronnie begrüßte mich ziemlich verlegen und gab meinem Onkel die Hand. »Oh! Sie sind ja verletzt!«, rief er betroffen. »Doch hoffentlich nichts Ernstes?«

»Ich bin gefallen.« Robin verschwieg seinen Sturz von der Leiter und setzte hinzu: »Morgen wollte ich mit Jun zu ihrer Großmutter. Jetzt wird nichts daraus. Zum Glück ist die junge Dame sehr selbstständig.«

Er bot Ronnie einen Stuhl an. Aber Ronnie sagte, er wollte nicht stören und außerdem sei es besser, früh zu gehen. Später am Abend seien die Restaurants überfüllt.

»Wohin gehen wir?«, fragte er, als wir im Wagen saßen. »Möchtest du italienisch essen? Chinesisch? Indisch?« Er redete zweimal so schnell wie sonst, als hätte er Angst, dass ich es mir in nächster Sekunde anders überlegte und wieder ausstieg.

»Eigentlich würde ich ganz gerne mal kanadisch essen«, erwiderte ich mit halbem Lächeln.

»Gehn wir in den Yukon Grill«, entschied Ronnie. »Und damit von vornherein alles klar ist, ich lade dich ein!«

Wir fuhren los. Blaue Dämmerung hüllte die Berge ein. Das Gold des offenen Meeres spiegelte sich in unzähligen Fensterscheiben. Wir fuhren am Richmont Park vorbei, überquerten eine Brücke über den Fraser River und erwischten einen Parkplatz unweit der Fußgängerzone.

Im Yukon Grill brannte ein Feuer im Kamin. Die Tischtücher waren rot-weiß kariert. Weil es noch früh war, fanden wir einen Platz am Fenster mit Blick über die English Bay und ihre blinkenden Lichter. Die Speisekarte kam mir so reichhaltig und kompliziert vor, dass ich sofort den Mut verlor. »Ich weiß wirklich nicht, was ich bestellen soll!«

»Warte, ich helfe dir«, sagte Ronnie. »Möchtest du gebratenes Rebhuhn mit Rotkohl und Preiselbeeren essen?«

»Klingt vielversprechend!«, stimmte ich zu. Ich merkte, dass ich hungrig war. Der Tag war ziemlich aufregend gewesen.

Wir bestellten Bier und stießen an. Das Bier war stärker als bei uns in Japan.

Ich lächelte Ronnie zu. »Wie geht es deinem Großvater?«

»Noch etwas benommen. Aber macht schon wieder seine Witze. Weißt du … es hat ihm gutgetan. Gestern Abend haben wir uns noch bis spät in die Nacht unterhalten. Es ist wirklich seltsam, dass alte Leute solche Ereignisse für sich behalten. Als würden sie sich schämen, darüber zu reden.«

»Sie schämen sich wirklich«, sagte ich. »Sie haben Angst, dass wir sie verurteilen oder über sie lachen. Aber sie sind es ja, die uns anders erzogen haben. Ich glaube, wir sollten ihnen dafür dankbar sein.«

Er nickte. »Gestern Abend hat er mir etwas sehr Schönes gesagt: ›Wir müssen Gott in die Herzen leiten, genau wie ein Baum den Blitz leitet, um Gott in die Erde zu bringen.‹« Er lächelte, fast schüchtern. »Früher habe ich Großvater nie verstanden. Ich dachte, was redet er da eigentlich zusammen? Jetzt weiß ich, was er meinte. Das spüre ich ja, wenn ich Geige spiele.«

Ich erwiderte sein Lächeln. Die Kellnerin brachte den Salat und lenkte uns ab. Ronnie verteilte reichlich Ketchup auf seinem.

Ich hatte eigentlich nicht vorgehabt, von Chiyo zu sprechen; plötzlich ertappte ich mich dabei, dass ich redete. Ich sprach von vielem, was ich eigentlich für mich behalten wollte. Ich erzählte von unserem Schwert und seiner Bedeutung, wie alt es war und dass es als heilig galt. Und dass es von Schwertschmied Masamune angefertigt worden war. »Das Schwert widerspiegelt die Geisteskraft seines Schöpfers. Seine Herstellung war früher eine Zeremonie. Während die Eisenbarren gehämmert und mit Feuer und Wasser gehärtet wurden, riefen der Schmied und seine Gehilfen die Götter an. Ein Meister wie Masamune berief sich auf die buddhistische Religion, in der das Schwert sich gegen Gier, Zorn und Eifersucht richtet. Seine Klingen waren nicht zum Töten gemacht; sie waren Symbole der inneren Stärke.«

Ronnie hörte zu, wobei er das Essen gedankenlos in sich hineinstopfte. »Irgendwie klingt das völlig verrückt. Und gleichzeitig ganz normal. Vielleicht, weil du so normal davon redest.«

Ich erzählte weiter. »Da mein Großvater eine Indianerin in die Familie einführte, brach er mit seiner strengen Erziehung. Chiyo war empört. Nach dem Tod ihrer Eltern war sie Familienoberhaupt und ohne ihre Zustimmung war die Ehe ungültig. Mein Großvater wusste, dass er bald sterben würde. Das Schwert hinterließ er seiner Frau als Pfand seiner Liebe zu ihr und als schweigender, endgültiger Protest gegen die Unnachgiebigkeit seiner Schwester.«

»Und was nun?«, fragte Ronnie.

»Meine Großmutter wartet auf mich. Sie will, dass ich das Schwert hole.«

»Und dann?«

»Dann bringe ich es Chiyo zurück.«

Er starrte mich an. »Himmel! Dieser Schock! Die wird ja überhaupt nicht mehr schlafen können!«

Ich seufzte und wandte die Augen ab.

Ronnie lachte gezwungen auf. »Dein Essen wird kalt!« Er sah mit gerunzelten Brauen zu, wie ich ein Stück des zarten Fleisches abschnitt, auf die Gabel spießte und es in den Mund steckte. »Gut?«

Ich nickte lächelnd. Nach einer Weile sprach ich von etwas anderem. »Ich möchte dich um einen Gefallen bitten. Würdest du mich nachher zum Bahnhof bringen? Mein Zug geht morgen um sieben. Tante Alice sagte, ich solle meinen Platz schon am Vorabend reservieren. In der Ferienzeit seien immer viele Leute unterwegs.«

Ronnie nahm einen großen Schluck Bier. »Ich mache dir einen anderen Vorschlag: Wie wär's, wenn ich dich mit dem Wagen nach Cattle Creek bringe?« Er starrte mich an; seine Augen waren weit aufgerissen, mit einer Spur von Angst.

Ruhig erwiderte ich seinen Blick. »Geht das?«

Sein Ausdruck verwandelte sich. Er sah aus, als könnte er vor Freude an die Decke springen. »Ich spiele ja erst Dienstagabend. Da bleibt mir noch Zeit zum Üben.«

Mädchen haben einen feinen Instinkt. Ich fühlte, dass sein Vorschlag nicht uneigennützig war. »Ich möchte nicht, dass du deine Zeit für mich vergeudest. Meine Großmutter und ich haben viel zu besprechen.«

Er schüttelte eigensinnig den Kopf. »Ich setze mich irgendwohin und lese ein Buch. Ich bin schon seit einer Ewigkeit nicht mehr dazu gekommen. Es macht mir wirklich nichts aus, auf dich zu warten.« Und leise, kaum hörbar, stieß er hervor: »Mir scheint, ich habe mich in dich verliebt.«

Inzwischen waren fast alle Tische besetzt. Stimmengewirr und Tellergeklapper erfüllten die Luft. Ganz deutlich hörte ich das Prasseln der Flammen im Kamin. Ich legte meine Gabel nieder und schwieg. Mir war plötzlich der Appetit vergangen.

»Ich hoffe, du nimmst es mir nicht übel.« Ronnies Augen glänzten unruhig. »Ich musste es dir einfach sagen.« Ich schüttelte wortlos den Kopf.

»Ist das in Japan nicht üblich, so direkt zu sein?«, fragte er.

»In diesen Dingen kommt es auch in Japan vor, dass man direkt wird.«

»Gott sei Dank!«

Ronnies Stoßseufzer entlockte mir ein Lächeln. Doch ich wollte nicht, dass er sich Illusionen machte. »Ronnie, damit du es weißt … Seiji und ich, wir verstehen uns sehr gut.«

»Seiji?«, fragte er. »Heißt er Seiji?«

Ich nickte. »Ja. Und bitte … ich möchte nicht mehr darüber reden.«

Er drehte sein Glas zwischen den Fingern. »Also, dann reden wir nicht mehr darüber.«

»Ich glaube, ich bestelle doch lieber meine Fahrkarte«, brach ich nach einer Weile das Schweigen.

Er hob den Kopf, als hätte ihn etwas gestochen. »Kommt nicht infrage! Ich bringe dich nach Cattle Creek! Das heißt natürlich … wenn du nichts dagegen hast.« Er verhedderte sich und holte Luft. »Und was das andere betrifft … ich … ich möchte einfach nur bei dir sein. Okay?«

Ich seufzte. »Ronnie … ich will nicht, dass du dir falsche Hoffnungen machst.«

»Großvater hat gesagt, dass ich leiden müsse«, erwiderte er spöttisch und etwas bitter. »Vielleicht sollte ich dir sogar dankbar sein?«

Er lächelte mich an. Ich wandte die Augen ab. Ich wollte ihm nicht wehtun. In keiner Weise. Aber ich würde ihm Schmerzen zufügen, vielleicht oder sogar sicher. Und doch war alles, wie es sein musste. Warum nur?, dachte ich und wusste keine Antwort.

16

Onkel Robin war erleichtert, dass Ronnie mich nach Cattle Creek bringen wollte, und Alice sah ausgesprochen entzückt aus.

»So ein netter Junge! Und hilfsbereit dazu!«

Meine Großmutter hatte kein Telefon, aber Robin nannte die Nummer eines Lebensmittelladens, wo sie einkaufen ging. Er rief dort an. Ein Mann versprach, Blue Star Hatta meine Ankunft mitzuteilen.

Robin zeigte mir auf der Karte, wie man am besten nach Cattle Creek kam. »Ihr verlasst den Transkanada-Highway bei der Ortschaft Clinton. Von Clinton aus geht eine Abzweigung nach Cattle Creek. Das Dorf ist klein. Ihr fahrt auf der Hauptstraße bis zur Tankstelle. Gleich daneben ist der Lebensmittelladen. Von dort aus zweigt ein kleiner, ziemlich steiler Waldweg ab. Ihr müsst den Wagen stehen lassen und zu Fuß weitergehen. Nach einigen Hundert Metern kommt man in ein kleines Tal. Die Blockhütte sieht man schon von Weitem.«

Ich dankte Robin und sagte, wir würden schon zurechtkommen. Dann ging ich in mein Zimmer und stopfte ein paar Sachen in meinen Rucksack. Ich hatte Postkarten gekauft.

Meinen Eltern erzählte ich kurz, dass ich das Haus meiner Urgroßeltern gesehen hatte, bei Chiyo war und jetzt zu meiner Großmutter fahren würde. Das war alles. Mein Vater würde schon zwischen den Zeilen lesen. Ich schickte den Eltern meiner Mutter ebenfalls einen Gruß; dies zu versäumen, wäre unhöflich gewesen. Seiji schrieb ich, dass ich sein rotes T-Shirt trug. Es sei meine Glückshaut, mein magisches Kleid. Ich schrieb ihm, dass ich mich nach ihm sehnte und dass sieben Tage vorübergingen wie ein einziger Morgen. Meine letzte Postkarte war für Nina, die jetzt in Singapur weilte. Ich schrieb ihr, dass ich oft an sie dachte. Als ich die Worte vor mir sah, wunderte ich mich darüber, denn in Wahrheit hatte ich kaum an sie gedacht.

Um sechs läutete der Wecker. Ronnie wollte um sieben da sein. Ich zog die Vorhänge auf; das Wetter war sonnig und kühl. Ich stellte mich unter die Dusche und zog mich an. Alice stand in ihrem Morgenrock schon in der Küche, trug ein durchsichtiges Kopftuch um ihre Lockenwickler und rührte Pfannkuchenteig. Die Kaffeemaschine zischte. Ich protestierte. Warum war sie schon auf? Das Frühstück hätte ich mir auch allein zurechtmachen können.

Sie tat mir leid, mit all der Fürsorge, die sie nicht loswurde. Um sieben klingelte es. Ronnie. Er sah hübsch aus in seinen Jeans und dem farbigen Pulli um die Schultern. Die Autoschlüssel hielt er in der Hand. Robin humpelte die Treppe herunter und dankte ihm für seine Entgegenkommen.

»Ach, ich brauche ein bisschen frische Luft.« Ronnie nahm mir den Rucksack ab.

»Passen Sie gut auf sich auf!«, mahnte Alice. »Bei diesem Verkehr!«

»Tu ich bestimmt«, versicherte Ronnie. »Ich will meinen neuen Wagen nicht zu Schrott fahren!«

Tatsächlich war der Verkehr auf dem Transkanada-Highway durch die nach Osten ausgedehnten Vororte ebenso schlimm wie in Tokio. Über die gewaltige Portmann Bridge gelangten wir über den Fraser River. Stoßstange an Stoßstange in einer endlosen Autokolonne. Bis hierhin erstreckten sich die Hafenanlagen mit ihren Docks, ihren Hallen, ihren riesigen Holzflößen im gelblich blauen Wasser, die auf die Verladung in ferne Häfen Asiens und Australiens warteten. Doch allmählich ließen wir die Ballungszentren hinter uns. Der Verkehr wurde flüssig. Wir fuhren durch fruchtbares Acker- und Weideland, an großen Farmbetrieben vorbei. Wie eine smaragdgrüne Mauer ragte die Bergkette der Coast Range vor uns auf. Eine Zeit lang folgte die Autobahn dem Fluss, der sich schäumend zum Delta wälzte. Die Landschaft wurde immer gewaltiger und wilder.

Ronnie erzählte mir, dass in den Bergen Wapitihirsche und Bären lebten. »Wenn man wandern geht, soll man möglichst laut sprechen und sich geräuschvoll benehmen. Das gibt den Bären Zeit, sich zurückzuziehen.«

»Aber Bären sind doch süß!«, sagte ich kindisch.

Er lachte. »Ja, jene mit einem Knopf im Ohr! Aber die echten können sehr gefährlich werden. Unfälle mit Bären machen in der Presse regelmäßig Schlagzeilen.«

Mein Lächeln verschwand. Ich dachte an meinen Großvater

Noburo, der sich monatelang in den Wäldern versteckt hatte, um der Internierung zu entgehen. Was mochte er alles erlebt haben? Wie oft hatte er sein Leben in Gefahr gebracht?

Wir aßen in Hope zu Mittag, einer Siedlung, die 1856 in die Geschichte eingegangen war, weil hier das erste Gold in British Columbia gefunden wurde. Nach einer Stadtbesichtigung stand mir nicht der Sinn; wir fuhren weiter.

Ronnie fuhr sicher und gut; er erzählte mir komische Geschichten über Land und Leute, bis ich vor Lachen fast erstickte. Schwermütige Gedanken oder Gefühle ließ er nicht aufkommen. Dann wieder sprachen wir lange Zeit nichts oder unterhielten uns nur einsilbig. Irgendwann, als wir durch die öde Hügellandschaft fuhren, fielen mir die Augen zu.

Plötzlich wurde ich wach und merkte, dass meine Stirn auf Ronnies Schulter lag. Ich zuckte zusammen und richtete mich verstört auf. »Ich … ich glaube, ich bin eingeschlafen.«

Er lächelte. »Leg deinen Kopf ruhig an meine Schulter, das gefällt mir.«

»Entschuldige …«, stammelte ich. »Es wird nicht noch einmal vorkommen!«

»Sorry, wahrscheinlich war das zu viel verlangt«, entgegnete er spöttisch und etwas bitter.

Ich biss mir leicht auf die Lippen. Es war nicht gut, sich bestimmten Vorstellungen zu überlassen. Ich muss aufpassen, dachte ich.

Wir fuhren weiter. In Yale, nördlich von Hope, führte der Highway vom Flussufer weg und wand sich durch kieferbewachsene Hügel und Obstplantagen in die Höhe. Gegen Ende des Nachmittags erreichten wir das Südende des Skaha Lake. Die Sonne sank bereits; das Wasser war tiefblau, fast schwarz und der Himmel klar wie Kristall. Wind wehte. Einige Surfer kreisten wie bunte Schmetterlinge auf der Wasserfläche. Ronnie erwähnte, dass wir etwas weiter einen noch größeren See, den Okanagan Lake, erreichen würden. Er schlug vor, in Kelowna, einer Stadt im Okanagan Valley, zu übernachten. Wir fuhren weiter; die Dämmerung kam schnell; vor uns ragten die Berge schwarz in den grün schillernden Himmel. Der Highway war dicht befahren. Ferienzeit. Ronnie war müde und gähnte. Er meinte, es wäre schwierig, um diese Jahreszeit eine Unterkunft zu finden. Doch wir hatten Glück: Im ersten Motel, in dem wir anhielten, waren gerade zwei Zimmer frei geworden. Mein Zimmer war im Holzfällerstil ziemlich kitschig eingerichtet: ein Holzbett, rot-weiß karierte Vorhänge, eine winzige, nicht sehr saubere Waschgelegenheit. Aber das genügte.

Wir gingen essen. Ronnie bestellte für mich Mais am Kolben, der mit einer knusprigen Buttersoße serviert wurde, und zum Nachtisch Obst aus der Gegend. Jeder bezahlte für sich. Doch ich hatte darauf bestanden, für das Benzin aufzukommen, und Ronnie hatte schließlich eingewilligt.

Ich war ziemlich hungrig, griff herzhaft zu und Ronnie machte seine üblichen Witze. Doch seine Fröhlichkeit war nur gespielt; es wurde ziemlich deutlich, als wir nach dem Abendessen auf der Terrasse bummelten und die Sterne am Himmel betrachteten. Ihre Helligkeit ließ auf dem Wasser ein

Flimmern von Funken spielen. Und in dieser Spiegelung glitt ein Kanu mit zwei Ruderern vorbei, entkörperte Silhouetten, die wie mit Tusche aufs silberne Wasser gezeichnet wirkten. Da hörte ich, wie Ronnie tief aufseufzte.

»Vielleicht sind es zwei Verliebte.«

Ich stand dicht neben ihm und schwieg. Er nahm meine Hand; ich zog sie behutsam weg. Er lachte, aber ich merkte ihm seine Verärgerung an.

»Dein Freund in Japan, ist er eifersüchtig?«

»Warum sollte er?«, antwortete ich.

»Hast du mit ihm geschlafen?«

Ich blieb stumm.

»Entschuldige«, sagte er. »Es war eine dumme Frage.«

Ich sagte immer noch nichts.

Er holte tief Luft. »Ich glaube, ich bin sehr eifersüchtig auf ihn.«

Ich blickte auf den schwarz glitzernden See hinaus. »Das solltest du nicht.«

In der Dunkelheit wandte er mir sein Gesicht zu. »Du magst mich auch. Ich spüre das ganz genau.«

»Ja«, sagte ich ruhig. »Ich mag dich.«

Er legte den Arm um meine Schultern. Ich rührte mich nicht.

»Wenn wir jetzt zusammen schlafen würden, glaubst du, dass er dir verzeihen könnte?«

Ich bewegte mich immer noch nicht. Ich spürte den warmen Druck seines Armes.

»Doch«, erwiderte ich schließlich. »Seiji würde es mir verzeihen.«

Er lachte etwas verlegen und zog mich enger an sich. »Na also!«

»Aber ich nicht«, sagte ich. »Mal einen anderen ausprobieren und dann wieder zurückkommen, als ob nichts gewesen wäre – nein, das ist nicht meine Sache.«

Ich fühlte, wie sein Arm leicht zurückwich, doch nur um Fingerbreite, denn ich spürte noch seine Wärme.

»Du hast Prinzipien, nicht wahr? Genau wie deine Tante, die seit fünfzig Jahren schmollt. Und was hat sie davon? Nichts! Sie hat ihr Leben verpfuscht, das ist alles.«

Ich dachte über seine Worte nach. »Das ist nicht dasselbe. Ich will niemandem Schmerzen zufügen, niemandem schaden. Vielleicht kommt dir das kindisch vor, aber so ist es eben.«

»Du schadest mir aber«, erwiderte er, ziemlich heftig. »Ich kann überhaupt nicht mehr schlafen und mich auch nicht mehr auf meine Musik konzentrieren, weil ich immer das Bild von dir vor Augen habe.«

»Das geht vorüber«, beschwichtigte ich.

»Ach, ja? Mir ist ganz flau und du sagst, das geht vorüber!«

»Treue ist das Wichtigste«, bekräftigte ich.

»Dann bekomme ich also keine einzige Chance?«

Ich befreite mich sanft aus seiner Umarmung. »Es wird schon alles gut werden.«

»So? Weshalb willst du das wissen?«

Ich schüttelte den Kopf. »Ich weiß es nicht. Ich fühle es nur.«

Wir betrachteten uns, mit nachtblinden Augen und Gesichtern, aus denen das Lächeln entschwunden war. »Ich nehme an«, sagte Ronnie schließlich, »dass ich mich damit abfinden muss.«

Ich wünschte ihm Gute Nacht und ging. Er blieb alleine in der Dunkelheit zurück.

Ich war gerade eingeschlummert, als ich wieder geweckt wurde; lärmende Gäste randalierten im Gang, Türen knallten. Dann ließ jeder überlaut seinen Fernseher laufen. Es dauerte eine ganze Weile, bis ich wieder schlafen konnte. Doch als wir uns am nächsten Morgen im Frühstücksraum trafen, fühlte ich mich gut ausgeruht. Die Berghänge lagen noch im Schatten und der See funkelte in klarem, tiefenlosen Grün. Während wir Kaffee tranken, breitete Ronnie die Karte vor mir aus und zeigte mir die Strecke, die wir fahren wollten.

»Wann sind wir da?«, fragte ich.

»Ich denke, im Verlaufe des Nachmittags. Das hängt vom Verkehr ab.«

Draußen war es ausgesprochen kalt. Über Seijis T-Shirt hatte ich einen Pullover angezogen. Bevor wir starteten, erinnerte ich mich an ein paar wollene Socken in meinem Rucksack und streifte sie über die Füße. Abwechselnd fuhren wir durch eisige Schattenschauer und leuchtende Sonnenhitze. Der Himmel leuchtete in makellosem Türkis und kleine Wolken glitten wie Flaum über die Berghänge. Die unendliche Größe der Landschaft, die Höhe der Berge, die Weite des Sees erfüllten mich mit Staunen und Ehrfurcht. Kein Wunder, dass die ersten weißen Siedler diese Natur gleichsam bewundert und gefürchtet hatten, dass sie Straßen, Brücken und Eisenbahnstrecken gebaut hatten, um das Land zu »nutzen« und zu vergessen, wie wehrlos sie in Wirklichkeit waren. Allmählich veränderte sich die Landschaft. Die Berge wurden zu Hügeln, weites Grasland breitete sich aus.

Ronnie erzählte mir, dass es in der Nähe einen »Friedhof der Dinosaurier« gebe, die größte prähistorische Fundstätte der Welt. »Die Indianer glauben, dass die Geister der Vorzeit diesen Ort bevölkern. Sie sagen, nachts würden geheimnisvolle Geräusche und Stimmen laut und der Lärm verstumme erst bei Tagesanbruch. Auch Leute, die in der Stadt lebten, wagten sich nie ohne Amulette in die Gegend, mit denen sie die Geister milde stimmten …«

Als Japanerin kam mir das nicht seltsam vor. Und mein Indianerblut ließ mich dieses Gefühl noch deutlicher nachempfinden. Wieder hatte ich den Eindruck, als wäre ich in dieser Landschaft schon früher gewesen, als entsänne meine Seele sich ihrer, bevor ich noch geboren war. Woher nahm ich diese Gewissheit? Ich wusste es nicht. Ich fühlte nur, in meinem Blut lebte der alte Zauber. Und ich wurde immer stiller, immer in mich gekehrter, denn jede Stunde brachte mich einer Begegnung näher, die ich unbewusst herbeigesehnt hatte, solange mein Herz schlug. Vor Clinton gab es einen Unfall: Ein Trucker hatte einen Camping-Wagen gerammt. Zerquetschte Blechmassen, Verletzte, ein Riesenstau. Als wir endlich weiterfahren konnten, ging die Sonne schon unter.

»Noch eine Stunde bis Clinton«, seufzte Ronnie. Er wies auf die Leuchtreklame eines Motels. »Wollen wir nicht lieber hier übernachten?«

Ich machte ein zustimmendes Zeichen. Es war eine anstrengende Reise gewesen. Das Motel war schlicht, aber sympathisch. Das Abendessen verlief still. Wir fühlten uns matt und zerschlagen. Während wir eine ländliche Suppe aus gelben Erbsen in uns hineinwürgten, traten zwei groß gewachsene Männer in den Raum und setzten sich in eine Ecke. Mir fiel ihre dunkle Haut auf, die langen schwarzen Haare, der kräftige Körperbau.

Ronnie war meinen Blicken gefolgt. »Indianer«, sagte er.

Ich nickte stumm. Indianer hatte ich bereits in Vancouver gesehen, doch diese hier waren anders. Ihre Kleider waren verbraucht und auffällig: rote Hemden, Jeans, Cowboy-Stiefel. Sie saßen vor ihrem Bier, rauchten wortkarg und starrten ins Leere. Doch ich merkte, dass sie mich verstohlen musterten.

»Viele Indianer trinken oder sind drogensüchtig«, sagte Ronnie leise zu mir. »Sie resignieren, gammeln und leben von Sozialhilfe.«

»Warum?«, fragte ich.

Er aß, bis sein Mund leer war. »Die Weißen haben ihnen viel Böses angetan. Ihr Lebensmut ist gebrochen. Noch in den Fünfzigerjahren war an vielen Restaurants und Cafés ein Schild angebracht ›Für Indianer verboten‹.«

Ich nickte; der Appetit war mir plötzlich vergangen. »Dasselbe galt ja auch für Asiaten.«

»Und in Europa für uns Juden«, setzte Ronnie finster hinzu. Mein Blick schweifte zu den Indianern hinüber. Sie sahen auf eigentümliche, beklemmende Art traurig aus. Trauer sprach aus jedem Zug ihres Gesichtes. Sie schien in die Haut eingebrannt. Ich wandte verstört die Augen ab. Ich hatte so etwas noch nie gesehen.

»Sie bleiben meist unter sich«, sagte Ronnie, als ob er in meinen Gedanken läse. »Viele Leute trauen ihnen auch heute noch nicht.«

»Ach!«, rief ich, »ist Misstrauen Grund genug, um seinen Mitmenschen zu schaden? Vorurteile sind eine Krankheit. Menschen, die andere hassen, hassen sich selbst. Sie leben in ständiger Angst, mit blinden Augen und toten Herzen. Sie sind zu bedauern.«

»Wie du reden kannst!«, murmelte Ronnie.

Ich tauchte meinen Löffel wieder in die Suppe. »Es kommt vor, dass ich zu viel rede.«

Im Nebenraum war eine Disco. Die Musik dröhnte laut an unsere Ohren. Ronnie hatte einen Sonnenbrand und rieb sich die geröteten Augen.

»Du solltest früh schlafen«, sagte ich.

Wir zahlten und gingen. Unsere beiden Zimmer lagen nebeneinander.

Ich schob den Schlüssel in das Schloss und lächelte Ronnie zu. »Gute Nacht.«

Er zögerte und sagte plötzlich: »Wirst du in Tokio manchmal an mich denken?«

»Ja, natürlich«, erwiderte ich überrascht. »Wir sehen uns ja wieder!«

Er starrte mich an. »Wie meinst du das?«

Ich überlegte und fand keine Antwort. »Ich weiß es nicht«,

sagte ich schließlich. »Ich habe nur so das Gefühl, dass wir uns wiedersehen.«

In meinem Zimmer zog ich Seijis T-Shirt aus, wusch es im Waschbecken und hängte es zum Trocknen an einen Drahtbügel. Dann ging ich zu Bett. Das Motel stand gleich neben der Autobahn. Die Vorhänge ließen helles Nachtlicht herein, von den vorbeigleitenden Scheinwerfern grell gesprenkelt. Ich schloss die Augen. Die Dunkelheit unter meinen Lidern wurde immer wieder durch bewegte Flecken aufgehellt. Die Fenster waren nicht schalldicht; das Geräusch der vorbeifahrenden Wagen drang in mein Zimmer wie ein rasch zu- und abnehmendes Brausen, gemischt mit dem fernen Pochen des Schlagzeuges. Ich dachte an den morgigen Tag und mein Atem ging rascher. Aber es war nicht Angst, sondern Vorfreude, die mich erschauern ließ.

Als ich erwachte, erblickte ich, das Gesicht noch zur Wand gekehrt, über dem Vorhang den mohnroten Streifen der Dämmerung. Sechs Uhr. Im Motel war alles still. Doch ich konnte nicht mehr schlafen. Ich stand auf, ging ins Badezimmer, putzte mir die Zähne und wusch mir das Haar mit einem Shampoo, das nach Pfirsich duftete, und jede dieser Handlungen vollzog ich wie eine von Vorfreude erfüllte Vorbereitung auf ein wunderbares Ereignis. Seijis T-Shirt war trocken; ich zog es an, streifte meinen Pullover darüber und ging hinunter in den Frühstücksraum. Eine müde Kellnerin goss mir Kaffee ein. Ich bestellte Getreideflocken, Rührei und Speck. Ich saß noch nicht lange, als Ronnie hereinkam.

»Guten Morgen! Da bist du ja schon!«

»Ich konnte nicht mehr schlafen«, sagte ich.

»Aufgeregt?«, fragte Ronnie und setzte sich.

Ich lächelte ihn an. »Ein bisschen.«

Die Kellnerin kam.

Ronnie hielt ihr seine Tasse hin und sagte dann: »Ich glaube, wir sollten unsere Zimmer für zwei Nächte behalten. Ich sehe mich ein bisschen in der Gegend um. Ab sechs bin ich wieder da und warte auf deinen Anruf.«

»Aber was, wenn ich die Nacht bei meiner Großmutter verbringe?«

Er strich Butter auf seinen Toast. »Kein Problem! Dann warte ich einen Tag länger. Ich habe viel Geduld.«

»Ja, das hast du«, erwiderte ich zärtlich.

Er zog traurig die Lippen hoch. Er spürte, dass ich mit meinen Gedanken schon weit weg war und ihm wie ein Fisch in tiefe dunkle Gewässer entglitt. Ich versuchte, ihn zu trösten; es tat mir leid, dass es nicht anders ging. Er behauptete, er mache sich nichts draus. Doch seine Hand zitterte und er stellte die Tasse hin, dass es klirrte.

Eine halbe Stunde später fuhren wir los. Von hier aus hätte man die Rocky Mountains sehen können. Noch waren die Berge aber in Nebel gehüllt. Die Morgensonne stieg und überflutete Ebene und Hügel mit starkem hellem Licht. Nebel und Dämpfe lösten sich auf und bald ragten die Gipfel, in langer Reihe den Horizont säumend, fern und doch so nahe, dass der rosa Schimmer der Sonne auf den Gletschern sichtbar war.

Clinton war eine ziemlich hässliche Ortschaft, mit roten

Backsteinhäusern und einer Reihe riesiger Getreidespeicher, rostroten und grauen Wehrtürmen ähnlich. Hier zweigte die Straße ab. Wir begegneten nur noch vereinzelten Fahrzeugen, zumeist Traktoren, Geländewagen oder mit Baumstämmen beladenen Truckern. Wir kamen durch kleine Siedlungen. Vor den rot und hellblau gestrichenen Holzhäusern standen Parabolantennen. Sägewerke säumten die Straße und Kuhherden weideten hinter weiß gestrichenen Zäunen. Ich studierte inzwischen die Karte. Und richtig: Knapp eine halbe Stunde später entdeckten wir ein kleines Schild: Cattle Creek. Eine holprige Straße führte einen bewaldeten Hügelkamm hinauf. Bald kamen schäbige Blockhütten in Sicht. Einige Indianerkinder waren auf dem Schulweg. Sie standen am Straßenrand, winkten und gestikulierten. Und plötzlich erschien in einer kleinen Talsohle das Dorf. Nur drei oder vier Straßen, eine kleine Kirche, ein Getreidespeicher, einige Geschäfte. Die meisten Blockhütten hatten Dächer aus Wellblech. Backsteinhäuser waren nur vereinzelt vorhanden. Zwischen Mülltonnen, verbeulten Autos und rostigen Traktoren erhoben sich die üblichen Parabolantennen. Das Dorf schien fast ausschließlich von Indianern bewohnt. Das asiatische Aussehen der Frauen und Männer kam mir gleichsam fremd und vertraut vor, ein seltsames Gefühl. Das war also Cattle Creek. Hier hatte mein Großvater fünf Jahre lang gelebt; hier war mein Vater zur Welt gekommen. Ich schluckte würgend. Es war unfassbar.

Wir fuhren die staubige Hauptstraße entlang; Robins Angaben stimmten genau: Am Ende des Dorfes war die Tankstelle, daneben der Lebensmittelladen. Gleich hinter dem Haus erhob sich ein bewaldeter Berghang. Ich gab Ronnie ein Zeichen.

Er bremste und hielt an. »Meinst du, dass wir hier richtig sind?«

»Warte«, flüsterte ich.

Ich stieg aus. Einige Männer arbeiteten an der Tankstelle. Vor den Zapfstellen stand eine Frau und wusch die Scheiben eines alten Dodge. Sie trug über ihren Jeans eine blaue Kittelschürze und Filzlatschen. Als ich an ihr vorbeiging, warf sie mir einen scharfen Blick zu. Ich deutete einen Gruß an, stieg die paar Holzstufen hinauf und stieß die Ladentür auf. Eine Glocke schepperte. Neugierig sah ich mich um. In den altmodischen Regalen standen Cornedbeef-Dosen, Mehlsäcke, Cornflakes und Trockenmilchpackungen, daneben Taschenlampen und Batterien, alle möglichen Werkzeuge, billige Strumpfhosen, Unterwäsche und Schreibwaren. Schritte knirschten auf dem Holzboden: Ein groß gewachsener Mann trat aus einer Tür. Seine Haut war kaffeebraun, das Haar fettig und lang und er trug eine schlabbrige Strickjacke. Hinter ihm erschien ein Mädchen von etwa zehn Jahren. Ihr Gesicht war rund, die Augen mandelförmig. Fransen von schwarzem Haar, unregelmäßig geschnitten, fielen über ihre Stirn. Der Mann musterte mich ausdruckslos. Er hatte schlaffe, grobknochige Züge und müde Augen.

»Guten Tag …«, sagte ich scheu. »Ich suche … meine Großmutter … Blue Star Hatta.«

Ein Funke belebte die eingesunkenen Augen. »Sie sind ihre

Enkelin aus Japan, nicht wahr?« Seine Stimme war sehr tief und sanft wie die einer Frau.

Ich machte ein zustimmendes Zeichen und er fuhr fort: »Ihr Onkel aus Vancouver ist im April da gewesen. Ich erinnere mich gut, es lag noch Schnee. Vor ein paar Tagen rief er an und sagte, dass Sie kommen würden. Mary hat Knowing Woman sofort Bescheid gesagt.«

»Entschuldigen Sie«, hauchte ich. »Welchen Namen haben Sie gesagt?«

Er starrte mich an und lächelte auf einmal – ein Aufblitzen weißer Zähne hinter den dunklen Lippen. »Ihre Großmutter nennen wir Knowing Woman. Aber diesen Namen kennen nur die Einheimischen.«

»Die wissende Frau«, so wurde meine Großmutter hier genannt. Wieder rieselte mir ein musselinweicher Schauer den Rücken hinab.

Der Indianer reichte mir plötzlich die Hand. »Ich bin John Walking Bear«, stellte er sich vor. Er drückte meine Hand, dass ich fast aufheulte, und wies auf das kleine Mädchen. »Meine Tochter Mary. Sie war krank und hat ein paar Tage schulfrei.«

Ich lächelte Mary zu. Sie hustete und verzog keine Miene. Ihr eigensinniges, kleines Gesicht drückte Zurückhaltung und Scheu aus. Inzwischen schlurfte John Walking Bear, der seinem Namen alle Ehre machte, mit schweren Schritten nach draußen. Mary wischte sich mit dem Ärmel über die Nase und trottete hinter ihm her. Ronnie war ausgestiegen und grüßte.

Der Indianer nickte ihm zu. »Der Weg ist nicht befahrbar. Sie müssen den Wagen hierlassen.«

»Mein Freund kommt nicht mit«, sagte ich. »Darf ich Ihr Telefon benutzen, wenn ich wieder gehe? Er wird mich dann abholen.«

»So sei es denn«, sagte John Walking Bear in seltsam feierlichem Ton.

Mir fiel plötzlich auf, dass die Leute an der Tankstelle uns anstarrten. Die Frau wischte sich die Hände an der Kittelschürze ab. Sie sah mich an und rief John Walking Bear ein paar Worte zu. Dieser nickte.

Die Frau kam näher. Ihr mürrischer Ausdruck hatte sich in ein breites Lachen verwandelt. »Hello!«, grüßte sie mich freundlich.

Ich hob die Hand. »Hello!«

»Ihr Japaner«, sagte sie, »habt gegen die Amerikaner gekämpft. Sie hatten Angst vor euch. Das ist gut. Ja, das ist gut«, wiederholte sie mit Nachdruck.

Meine Hand fiel herab. Ich lächelte gezwungen und wusste nicht, was ich sagen sollte. Die Indianer nickten beifällig und lachten. Aus ihrer Haltung sprach eine gewisse Herausforderung, doch nichts, was mich beunruhigt hätte. Ich sah zu Ronnie hinüber. Er verstand meinen Blick und räusperte sich. »Glaubst du … dass ich dich hierlassen kann?«

»Ist schon in Ordnung«, sagte ich.

Einige Atemzüge verstrichen. Ronnie zögerte immer noch. Schließlich fasste er einen Entschluss. »Also gut. Du meldest dich, okay?«

Ich beruhigte ihn mit einem Lächeln. »Mach dir keine Sorgen um mich.«

Er setzte sich ans Steuer und schlug die Wagentür zu, heftiger, als es sein musste. Dann drehte er den Kontaktschlüssel, fuhr mit quietschenden Reifen rückwärts und wendete. Er nickte mir ein letztes Mal zu, bevor er davonbrauste. Die Art, wie er fuhr, zeigte mir, wie aufgeregt er war. Doch ich hatte jetzt andere Dinge im Kopf. In der Ferne plärrte ein Transistorradio, auf einer Leine klatschte Wäsche im Wind und Mary hustete. Die Indianer standen da und sahen zu mir herüber. Ihre Körper waren plötzlich reglos wie Bäume. Ich vermochte nicht mehr den geringsten Ausdruck auf ihren verschlossenen Gesichtern zu erkennen. Mein Atem stockte. Was nun? In diesem Augenblick spürte ich eine Bewegung neben mir. Ich wandte die Augen zur Seite und sah, wie John Walking Bear seine breite Hand auf Marys Schulter legte. Leise sprach er ein paar Worte zu ihr. Mary nickte und sah mit ernstem Gesicht zu mir empor.

Der große Indianer lächelte gutmütig. »Mary wird dich zum Sprechenden Baum führen.«

»Vielen Dank«, erwiderte ich höflich, ohne dass ich daraus klug wurde.

Inzwischen schlüpfte das kleine Mädchen in eine gelbe Windjacke, steckte ihre Füße in Gummistiefel und begab sich geradewegs in Richtung des Waldes. Ich folgte ihr.

17

Mary stapfte mit lebhaften, zielsicheren Schritten den Pfad hinauf. Sie hatte einen trockenen Husten; ihre Nase war rot und geschwollen.

»Hast du noch Fieber?«, fragte ich.

Der Kopf mit dem im Halbrund geschnittenen Haar gab ein Zeichen der Verneinung.

Ich ließ mich durch ihr Schweigen nicht entmutigen. »Wann gehst du denn wieder zur Schule?«

Sie öffnete die Lippen. »Wenn ich keinen Schnupfen mehr habe.«

Ihre Stimme klang heiser und gar nicht kindlich.

Ich fragte weiter: »Gehst du gerne zur Schule?«

Sie verneinte mit entschiedenem Kopfschütteln.

Ich lachte. »Warum denn nicht?«

Sie verzog leicht das Gesicht. »Weil wir immer pünktlich sein müssen.«

Ich lachte abermals.

Sie musterte mich aus den Augenwinkeln und wurde allmählich zutraulicher. »Woher kommst du?«

»Aus Japan.«

»Wo liegt das? Weiter als Calgary?«

»Viel weiter. Auf der anderen Seite des Meeres.«

»Leben da auch Indianer?«

Ich schüttelte den Kopf.

»Du siehst aber wie eine Indianerin aus«, stellte Mary fest.

Ich lächelte sie an. »Knowing Woman ist meine Großmutter.«

Mary zeigte keine Überraschung. »Das weiß ich. Mein Vater hat es mir gesagt. Es muss schon wahr sein, du siehst ja genauso aus wie sie.« Sie streifte mich mit einem Seitenblick und setzte hinzu: »Aber natürlich bist du viel jünger.«

Zwischen Kiefern und Espen stieg der Pfad immer höher. Ein Spinnennetz hing an einem Busch und vibrierte im Luftzug. Ich sah eine große gelbe Spinne tanzend ihren Faden schlagen. Ein Teppich aus rubinroten, pinselartigen Blüten bedeckte die Hänge. Es roch nach Harz; das ratschende Geräusch fliegender Heuschrecken erfüllte die Luft. Ein Vogel flog kreischend von einem Zweig auf. Ich hob den Blick zu den Bäumen empor. Die Zweige wölbten sich hoch über meinem Kopf wie Portale. Die Sonne schickte ihre Pfeile durch das Laub, das sich wie schillernde Goldplättchen im Wind bewegte.

Wie lange waren wir schon unterwegs? Ich konnte es nicht sagen. Ich hatte jegliches Zeitgefühl verloren. Mary stapfte mit kräftigen Schritten neben mir her, ich wunderte mich, wie mühelos sie die Anhöhe bewältigte. Ihr Atem ging vollkommen ruhig, während ich allmählich ins Keuchen kam.

Plötzlich blieb die Kleine stehen. »Ich darf jetzt nicht weitergehen.«

Ich blickte sie verwundert an. »Warum denn nicht?«

»Sprechender Baum sagt Nein. Dort hinten, da ist es anders.«

Sie streckte die Hand aus. Ich folgte ihrem Blick und sah eine uralte, knorrige Kiefer, die sich an einen Felsabsatz klammerte. Von Stürmen zerzaust, von der Sonne verdorrt, vom Regen verwaschen, wirkte sie wie das verblichene Gespenst eines Baumes. Irgendwann hatte ein Blitz sie getroffen: Der Stamm war fast von oben bis unten gespalten und das Innere lag offen da, schwarz wie Pechkohle. Doch ein Stumpf war noch da, der geheimes Leben in sich barg: Zarte grüne Nadeln hingen an den Zweigen. Zwischen den Wurzeln lagen winzige Gaben: farbige Steinchen, bestickte Lederstreifen und auch eine kleine, billige Zelluloidpuppe, an der rote Kleiderfetzen klebten.

Ich senkte unwillkürlich die Stimme. »Dann muss ich jetzt also alleine weitergehen?«

Marys Kopf deutete ein kurzes Zeichen der Bestätigung an. »Wenn du dem Baum ein Geschenk machst, erfüllt er deinen Wunsch.«

Ich nickte verstehend. »Ich kenne das. Solche Bäume gibt es auch bei uns in Japan. Hast du ihm auch schon etwas geschenkt?«

Sie zögerte kurz, bevor sie auf die verbeulte Zelluloidpuppe deutete.

»Und?«, fragte ich. »Hast du dir etwas Besonderes gewünscht?«

Ihre Augen blinzelten mich an. »Das ist ein Geheimnis. Du darfst es keinem sagen. Versprochen?«

Ich erwiderte ihr Lächeln. »Versprochen.«

Auf Marys Gesicht erschien wieder die kindliche Ernsthaftigkeit. »Ich möchte, dass meine Mutter nach Hause kommt.«

»Wo ist sie denn?«

»In Calgary«, sagte Mary. »Sie hat meinen Papa sitzen lassen. Jetzt wohnt sie mit einem anderen Mann. Aber wenn sie anruft, dann weint sie.«

»Ich glaube, sie kommt bald wieder«, entgegnete ich, um sie zu trösten.

Die mandelförmigen Augen blieben eine Weile unbeweglich. Dann verklärte plötzlich in diesem empfindsamen Gesicht ein vertrauensvolles Lächeln alle Züge. »Vielleicht schon morgen!«, rief sie. »Ich habe ja dem Baum meine liebste Puppe geschenkt.« Sie errötete, wandte sich rasch um und lief den Pfad zurück, auf dem wir gekommen waren. Die gelbe Windjacke verschwand hinter den Büschen. Das Geräusch ihrer Schritte verstummte.

Ich blieb allein inmitten des Waldes und lauschte in die zurückgekehrte Stille. Das Knacken, Flüstern und Rascheln im Dickicht kam einer geheimnisvollen, aber nicht beängstigenden Sprache gleich. Von Zeit zu Zeit erhoben sich über das Rauschen der Blätter ein spitzer Vogelschrei oder der Ruf einer Wildtaube. Ehrfürchtig näherte ich mich dem Sprechenden Baum. Mit gewaltiger, urtümlicher Kraft hatten die krallengleichen Wurzeln die Erdkruste durchbrochen und den Felsen emporgehoben. Der Mensch konnte diese Kraft kaum ermessen, weil seine Augen diesen unendlich langsamen, zielstrebigen Vorgang nicht wahrnahmen. Scheu legte ich die

Hand auf den Stamm und vermeinte, das mächtige Baumherz unter meinen Fingern schlagen zu hören.

Langsam ging ich weiter; ich merkte, dass ich einen heiligen Bezirk betrat. Dort hinten, da ist es anders, hatte das kleine Mädchen gesagt. Jetzt verstand ich, was sie meinte. Hier war ein Ort, wo Himmel und Erde ihrer Pforte öffneten, wo das Feld ihrer Kraft sich berührte. Ich fühlte diese Kraft wie Wellen über den Boden gleiten, wo sie mich machtvoll und sanft erfasste. Sie war mir vertraut, ich hatte sie schon oft gespürt im Umfeld unserer heimatlichen Schreine.

»Sei gegrüßt!«, flüsterte ich lächelnd. Und wie vor einem Schrein blieb ich stehen und schlug zweimal in die Hände, um der Macht meine Ehrfurcht zu bezeugen. Dann ging ich weiter, unbeschwert wie ein Kind. Die Büsche, die Bäume, die Felsbrocken, alles vermittelte mir ein Gefühl von Geborgenheit. Eine ungeduldige, beglückende Erwartung stieg in mir auf und unwillkürlich beschleunigte ich meine Schritte.

Nach einer Weile vernahm ich ein Plätschern und Tropfen. Der aufgeweichte Boden gab unter meinen Turnschuhen leicht nach. Das Sonnenlicht funkelte auf einem kleinen Rinnsal, das neben dem Pfad zwischen Steinen und Grashalmen sickerte. Der dünne Sprühregen auf den Blättern rief ein feines Sirren hervor. Ich kauerte mich nieder und tauchte die Hände ins kühle Wasser. Das Wasser perlte und schäumte über meine Haut. Weiter unten verteilte sich die Quelle in winzigen Bächen über einen Hang. Das Licht schimmerte stärker durch die Bäume. Ich erreichte die Grenze der Büsche, trat aus dem Halbschatten der hohen Bäume in blendenden Sonnenschein.

Ich blieb stehen und hielt die Hand über meine blinzelnden Augen. Vor mir, in einer Lichtung, stand eine roh gezimmerte Blockhütte. Einige Stufen führten zu einer kleinen, überdachten Veranda. In ihrem Schatten stand eine Frau. Ich erschauerte und schwitzte, nicht vor Angst, sondern vor Ergriffenheit und Freude. Langsam ging ich auf sie zu. Sie jedoch wartete und kam mir keinen Schritt entgegen. Schmal, aber kräftig, von hohem, geradem Wuchs, stand sie oben auf den Stufen. Sie trug Jeans und die derbe rot-weiße Jacke der kanadischen Farmer. Ihr Haar, von einem wunderbaren Schiefergrau, war kurz geschnitten. Und dann stand ich vor ihr; ich sah ihr ins Gesicht. Da wusste ich, sie war die Frau, die ich in meinen Träumen gesehen hatte. Denn ihr Gesicht war mein eigenes; so würde ich als alternde Frau einmal aussehen. Und ich freute mich, dass es so schön war: mit reinen, scharf geschnittenen Zügen, bronzefarbener Haut und Augen dunkel wie Rauch. Ich spürte sie vor mir, so unglaublich fremd und doch so unendlich vertraut. Meine geliebte Großmutter! Ihr Geist war stets bei mir gewesen, seit meiner Geburt; sie kannte mich besser als ich selbst.

Ich dachte überhaupt nicht daran, dass es unhöflich war, als Erste zu sprechen, ohne eine Verbeugung, ohne einen Gruß. Die Worte kamen ganz natürlich über meine Lippen. »Trägst du dein Haar jetzt kurz?« Ein Funke leuchtete in ihren Augen auf. Sie lachte glucksend wie eine junge Frau. »Ja, seit dem Frühling. Das lange Haar war mir lästig geworden.«

Ich fühlte, wie ich errötete. »Ich habe es auch schneiden lassen. Fast zur gleichen Zeit …«

Sie nickte beifällig. »Es steht dir gut. Komm, du hast sicher Durst.«

Ich stieg die ausgetretenen Stufen hoch und folgte ihr in die Hütte. Sie war geräumiger, als ich dachte. Ein gestreifter Vorhang teilte Wohnraum und Schlafzimmer. An der Wand war ein kleiner Kamin eingebaut, dessen Steine vom Feuer schwarz gebrannt waren. Die Einrichtung bestand aus einem altmodischen Schrank, einem zerschlissenen Polsterstuhl, einem wackeligen Sofa mit einer schön gemusterten indianischen Decke und einem alten Tisch mit zwei Stühlen. Daneben war eine kleine Küche mit einem Holzofen und einem primitiven Spülstein angebracht. Das Wasser wurde, soviel ich erkennen konnte, durch einen Gummischlauch von der nahen Quelle hergeleitet. Später, als Blue Star mir ihren winzigen Baderaum mit einem Holztrog aus Weißholz zeigte, erklärte ich ihr, dass solche in Japan schon in alten Zeiten in Gebrauch waren. Sie verfügte sogar über ein hölzernes Plumpsklo.

Inzwischen sah ich mich um; an den Wänden waren mit Reißnägeln ein paar vergilbte Kalenderbilder befestigt. Ich erkannte einige typische japanische Landschaften: der Fuji-Berg im Schnee, das Schloss der Kraniche zur Kirschblütenzeit, der sechsstöckige Yakushi-Tempel in Nara, vom Abendrot vergoldet.

Blue Star war meinem Blick gefolgt: Wieder glitt das verschmitzte sonnenhelle Lächeln über ihr Gesicht. Sie forderte mich mit einer Bewegung auf, mich auf das Sofa zu setzen, während sie sich in der kleinen Küche zu schaffen machte, Wasser in einen Kessel laufen ließ und mit den Tassen klapperte.

»Es wird nicht schwierig sein zu reden«, stellte sie in zufriedenem Ton fest. »Du siehst, wir kennen uns schon.«

Ich senkte den Kopf. »Ich hätte schon früher kommen sollen.«

»Früher wäre zu früh gewesen«, entgegnete sie.

Ich seufzte. Ich wusste, auf was sie anspielte. »Anfänglich hatte ich dich nur gefühlt«, sagte ich gepresst. »Gesehen habe ich dich erst später.«

Sie nickte gelassen. »Eben, das meinte ich ja.«

Da erst wurde ich mir der besonderen Art bewusst, in der Blue Star sprach. Bis dahin hatte ihre Persönlichkeit meinen Geist in einer Art Erstaunen gehalten. Aber jetzt merkte ich, dass die Indianerin ihre Stimme in der Weise der Leute gebrauchte, die es gewohnt sind, dass man ihnen zuhört. Eine schwingende Stimme, ruhig und wohltuend, klar wie eine Bronzeglocke im nächtlichen Hain.

Sie kam wieder, gab mir eine Tasse Tee und setzte sich neben mich. Sie war wirklich da, sie war kein Traum mehr. Ich fühlte die Wärme ihres Körpers und spürte den Geruch, der von ihr ausging: ein Geruch nach Holzkohle, Minze und Harz, der Geruch der Wälder selbst. Lächelnd schaute sie mich an und legte ihre Hand auf mein Knie. Trotz der schmalen Gelenke war die Hand sehnig und stark, voller Schwielen und Risse. Die Nägel waren abgestoßen und schwarzrandig: die Hand einer Frau, die harte Arbeit gewohnt ist.

»Ich bin glücklich, dass du hier bist!«, sagte sie.

Ich erwiderte ihr Lächeln. »Ich habe dir etwas mitgebracht.«

Ich öffnete meinen Rucksack und brachte einen Umschlag, vollgestopft mit Fotografien, zum Vorschein. Mein Vater als Kind. Als Schüler. Als Student beim Tennisspielen. »Er spielt sehr gut Tennis«, erzählte ich lebhaft. »Aber meine Mutter spielt lieber Golf.«

Eines der Fotos zeigte meine Eltern an ihrem Hochzeitstag. Neben meinem Vater, im schwarzen Frack, glich meine Mutter einer zierlichen Puppe. Ihr Gesicht war weiß geschminkt, ihre Lippen kirschrot angemalt. Sie trug den scharlachfarbenen, golddurchwirkten Hochzeitskimono und die traditionelle Haube aus Flockenseide, die in Japan den Schleier ersetzt. Blue Star blinzelte mir zu. »Deine Mutter ist eine schöne Frau, weißt du das?«

Ich lachte befangen und deutete auf das nächste Bild. »Da bin ich drei Jahre alt, beim Shichigosan-Fest, im November. Das bedeutet 7-5-3. Die Eltern bringen Kinder in diesem Alter zu den Schreinen und beten für ihr glückliches Wachstum.«

Auf dem Foto hielt ich die Hand meines Vaters. Ich trug ein schwarzes Samtkleid, weiße Strumpfhosen und Lackschuhe.

Blue Star hielt das Bild leicht von sich und kniff die Augen zu, wie ältere Leute es zu tun pflegen. Schließlich nickte sie. »Mir fällt auf, dass du Noburo gleichst. Das ist es, was ich gleich an dir bemerkte. Die Art und Weise, in der du die Menschen ansiehst. Und dann die Art, in der du still bist. Du bist still in einer Art, die den Menschen Lust gibt, mit dir zu reden.«

Ich lächelte. »War es bei meinem Großvater dasselbe?«

»Ja. Und das gefiel mir so an ihm. Er war sanft, weißt du. Sanft und stolz. Als ich ihn zum ersten Mal sah, war er schwer krank. Es war Frühjahr; auf den Berghängen lag noch Schnee. Meine Neffen hatten ihn am Straßenrand liegen sehen; sie glaubten, dass er ein Indianer war, und brachten ihn zu mir. Ich war damals noch jung, aber ich kannte die Eigenschaften der Pflanzen, ihrer Wurzeln, Blätter und Samen. Und meine Hände vermochten Leiden zu lindern.«

»Wie?«, fragte ich.

Sie senkte den Blick auf ihre Hände und spreizte leicht die dunklen, gelenkigen Finger. »Wir Indianer glauben, dass jedes Mädchen einmal in ihrem Leben die Heilkraft ausübt. Dies geschieht, wenn ihre Blutung zum ersten Mal einsetzt. In dieser Zeit ist sie heilig. Man errichtet ihr ein besonderes Zelt. Sie wacht vier Tage und vier Nächte lang und kommt in den Besitz einer starken Zauberkraft. Sie kann Wunden heilen und Kranke gesund machen. Als ich dreizehn Jahre alt war, übte auch ich diese Riten aus. Doch als die vier Tage verstrichen waren, blieb mir die Heilkraft. Ich wollte meine Fähigkeiten in den Dienst meiner Mitmenschen stellen. Daher suchte ich eine alte Frau auf, die mit den Gottheiten in Verbindung stand. Diese brachte mir alles bei, was sie wusste. Als sie starb, wurde ich Schamanenfrau.« Ein Seufzer hob ihre Brust. »Damals herrschten schwere Zeiten. Die Kräfte meines Volkes verkümmerten. Wir wandten uns von unserer alten Lebensweise ab und versuchten, in den Spuren der Weißen zu wandern. Wir waren nicht dazu erzogen. Unsere Fußspitzen drehten sich immer wieder einwärts wie bei den roten Menschen. Aber wo blieb unser Stolz? Wir waren so tief gesunken, dass wir unsere Herkunft leugneten …« Sie schüttelte den Kopf in einer Art von Fassungslosigkeit. »Das war, als der Zweite Weltkrieg ausbrach, und auch noch längere Zeit danach. Manche von uns kämpften mit den Amerikanern und bettelten um Anerkennung wie winselnde Hunde. Sie glaubten, es würde sie weiterbringen. Sie wollten etwas sein, was sie nicht sein konnten. Weiße zu sein, war etwas, was sie in ihren Augen über uns Indianer stellte. Sie taten ihr Bestes, um es zu sein. Die meisten scheiterten. Einigen gelang es; ihre Blutlinie war so dünn geworden, dass ihr Haar nicht mehr schwarz wie Rabenflügel, sondern gelb wie Korn geworden war. Ihr Traum erfüllte sich. Sie wurden als Weiße angesehen. Aber sie bezahlten diese Anerkennung mit dem Verlust ihrer Seele.«

Blue Star rieb sich müde die Augen.

»Damals war mir, als hätte ich meine ganze Lebenskraft eingebüßt. Ich setzte mich gegen den Verlust der Zukunft, gegen ein unwürdiges Dasein in einem Klima erstickender Ohnmacht zur Wehr. Ich sah mein Volk durch einen schwarzen Raum wandern, dessen Wände der Himmel selbst war. Die Heimat unserer Seele löste sich in Finsternis auf. Angst hielt unseren stolzen Geist gefangen. Und in dieser Zeit der Verzweiflung begegnete mir Noburo …«

Sie lächelte jetzt, ihre wandernden Gedanken mit einem seltsam in sich gekehrten Blick verfolgend.

»Meine Neffen hatten ihn, in Decken eingewickelt, in meine Hütte gebracht. Ich sah sofort, dass er nicht einer der Unsrigen war. Wer mochte er sein? Doch weniger als seine Gesichtszüge waren es seine Hände, die mir auffielen: seine Finger hatten Adel in sich wie die Finger eines Häuptlings Befehlsgewalt. Er trug mit sich einen länglichen, in zerfetzte Zeitungen eingewickelten Gegenstand. Ich suchte nicht zu wissen, was in diesem Paket war. Da es dem Fremden gehörte, legte ich es an sein Lager. Stunden später, als er aus seinem Erschöpfungsschlaf erwachte, tastete seine Hand nach diesem Gegenstand. Aus seiner Bewegung sprach Unruhe und Angst. Ich nahm seine Finger und legte sie behutsam darauf. Da öffnete er die Augen, sah mich an und lächelte. Und beim ersten Blick, den wir tauschten, fing uns die Liebe wie in einem Netz. Ich wusste für alle Zeiten, dass mein Herz und meine Seele diesem Fremden gehörten …«

Blue Star schwieg. Aus ihrem Schweigen ermaß ich, wie schwer es ihr fiel, über diese Dinge zu reden.

Nach einer Weile sprach sie weiter. »Ich hatte sein Leiden erkannt. In den Anfängen hätte ich ihn vielleicht heilen können. Doch die Krankheit war schon zu weit fortgeschritten. Mir gelang es lediglich, seine Beschwerden zu lindern. Der Sommer kam. Wir waren arm, aber wir waren glücklich. Noburo war bei uns in Sicherheit. Die Leute im Reservat behandelten ihn zuerst wie einen Gast. Sie wussten nicht viel von ihm, außer dass sein Volk mit den Amerikanern im Krieg gestanden hatte. Dies war Grund genug, ihm beizustehen. Bald begannen sie jedoch, seinem Wesen Beachtung zu schenken. Noburo lernte unsere Sitten und Bräuche kennen. Im folgenden Jahr wurde er sogar zu den Ratssitzungen zugelassen. Dies war eine große Ehre. Man hörte sich seine Ansichten an. Und obwohl es Dinge gab, die uns trennten, entdeckten wir gleichwohl vieles, das uns verband. Ich linderte seine Schmerzen, holte die Weisheit aus seinem Herzen hervor und hielt schützend meine Hand über die dunklen Geister, die ihn bedrohten. Er seinerseits erzählte mir alles, was er wusste. Und er wusste viel. Er kaufte Bücher und Hefte, lehrte mich zuerst die Schrift des weißen Mannes und später die Schrift seines Volkes, jene Schrift, aus Bildern entstanden, die die Geisteskraft stärkt. Er brachte mir nicht nur die Geschichte und Götterwelt seines Landes bei, sondern auch die Geschichte und Religion vieler anderer Völker. Das Wissen sah er als Erziehung zu Selbstbewusstsein und Freiheit an. Und er sagte mir, es würde eine Zeit kommen, da nicht mehr Krieg und Gewalt, sondern einzig die Fähigkeiten des menschlichen Hirns über die Zukunft eines Volkes entscheiden würden. Doch diese Zeiten würde er selber nicht mehr miterleben.«

Sie verstummte abermals und versank in Gedanken. Mir fiel auf, wie ihre hohe Gestalt allmählich zusammensackte. Ihre braune Haut war grau geworden. Sie fand sichtbar in ihr richtiges Alter zurück.

Ich hatte lange geschwiegen. Jetzt öffnete ich den Mund. »Und das Schwert?«, fragte ich.

Sie wandte mir das Gesicht zu. Ihre Augen belebten sich. Ein Lächeln zuckte um ihre Lippen. »Dein Großvater zeigte es uns. Er erzählte, woher es komme und was es bedeute. Er sagte, dass ein solches Schwert niemals in feindliche Hände fallen dürfe, die es missbrauchen könnten. Und wir, deren Vorfahren den Sonnentanz ausübten, verstanden ihn.«

Ich sah sie fragend an. Blue Star erklärte mir, dass früher die jungen Männer, bevor sie in den Kreis der erwachsenen Krieger aufgenommen worden seien, sich einem grausamen Ritus hätten unterziehen müssen. In einem großen Zelt seien Seile unter der Zeltdecke befestigt worden, an deren Ende Silex- oder Feuersteinspitzen angebracht gewesen seien. Der Medizinmann habe die Brust der jungen Männer mit einem Messer eingeritzt, die Haut fingerbreit über die Wunde gehoben und die Feuersteinspitzen hindurchgeschoben. Nun hätten die jungen Männer zum Klang der Trommeln getanzt, während die Seile immer höher gezogen wurden, bis die Haut unter der Belastung riss. Viele hielten die furchtbaren Schmerzen nicht aus und fielen in Ohnmacht. Den Mutigsten aber schenkten die Geister Visionen.

Ich erschauerte. Dies hörte sich grauenhaft an! Doch meine Großmutter fuhr weiter:

»Der Sonnentanz diente der selbstlosen Erziehung zur Tapferkeit und der Ehrfurcht vor den Schirmgeistern. Wir lebten in Wäldern oder wanderten über ein Meer von Gras, das sich so weit erstreckte wie Schwalben fliegen, von Sonnenaufgang bis Sonnenuntergang. Und es geschah oft, dass Feinde uns bedrohten. Unsere Krieger trugen die Last der Gefahr. Doch sie gingen bereitwillig zum Opfer, sonst wäre ihnen die Pflicht, ihre Frauen und Kinder zu schützen, niemals zugefallen. Der Sonnentanz lehrte unsere Krieger den Edelmut.

Denn nur Menschen, die niemals Schmerzen am eigenen Leib erfahren, sind wahrhaft grausam.«

»Das war vor langer Zeit«, sagte Blue Star. »Viele unserer jungen Männer entsannen sich dessen nicht mehr. Doch Noburos Worte erweckten in ihnen den vergessenen Stolz. Sie sahen in dem Schwert die Macht der gotterfüllten Dinge. Und an jenem Sommerabend, da Noburo ihnen das Schwert zeigte, erlebten die Alten unseres Stammes, wie ihre Enkel zum ersten Mal seit vielen Jahren die Feuer der Sommersonnenwende anzündeten und zum Klang der Trommeln ihre Kreise drehten ...«

Sie nickte vor sich hin; ihre Blicke schweiften umher und begleiteten die wandernden Gedanken.

»Später füllte Schwärze das Tal. Noburo und ich verließen den roten Feuerschein und wanderten eng umschlungen in die Tiefen des Waldes. Und auch ich entsann mich der alten Überlieferung und zeichnete mit den Fingern die geheime Sprache der Liebe in seine warme Hand ...«

Wie lange saßen wir schon in der Hütte? Ich wusste es nicht. Zeit und Raum waren wie aufgehoben. Blue Stars Stimme, heiser und weich, hell und dunkel zugleich, war in ihrem singenden Tonfall die Stimme eines Dichters vergangener Zeiten. Doch sie war in tiefere Gewässer getaucht; sie war Seherin und Stammesfürstin, sie war Knowing Woman, die wissende Frau. Und sie war meine Großmutter. Ich jedoch saß still. Ich wagte nicht, mein Gesicht zu erheben, denn meine Wangen waren tränennass.

Sie drückte sanft mein Knie. »Weine nicht. Alles auf Erden

hat einen Sinn. Wir müssen es hinnehmen und erdulden, obwohl es unerträglich sein kann. Hör mich an! Auch ich habe lernen müssen, dass Gut und Böse im Menschen verknüpft sind, wie Seiden- und Wollfäden zu einer Decke verwebt. Wie Tag und Nacht, wie Frost und Wärme, wie Dunkelheit und Licht. Hör mich an! An dem Tag, da mein Kind geboren wurde, glühte Jahre zuvor die Temperatur des Sonnenballs auf der anderen Seite der Meere. Zehntausend Grad an dem Ort, der heute Friedensplatz heißt. Zweihunderttausend Tote. Achtzigtausend Verwundete. In neun Sekunden. Nur Männer konnten den Befehl geben, ein solches Grauen zu entfesseln. Eine Frau würde es nicht tun. Niemals. Sie würde an die betroffenen Kinder denken. Und an die Kinder dieser Kinder.«

Ein trockenes Schluchzen hob ihre Brust.

»Jedes Jahr an diesem Tag, als der Name Hiroshima im Radio ertönte, als gesagt wurde, dass man dort eine Bombe unbekannter Art abgeworfen hatte – eine Atombombe –, da weinte Noburo und ich weinte mit ihm. Ich hatte das Gefühl, über einem Abgrund zu hängen, über den man mein eigenes Volk geworfen hatte. Weißt du, wie viele Indianer von den Weißen ermordet wurden? Zehn Millionen! Ganze Völker mit ihrer Tradition, ihrer Geschichte wurden vernichtet. Sie erloschen in der Dunkelheit unserer Erinnerung, wie Funken zerplatzen.

Und niemand beweinte sie, ebenso wenig wie man damals die Toten von Hiroshima beweinte. Die Weißen brannten unsere Zelte nieder, mordeten Frauen und Kinder. Sie sperrten uns in Lager wie Tiere. Sie gaben uns schmutziges Wasser, das uns Krankheiten brachte. Sie gaben uns verseuchte Lebensmittel. Im Getreide war Schimmel, im Mehl waren Würmer. Die weißen Männer rissen Mutter Erde den Bauch auf und gruben nach Gold. Sie töteten die heiligen Büffel, weil es ihnen Freude machte zu töten. Ganze Täler, ganze Ebenen waren voll des Gestankes des verwesenden Fleisches. Sie zogen Grenzen, sie bauten Städte, verwüsteten Wälder und Flüsse. Und als ihnen die Arbeit zu hart wurde, ließen sie schwarze Menschen aus Afrika kommen. Sie legten sie in Ketten, peitschten sie aus, versteigerten sie auf den Sklavenmärkten. Sie behandelten diese Unglücklichen, wie wir niemals unsere Hunde behandelt hätten. Denn die Hunde, die unsere Lager bewachen und vor wilden Tiere schützen, spielten mit unseren Kindern und waren unsere Freunde. Die Weißen vermehrten sich wie Ameisen. Sie vergifteten die Flüsse und Gewässer, sie fällten Bäume, die zweitausend Jahre gelebt hatten. Ein Teil des Landes, das sie uns nahmen, machten sie zum Versuchsgelände für ihre Bomben. Die Natur wurde mit Gift getränkt, bis sie in der Tarnfarbe einer Uniform heranwuchs. Wir empfanden Verzweiflung, Entsetzen und Hass. Unsere Herzen waren krank, unsere Zungen tot. Gibt es Schlimmeres als nutzloses Sterben?

Und als der Zweite Weltkrieg losbrach … ja, da spürten wir so etwas wie Genugtuung. Ein nicht weißes Volk hatte angegriffen. Ein nicht weißes Volk zeigte Gewalt, Macht und Zorn. Die Japaner verfuhren mit den Weißen wie diese mit uns: Sie steckten sie in Lager, zwangen sie zu Todesmärschen, ließen sie in Kohlenbergwerken ihre Lunge aushauchen. Und wir, die Nachkommen der Geschlagenen, der Betrogenen, wir erhoben zögernd unser Antlitz aus dem Staub. All die Empörung, die Verteufelung, das ganze Geschrei um die ›gelbe Gefahr‹ entsprangen wirklich und wahrhaftig nur dem gekränkten Hochmut einer weißen Rasse, die ihre Vormachtsstellung bedroht sah, indessen ein asiatisches Volk als ebenbürtiger Gegner sie das Fürchten lehrte. Dies war unsere Rache.«

Blue Star sprach jetzt sehr leise.

»Die Weißen aber hatten aus Licht eine Bombe gebaut, die das Mark aus den Knochen löste, das Blut zum Brodeln brachte, das Herz aus dem Leib riss. Die Waffe war jetzt erfunden. Man würde sie wieder anwenden. Irgendwann, irgendwo. Trotz Hiroshima. Oder gerade deswegen. Weil man endlich wusste, wie sie wirkte. Weil sie doch so außerordentlich abschreckend war.«

Die alte Frau holte tief Luft.

»Noburo und ich aber hielten uns in den Armen und weinten. Schreckliche Bilder zogen an unseren Augen vorüber. Vor unserer Hütte schrie ein Käuzchen. Die Nacht war ein Abgrund aus Finsternis und jeder Stern ein Seufzer. Doch an der Grenze zwischen Traum und Wachen geschah ein Wunder. Ich nahm Noburos Hand und legte sie auf meinen Leib. Er spürte, dass das Kind, das ich seit neun Monaten trug, leben wollte und sich regte …«

Blue Stars Augen schienen auf unsichtbare Dinge in weiter Ferne gerichtet.

»Das Kind kam zur Welt. In der gleichen Nacht. Noburo half mir; ich gab ihm die nötigen Anweisungen. Später lag ich dann hier, in dieser Hütte, und betrachtete das kleine Wesen mit dem schwarzen Flaum auf dem Köpfchen, den winzigen, vollkommenen Fingernägelchen und den geschlossenen Augen gleich einem neugeborenen Kätzchen. Jenes Kind hatte ich in der Nacht des 6. August wunderbar schnell aus meinem Leib gepresst. Noburo und ich trockneten unsere Tränen. Das Kind brachte uns eine Botschaft: Das Leben war stärker. Die Weißen hatten gesiegt, indem sie ihre Gegner in Grausamkeit übertrafen. Doch die Götter sind gerecht, wenn die Menschen es nicht sind. Die geopferten Städte mochten als Warnung dienen, als Warnung für ihre Zukunft: Im Bewusstsein der Völker rund um den Erdball wurden Hiroshima und Nagasaki zur Gedenkstätte des menschlichen Wahnsinns, zum Symbol gleichzeitig des Friedens. Ihre Namen leben ewig, als Beschwörungsformel gegen das Böse …

Wir aber, die ersten Kinder Amerikas, tragen im Stillen in uns Gedanken an jene, die gestorben sind. Und in unseren Herzen lebt eine Gewissheit: Nicht auf rohe Kraft, sondern auf den Glauben kommt es an. Wir werden siegen. Wie? Nicht durch die Kraft der Waffen. Es sind die mitstreitenden Geister der Toten, die uns vor dem Untergang bewahren. Aus dunklen Erdtiefen emporsteigend, auf den Schwingen des Windes getragen, schwärmen sie über das Land. Die Weißen spüren, dass unsichtbare Kräfte gegen sie wirken, dass unsichtbare Blutströme fließen. Sie leben in ständiger Furcht und ersticken an ihrer Verwahrlosung. Sie, die uns mit Feuerwasser vernichten wollten, erleben, wie die Blüte ihrer Jugend dem Rauschgift zum Opfer fällt. Ihre Städte zerfallen und verkommen, ihre Seelen füllen sich mit Dunkel. Wir aber lernen, den Kopf hoch zu tragen. Wir zeigen den Weißen unsere ungebrochene Kraft. Wir tragen in uns die Macht, die Erde zu verändern. Nicht durch die Macht der Bomben und Raketen, sondern einzig durch die Macht unseres Geistes. Wir lernen, uns zu unserem Volk zu bekennen, mit vollendeter Sicherheit aufzutreten. Seht uns an, uns, die roten Kinder dieses Landes! Seht nur, wie schön und klug wir sind. Wir haben so viel gelitten, dass wir uns nicht mehr fürchten. Wir kommen von weit her, wir sind neugeboren. Wir sind die Zukunft, wenn es je eine geben kann. Und vielleicht kommt eine Zeit, da wir den Weißen sagen: Kommt, auch ihr habt genug Tränen vergossen. Nicht die Hautfarbe zählt. Auch nicht die Religion oder die Politik. Kriege, Waffen und Grausamkeiten waren Zeichen unserer Unreife. Nun aber wissen wir, wer wir sind. Wir teilen das gleiche Schicksal, die gleiche Bestimmung: Wir sind Menschen. Lasst uns gemeinsam für das Glück unserer Kinder wirken und in Frieden leben auf unseren kreisenden Planeten …«

Blue Star legte die Hände in den Schoß und seufzte.

»Dies ist mein Wunschtraum, doch vielleicht kommt alles anders. Es mag sein, dass es schon zu spät ist. Dass wir Menschen keine Zukunft mehr haben. Dass bald keine menschliche Stimme mehr singt oder schreit. Dass nur noch das Rauschen der vergifteten Meere, die Klage des Windes in den verkohlten Wäldern, das Scharren unbekannter Insekten in verseuchten Ruinenfeldern die einzigen Geräusche auf Erden sein werden. Bis tausend Jahre später ein anderes Gleichgewicht erreicht ist, die ewige Harmonie sich wieder einstellt und eine neue Evolution beginnt ...«

Plötzliches Schweigen. Die alte Frau hatte den Kopf gesenkt. Undurchdringliche Ruhe lag auf ihrem Gesicht. Sie sprach schon sehr lange.

Ich merkte es an den Schatten, die langsam über die Wand wanderten. Es gab nichts, was ich hätte sagen können. So saß ich einfach da und mein Schweigen vermittelte mehr Liebe und Ehrfurcht, als Worte es vermocht hätten. Doch nach einer Weile rückte ich näher heran und streichelte behutsam ihre derbe, rissige Hand. »Du bist müde«, sagte ich.

Sie nickte. »Ja, die Schatten der Vergangenheit sollte man ruhen lassen. Doch sorge dich nicht um mich. Im Dunkeln, wenn die Fledermäuse flattern, höre ich noch ihren Schrei. Erst wenn ich sie nicht mehr höre, wird es für mich an der Zeit sein, daran zu denken, dass ich gehen muss.«

»Wie kam es eigentlich«, fragte ich, »dass mein Großvater dich damals verließ?«

Ein kleines, schmerzerfülltes Lächeln zog ihre Lippen hoch. »Noburo hatte seine Sache allzu gut gemacht. Ich hatte gelernt, meinen Verstand zu gebrauchen. Eine der großen Fragen nach der Zukunft betraf unser Kind. Hier war vor fünfzig Jahren noch Wildnis. Cattle Creek bestand aus armseligen Hütten, aus Zelten, mit Lumpen ausgebessert. Es gab keine Krankenstation, keine Schule. Inzwischen hatten wir unsere Ehe legalisieren lassen. Noburo drohte keine Gefahr mehr. Er schlug mir vor, mit ihm nach Vancouver zurückzukehren. Er verschwieg mir nicht die Schwierigkeiten, die mich bei seiner Familie erwarteten. Doch er war überzeugt, dass sein kleiner Sohn die Herzen seiner konservativen Eltern schnell erobern würde.«

Blue Star schüttelte traurig den Kopf.

»Noburo war sehr zuversichtlich. Er wusste damals noch nicht, dass seine Eltern nicht mehr am Leben waren. Ich aber hatte eine böse Vision erlebt, die ich ihm jedoch verschwieg. In letzter Zeit hatte sich seine Krankheit verschlimmert. Nur die Heilmittel der Weißen konnten fortan sein Leben retten. Ich jedoch hatte den Befehl der Geister empfangen und kannte meine Pflicht. Und so sprach ich zu ihm:

›Nimm unser Kind und gehe. Ich aber bleibe bei meinem Volk. Die Menschen hier brauchen mich. Man hat ihnen die Freiheit genommen, die ihnen so wichtig war wie die Luft zum Atmen. Was gab man ihnen dafür? Krankheiten, Trunksucht, Niedergang, Elend. Selbst wenn ich wollte und könnte, ich würde nie weggehen. Es wäre feige und egoistisch. Ich müsste mich vor meinen Vorfahren schämen. Du aber pflege dich gesund und denke an die Zukunft unseres Sohnes. Und eines Tages, wenn das Schicksal es will, werden wir wieder vereint sein.‹«

Sie verstummte erneut. Ich merkte, wie sie durch das offene Fenster in die Sonne blickte, die tief hinter den Bäumen ihre dunkelgoldenen Pfeile schoss. Nach einer Weile straffte sie sich und fuhr fort:

»So nahmen wir Abschied. Und als Pfand seiner ewig währenden Liebe hinterließ mir Noburo seinen kostbarsten Besitz: das Schwert seiner Vorfahren.«

Sie holte hörbar Atem. Ihre Augen waren gerötet. Eine einsame Träne hinterließ auf ihrer Wange eine glitzernde Spur.

»Noburo wollte unseren Sohn seinen Eltern anvertrauen und zurückkommen. Ich aber, die auf seinem Antlitz die Vorzeichen des Todes erblickt hatte, hielt meine Tränen zurück, um ihm den Abschied zu erleichtern. Später erreichte mich ein Brief von ihm, in dem er mir den Tod seiner Eltern mitteilte und die Unbeugsamkeit seiner Schwester beklagte. Inzwischen wusste er selbst, dass seine Tage gezählt waren, und bat mich, unser Kind zurückzuholen. Es sollte nicht auf Kosten der Zärtlichkeit in Wissen und Verstand geschult werden. Ich aber hielt an meinen Vorhaben fest. So säte ich für unseren Sohn; er jedoch würde die Ernte einbringen. Ein letztes Mal schrieb mir Noburo zurück …«

Sie stockte mitten im Satz. Schwerfällig erhob sie sich und schlurfte durch die Hütte. Sie öffnete die Schublade, entnahm ihr ein schwarzes Lackkästchen und stellte es vor mir auf den Tisch. Ich staunte, es war ein Gegenstand kostbarster Arbeit, den man heutzutage nur noch selten außerhalb eines Museums sieht. Der Lack war, so alt er auch sein mochte, nirgends abgesplittert. Er hatte noch immer den tiefen, samtartigen Glanz. Unser Familienwappen, mit echtem Gold aufgetragen, schimmerte unter der polierten Oberfläche wie eine Wasserpflanze in einem dunklen Strom. Vorsichtig hob Blue Star den Deckel in die Höhe. In dem Kästchen lagen zerknitterte Umschläge mit alten Briefmarken. Aus einem dieser Umschläge zog Blue Star mit behutsam tastenden Fingern einen Bogen dünnen Papiers heraus. Ich hob den Brief ehrfurchtsvoll an meine Stirn, bevor ich den Bogen auseinanderfaltete und zu lesen begann. Mein Herz schlug schneller, als ich die wundervolle Pinselschrift sah, die wie tanzendes Wasser über den vergilbten Bogen lief:

»Mein Stern«, schrieb Noburo, »die Wahl war schwer, die wir zu treffen hatten. Aber es war nicht die erste Wahl in unserem Leben. Auch ich zweifelte lange und befragte Herz und Verstand, bis beide mir die Antwort gaben. Chiyo bat ich bei ihrer Ehre als Samurai, über die Erziehung unseres Sohnes zu wachen und ihm erst dann seine Herkunft bekannt zu geben, wenn die Zeiten günstig standen und es ihm nicht mehr schaden konnte.

Für mich ist die Wand zwischen Jetzt und Niemehr hauchdünn und durchsichtig wie eine Seifenblase. Die Straßen und Häuser mit ihrem Licht, die Geräusche der Menschen und Dinge blitzen auf, um zu verfallen, werden form- und lautlos zu nichts. Ich messe am Sonnenlicht die Stunden ab und mein Herz flattert wie ein Vogel in einem Käfig. Aber glaube nicht, dass ich traurig bin. Ich bin erfüllt von Glück, in mir ist kein Raum mehr für etwas anderes als dieses Glück, dich zu lieben. Ich bin voller Dankbarkeit, dass es dich gibt. Wenn dunkle Schatten sich senken, kenne ich weder Schmerzen noch Furcht. Ich weiß, dass ich dich immer finden werde.

Wie schön dieser Frühling ist! Ich sehe mich satt an den Farben, beobachte die Bewegungen der Wolken und Gestirne. Manchmal liege ich am Boden und höre, wie die Erde sich dreht. Ich habe es auch Falke beigebracht; er lacht und sagt, er könne es gut gut hören. Aber er ist nur ein Kind und für ihn ist es ein Spiel. Mein Liebes, ich vertraue dir unser Schwert an, wie du mir Falke anvertrautest. Er ist der Herzschlag meines Herzens, die Kraft, die mich zum Atmen zwingt. Er ist unsere lebendige Liebe. Gestern Abend hatte ich hohes Fieber. Aber wie heilend doch der Traum ist, der mich schützt! Die Vision, die ich erlebte, hielt ich in einem Gedicht fest:

›Hier weilte der Falke eben zuvor,
Jetzt ist er nicht mehr zu sehen.
Über die Berge fliegt er dahin,
Durch Täler noch schwebt
Sein schwindender Schatten.
Wenn es an der Zeit ist, kehrt er zurück.‹«

Langsam ließ ich den Briefbogen sinken. Meine Kehle wurde eng, meine Wangen glühten und mein Herz pochte so schwer, dass es schmerzte. Sie indessen saß ganz still, die Augen halb geschlossen. Ihr Atem ging so ruhig, dass ich ihn nicht hören konnte. Endlich bewegte ich die Lippen. »Falke?«, flüsterte ich. »Wer ist Falke?«

Sie wandte traumbefangen den Kopf; ihr Ausdruck war arglos und erstaunt. Fast war es, als würde sie lächeln.

»Falke ist der indianische Name deines Vaters. Wir nannten ihn: Der-aufwärts-fliegende-Falke. So hieß mein eigener Vater, der einst ein großer Häuptling war.«

18

Wir hatten nicht bemerkt, wie die Zeit verstrich. Die Sonne ging unter und die Wälder färbten sich rot, als meine Großmutter ein bescheidenes Essen in ihrer kleinen Küche vorbereitete. Hunger hatte ich keinen, aber Blue Star meinte verschmitzt, ich sei schon mager genug und noch viel zu jung, um einen ganzen Tag lang zu fasten. Während wir zusammen sprachen, kamen Blue Star und ich einander näher. Mir war, als ob ein unsichtbares Band der Zuneigung und des Verstehens unsere Herzen miteinander verbände. Ich bewunderte sie, doch diese Bewunderung war mit ein wenig Scheu vermischt. Ihre Stimme erschien mir wie ein natürliches Echo des Waldes. Ich hatte das Gefühl, diese Stimme diene nicht nur dem üblichen, oberflächlichen Austausch. Sie besaß die Kraft, einen magischen Kontakt herbeizuführen zwischen dem menschlichen Verstand und den großen, verborgenen Wahrheiten. Auf welchen Streifzügen des Geistes, bei welchen Seelenwanderungen mochte die alte Frau die Erfahrungen gesammelt haben, an denen sie mich jetzt teilhaben ließ? Sie bewegte sich in einer Welt komplizierter Gedankenverbindungen, ließ sich von den Gefühlen des Augenblickes tragen und sprach von allem fast gleichzeitig.

Sie verstand es, Verwirrung und Unruhe in Harmonie zu verwandeln, wie der Hauch des Windes in den Bäumen ein Flüstern und Rauschen erzeugt, bei jeder Jahreszeit anders. So öffnete sie mein Bewusstsein dem Zugang zu dieser anderen Welt, an dessen Schwelle ich bisher noch zögerte.

Allmählich spürte ich, dass wir einen Grad der Übereinstimmung erreicht hatten, bei dem der Altersunterschied nicht mehr zählte. Die Tiefe und Offenheit unseres Austausches schuf zwischen uns ein Vertrauen, wie es nur durch jahrelanges Zusammenleben entstehen kann. Stets wenn sie mir zulächelte, bezog sie mich in ihr Lächeln ein. Es war durchaus kein weltabgewandtes Lächeln, sondern eher ein aufgeräumtes Schmunzeln. Durch die Art, wie Blue Star mich ansah und mit mir sprach, versuchte sie, mir die Idee zu vermitteln: Ich bin dir irgendwie gleich. Ich erkannte nun, dass ich mich jetzt mit diesem Gedanken befassen musste. Und außerdem bin ich auch irgendwie verschieden, stellte ich in Gedanken fest, und war kaum überrascht, als sie nickte.

»Ja, das bist du. So muss es auch sein.«

»Wie meinst du das?«

»Die Welt verändert sich. Schranken, die unserem Wissen gesetzt wurden, heben sich auf. Du gehörst in diese neue Welt. Deine Sinne sind dafür geschärft, dein Verstand geschult. Ich jedoch bin alt und muss mich zufriedengeben.«

Ich erzählte Blue Star von meinen Träumen. Dass ich Erdbeben vorausahnte, überraschte sie nicht.

»Nutze deine Gabe! Vielleicht kannst du sie später durch Forschungsarbeiten abgrenzen und erklären. Es ist die heilige

Kraft der Schamanen, die in dir wirkt. Solange du diese Kraft für das Wohl der Menschen einsetzt, wird sie dir Glück und Frieden bringen. Doch missbrauche sie niemals zu einem Fluch, selbst wenn du zornig bist, denn sonst wenden sich diese Kräfte gegen dich selbst.«

Inzwischen war es Nacht geworden. Blue Star steckte eine Petroleumlampe an, deren gelbliches Licht unsere Gesichter erleuchtete. Draußen hielt der schwarze Ring der Wälder unsere Hütte in enger, schützender Umarmung. Ich war sehr müde.

»Es ist besser, du legst dich früh schlafen«, sagte Blue Star. »Morgen gehen wir zusammen den neuen Tag begrüßen.« Sie bereitete mir ein Bad vor, wobei sie mir zeigte, wie die Indianer die wohltuende Kraft des heißen Wasserdampfes nutzen, um Körper und Geist zu entspannen.

Neben dem Wohnraum befand sich ein kleines Schlafzimmer. Das selbst gezimmerte Bett war frisch überzogen und das kleine Kopfkissen duftete nach Kräutern. Blue Star sagte, sie werde auf dem Sofa schlafen. Sie deckte mich zu, liebevoll wie eine Mutter, und setzte sich zu mir auf den Bettrand.

»Schlaf ruhig. Es war ein langer Tag.«

Ich nahm ihre Hand und legte sie an meine Wange. »Großmutter, stimmt es …«

»Was denn, Kind?«

»… dass man hören kann, wie die Erde sich dreht?«

Sie ließ ihr leises, raues Lachen hören. »Aber das ist doch ganz einfach! Sogar dein Vater brachte dies fertig, als er noch ein kleines Kind war!«

Ich schloss die Augen. »Ich liebe dich«, hauchte ich und spürte, wie ihre Stimme zitterte.

»Ich liebe dich auch. Ich liebe dich schon lange …«

Ich spürte ihre Lippen auf meiner Stirn. Dann erhob sie sich und verließ leise den Raum. Ich lag ganz still in der Dunkelheit. Draußen rauschte der Wind. Dann schlief ich ganz plötzlich ein.

Ich erwachte durch eine leise Berührung, kaum spürbarer als der Hauch eines Schmetterlingsflügels in meinem Haar. Ich blinzelte schläfrig. In der Dämmerung gewahrte ich das braune Gesicht meiner Großmutter. Ein Lichtschein fiel auf ihr silberhelles Haar.

»Wach auf!«, flüsterte sie. »Bald wird es Tag!«

Sie musste ihre Gründe haben, warum sie mich so früh weckte. Ich schlug die Decken zurück und erhob mich; es war entsetzlich kalt. Draußen färbte der Himmel sich rosa; ich wusch mich rasch im winzigen Badezimmer. Das kalte Wasser prickelte auf meiner Haut. Das tat gut. Als ich fertig angekleidet in den Wohnraum trat, fühlte ich nicht mehr die geringste Müdigkeit.

Blue Star lächelte mir zu. »Trink!«

Sie reichte mir einen dampfenden Becher.

Mit Behagen schlürfte ich das starke, heiße Getränke. »Er ist gut, dein Tee!«

»Ich habe Berghonig hineingerührt, das gibt dir Kraft.«

Als ich den Tee ausgetrunken hatte, warf sie eine Decke mit schwarz-gelbem Muster über ihren Pullover aus dicker Wolle und bedeutete mir, ihr zu folgen. Wir traten aus der Hütte in das kalte malvenfarbene Helldunkel. Unzählige Vögel zwitscherten in den Bäumen. Das hohe Gras war vom Tau noch nass.

»Warte einen Augenblick«, sagte Blue Star.

Hinter der Hütte stand eine Art kleine Werkstatt. Es war fast zu dunkel, um die Gegenstände zu erkennen, aber meine Großmutter fand rasch, was sie suchte: einen ziemlich festen Stab mit zugespitztem Ende. Sie stürzte sich beim Gehen auf diesen Stab, wobei ich mich wunderte, dass sie einen benötigte. Sie ging schnell und leichtfüßig, mit aufrechtem Nacken und erhobener Stirn.

Eine Zeit lang wanderten wir stumm durch das Unterholz. Der Himmel leuchtete klar, aber die Talsenken waren noch in Nebel gehüllt. Ich merkte, dass der Boden allmählich anstieg. Die Bäume standen jetzt dünner. Hier reiften Brombeeren, die meine Großmutter mit ihrem Stab behutsam auf die Seite schob, damit ich mich nicht an den Dornen verletzte. Plötzlich wandte sie sich um und legte einen Finger auf die Lippen. Fast gleichzeitig vernahm ich ein leises Geräusch, dem Rollen eines Kiesels ähnlich, und erblickte ein Rehkitz. Das zarte, soeben aus dem Dämmerlicht aufgetauchte Geschöpf stand bewegungslos zwischen den Büschen. Die auf uns gerichteten Augen schimmerten wie schwarze Tropfen. Ich blieb stehen, entzückt und fasziniert, und wagte kaum zu atmen. Im selben Augenblick bewegten sich seine empfindlichen Ohren. Ein Zucken ging durch den zarten Tierkörper. Mit einem Sprung, gleich einer Feder, die sich spannt, tauchte das Reh in die Büsche. Die Blätter raschelten leise. Dann war wieder Stille.

Wir tauschten ein Lächeln und gingen weiter. Die Helligkeit nahm ständig zu; der Himmel schimmerte gelb, dann orangerot. Die Baumwipfel glänzten wie aus Kupfer. In jedem Busch, jedem Baum flatterten und zwitscherten Vögel. An der Schwelle des neuen Tages fühlte ich, wie meine Haut prickelte, wie das Blut schneller in meinen Adern kreiste. Der höchste Punkt der Strecke kam schneller, als ich erwartet hatte. Unerwartet erreichten wir die Höhe des Kammes. Blue Star hielt inne. Sie atmete völlig ruhig, während ich für die Pause dankbar war. Vor uns fiel der Hang sanft ab in eine kleine, in rosa Nebel gehüllte Talmulde. Auf der anderen Seite erhob sich eine Bergkuppe, schiefergrau hinter einer schweren purpurnen Wolkenwand. Von Augenblick zu Augenblick veränderten die Nebelschwaden ihre Form und ihre Farbe. Sie erinnerten mich an ein Wasser, das in traumhafter Langsamkeit lautlos in einem Becken schwappt. In der Mitte des Talgrundes erhob sich ein einzelner, ziemlich dicker Baumstamm phantomgleich im Nebel. Blue Star schwieg. Ihr ausgeprägtes Profil schimmerte golden im Frühlicht. Unter dem Schal hob und senkte sich ihre Brust gleichmäßig. Sekunden vergingen. Die kalte, würzige Bergluft drang in meine Lungen; ich fühlte mich seltsam berauscht. Die Helligkeit breitete sich aus, den ganzen Horizont überflutend. Ein Fels färbte sich rosig, ein anderer korallenrot. Überwältigt schloss ich die Lider. Im selben Augenblick berührte ein warmer Hauch mein Gesicht. Und als ich blinzelnd die Augen öffnete, sah ich den Sonnenball wie eine riesige Feuerkugel hinter dem Bergkamm hervorgleiten. Mit einem Schlag entsprang aus dem Schatten das klare, starke Morgenlicht. Alles ringsum glänzte, funkelte, strahlte. Glühende Pfeile schossen über das Tal hinweg; die Nebel, vom Sonnenfeuer durchbrochen, lösten sich in Spiralen, Schleier und Dämpfe auf. Da sah ich, dass der Gegenstand im Tal, den ich zuerst für einen Baum gehalten hatte, in Wirklichkeit ein Totempfahl war, von der Riesenfigur eines Falken gekrönt. Ich verlor die Fassung nicht und betrachtete das Ungewöhnliche ebenso gelassen wie das Alltägliche. Der Kopf mit dem gewaltigen Schnabel, die hervorstehenden Augen, die wuchtigen Schwingen, gelb-schwarz bemalt– genau in den Farben der Decke, die meine Großmutter um die Schultern trug –, waren mir bereits vertraut.

Blue Star berührte lächelnd meinen Arm. »Komm!«

Sie ging und ich folgte ihr. Der Abstieg war leicht, obwohl meine Turnschuhe ab und zu im nassen Gras ausrutschten. Das Morgenlicht leuchtete zunehmend heller. Der Wind zerstreute die letzten Nebelschleier. Wir gingen auf den Pfahl zu, der einen langen dunklen Schatten auf den Talgrund warf. Beim Näherkommen sah ich, dass die Farben verblasst und verwittert waren. Stürme, Regen und Schnee hatten das Holz beschädigt und verbogen. Von den mächtigen Schwingen waren Stücke abgebrochen. Die Pfähle, die ich in Vancouver gesehen hatte, waren restauriert gewesen, mit leuchtenden, frischen Farben. Dieser war gespalten und stand schief. Doch ich hatte das Gefühl, dass die starrenden Riesenaugen bis auf den Grund meiner Seele blickten. Blue Star führte mich nahe an den Pfahl heran und blieb stehen. Und ich sah zu ihren Füßen, fast gänzlich vom Gras verdeckt, einen großen Stein.

»Bevor dein Vater nach Vancouver zurückkehrte, suchten wir ein Versteck für das Schwert. Es waren unruhige Zeiten und unsere Armut war groß. Wir wussten, wohin die Verzweiflung rechtschaffene Menschen führen kann, wenn Arbeitslosigkeit und Hunger sie dazu bringen, Anstand und Ehre aufzugeben. Wir wollten nicht, dass das Schwert Dieben in die Hände fiel. In einer hellen Vollmondnacht suchten wir diese Stätte auf. Das Tal ist heilig. Hier fanden früher die Riten des Sonnentanzes statt. Doch heute sind die Menschen furchtsam. Sie nennen diesen Ort ›das Tal der Geister‹ und wagen sich nicht hierhin. Die Stelle schien uns sicher. Wir gruben gemeinsam ein Loch, legten das Schwert hinein und wälzten diesen Stein darüber. Wir wussten, dass Schneestürme das Tal monatelang unzugänglich machen würden und dass der Stein im kommenden Frühling aussehen würde, als läge er beständig hier.« Sie seufzte ein wenig ratlos und wiegte den Stab in ihren Händen. »Wir müssen den Stein jetzt heben. Hoffentlich bringen wir es fertig!«

Ich nickte voller Zuversicht. »Wir schaffen es schon!«

Ich streifte meinen Pullover über den Kopf und half Blue Star, den Hebel tief unter den Stein zu graben. Wir strafften den Rücken und stießen mit aller Kraft. Für einen erwachsenen Mann wäre es ein Leichtes gewesen, doch für uns bedeutete es harte Arbeit. Endlich hob sich das Ende des Steins; keuchend und schwitzend schoben wir den Hebel, bis wir einen Stützpunkt fanden. Dann drückten wir gemeinsam, so fest es ging. Nach einer Weile hatten wir den Stab so weit heruntergedrückt, dass der schwere Stein sich gut zwei Handbreit über die Höhlung hob, und Blue Star stemmte sich mit ihrem ganzen Gewicht gegen den Hebel. Ihre Züge verkrampften sich.

»Schnell!«, ächzte sie.

Ohne viel nachzudenken, warf ich mich auf den Bauch, schob meinen Arm in die Öffnung und tastete umher. Ich berührte Erde und Steine und lange, zähe Graswurzeln. Dann stieß ich auf eine harte, längliche Oberfläche. Ich suchte, stöhnend vor Anstrengung, bis ich eine Kante fand, wo ich zupacken konnte. Inzwischen drückte der schwere Stein auf den Hebel. Das Holz bog sich und knirschte. Ich zerrte und zog, bis ich das Bündel so weit herumgedreht hatte, dass ich es aus der Öffnung ziehen konnte. Ich richtete mich auf. Im selben Augenblick ließ Blue Star den Hebel los, den sie unter Aufbietung sämtlicher Kräfte gehalten hatte. Mit dumpfem Geräusch fiel der Stein in die Höhlung zurück. Der Hebel brach knirschend und splitternd entzwei. Schweißgebadet kniete ich neben dem Stein und hielt das Bündel in den Armen. Blue Star zitterte ebenso wie ich. Keuchend fiel sie neben mir auf die Knie. Ihre Züge waren vor Anstrengung verzerrt, ihre Haut glänzte vor Schweiß. Eine kleine Weile schwiegen wir, bis wir wieder zu Atem kamen.

Dann lächelte ich meine Großmutter an. »Du bist ganz schön stark.«

Sie erwiderte mein Lächeln offenherzig. »Nicht wahr? Ich

bin froh, dass du endlich bemerkst, wie stark ich für mein Alter noch bin!«

Wir lachten beide ein erschöpftes, befreiendes Lachen. Dann kehrten meine Blicke zum Bündel zurück, das ich an mein T-Shirt drückte. Das braune Papier, in das es gewickelt war, sah hart wie Rinde aus. Die Schnüre waren teilweise verfault oder von Würmern zerfressen.

»Noburo hatte das Papier mit Öl getränkt«, erklärte mir Blue Star. »Er war der Meinung, so würde es die Jahre überstehen und die Klinge schützen.«

Ich zog behutsam an den kunstvoll angebrachten Knoten; es war nicht schwer, sie zu öffnen. Die vermoderten Schnüre zerfielen fast von selbst. Nur das Gewicht des Schwertes hatte sie bis jetzt zusammengehalten. Vorsichtig nahm ich die steifen Papierhüllen auseinander. Unter dem ölgetränkten Papier kam, eingewickelt in Purpur-Krepp mit dem Wappen der Hatta, die Scheide aus schwarz lackiertem Holz zum Vorschein, mit bronzenen Kettenschnallen verziert. Der Stoff roch nach verfaulter Rinde und modriger Erde. Der Lack war stumpf geworden, die Bronzeverzierungen blind, aber ich erschauerte vor Ehrfurcht, als ich still die Kostbarkeit an meine Stirn hob. Dann, mit zitternden Händen, packte ich den Griff und brachte das Schwert behutsam ans Tageslicht. Ein funkelndes Aufblitzen. Mein Atem flog: die Klinge, rein und unbefleckt, warf das Sonnenlicht zurück wie ein blendender Spiegel.

Einige Atemzüge lang verharrten wir stumm. Dann schob ich die Klinge wieder in die Scheide zurück.

Dass ich weinte, merkte ich erst, als ein kühler Windhauch mein Gesicht streifte und ich die Nässe der Tränen spürte. Stockend stieß ich hervor: »Bevor mein Großvater starb, sprach er zu seiner Schwester Mayumi: Das Kind des Falken bringt das Schwert zurück. Das war vor einem halben Jahrhundert! Wie konnte er nur wissen, dass es so sein würde?«

Unsere Blicke trafen sich. Ich sah, wie Tränen in ihren Augen glitzerten.

Blue Star zog mich an sich und drückte mich an ihre Brust. Ihre langen braunen Finger streichelten mein nass geschwitztes Haar. »Manchmal erreichen uns Zeichen, Zeichen aus dem Jenseits oder aus den Tiefen unseres Seins. Wir müssen lernen, auf diese Zeichen zu hören und uns auf sie zu verlassen, selbst wenn unser Verstand sie nicht wahrhaben will. Noburo nahm es auf sich, das Schwert seiner Familie eine Generation lang zu entziehen. Damals waren böse Zeiten. Die Herzen der Menschen waren verwirrt. Sogar Chiyo, die Hüterin alter Tradition, verkannte die eigentliche Bedeutung der Klinge. Sie vergaß, dass das Schwert nicht dazu da war, irgendein lebendiges Geschöpf zu töten, sondern die eigene Bosheit zu vernichten. Das war ihr großer Fehler.« Sie drückte mich an sich und wiegte mich wie ein Kind.

Ich spürte die Wärme ihres Körpers, zog den Geruch nach Bergkräutern und Holzkohle ein, der von ihren Kleidern ausging. Meine geliebte Großmutter! Sie trug in sich die Sanftheit und Wildheit der Natur; in ihr vereinten sich Lebenserfahrungen, Wissen und uralte Geheimnisse. Solange Atem in mir war, würde ich mich an ihr Gesicht und an ihre Liebe erinnern. Ich wusste, dass ein Teil von ihr in mir weiterlebte, auch wenn sie längst gestorben sein wird, und dass ein Funke ihres starken, mutigen Geistes sich auf meine Kinder und Kindeskinder übertragen werde.

Der Himmel war jetzt vollkommen blau. Die Sonne leuchtete wie weißes Feuer. Hoch über unseren Köpfen kreiste ein Falke mit langen, majestätischen Flügelschlägen. Nach einer Weile neigte er die Schwingen und schwebte tiefer und tiefer hinab in die golden schimmernden Wälder. Da lächelte ich und trocknete meine Tränen. Hier war sein Reich. Und ich war seine Tochter.

19

Die letzten Stunden vergingen wie im Traum. Ich erfuhr noch viele Dinge, die für Blue Star sehr persönlich waren. Die Verbindung zwischen uns war nur durch den Schatten unserer bevorstehenden Trennung getrübt. Der Gedanke, dass ich sie so schnell verlassen musste, schnitt mir ins Herz.

Sie merkte es und tröstete mich. »Sei beruhigt. Wir sehen uns wieder.«

Ich ergriff ihre Hand. »Großmutter, ich möchte, dass du zu uns nach Japan kommst. Du wirst bei uns leben, Platz ist genug da. Mein Vater hat viel gelitten in all diesen Jahren! Du hast ihm gefehlt.«

»Er hat mir auch gefehlt«, erwiderte sie dumpf. »Mein Baby. Mein kleiner Sohn. Er war ganz vergoldet, wenn du wüsstest … « Sie biss sich auf die Lippen und wandte das Gesicht ab.

»Du musst uns besuchen!«, wiederholte ich. »Bald!«

Doch sie schüttelte sanft den Kopf. »Nein. Zuerst soll dein Vater kommen. Er braucht Frieden. Hier wird er ihn finden. Die Wurzeln, die er sich in kindlicher Unwissenheit aus dem Herzen reißen wollte, sind immer noch stark. Er weiß das. Er hat es niemals vergessen. Sag ihm, ich würde auf ihn warten.«

Ich saß neben ihr, auf dem wackligen Sofa. Unsere Knie berührten sich, ich hielt ihre braunen Hände fest in den meinen. Die Liebe, die wir füreinander empfanden, umgab uns wie eine Aura. Es war so schön, so beruhigend. Ich spürte die Gedanken ihres Herzens, wie sie die meinen spürte.

»Wenn ich nur noch ein bisschen bleiben könnte!«

»Es macht nichts, wenn wir uns trennen«, sagte sie. »Ich bin ja bei dir.«

Vieles, was mir bisher ein Rätsel gewesen war, kam mir in den Sinn. Ich schluckte würgend. »Ich verstehe.«

»So ist es besser«, erwiderte sie zärtlich.

Ich zwang mich zu einem Lächeln. »Ich glaube, du hast mich gut unterrichtet.«

Fältchen zeigten sich in ihren Augenwinkeln. »Du bist keine schlechte Schülerin.«

Ich biss mir auf die Lippen, um nicht loszuheulen.

»Du darfst nicht traurig sein«, sagte sie. »Du wirst es schon gut machen.«

»Das würde ich so gern!«, seufzte ich.

Sie streichelte sanft meine Hand. »Keine Sorge. Du kannst alles lernen, wenn du es nur wirklich willst.«

Dann wurde es Zeit, dass ich ging. Ich nahm das Schwert und warf meinen Rucksack über die Schulter. Blue Star begleitete mich auf dem Waldweg. Sie wanderte lautlos und aufrecht neben mir her. Ihre Füße, in zerschlissenen Mokassins, waren nach Indianerart leicht nach innen gedreht. Mir kam in den Sinn, dass diese Gangart auch Edelfrauen im alten Jahrhundert eigen gewesen war.

Beim Sprechenden Baum blieb sie stehen und legte ihre Hand auf den verwitterten Stamm. Ich begriff, dass wir hier Abschied nehmen würden.

»Der Baum«, sprach sie, »ist über tausend Jahre alt. Er wuchs im Zusammenwirken von Regen und Sturm, Hitze und Kälte, Licht und Dunkelheit. Und ebenso wird der Mensch aus Empfindung und Verstand geformt, aus Hass und Liebe, aus Freude und Schmerz. Aus dem Kreislauf dieser Dinge wächst das Leben. Der Baum weiß es. Er sagt es uns. Deswegen nennen wir ihn den Sprechenden Baum.«

Mein Blick senkte sich auf die kleinen Gaben zwischen den Wurzeln. Ich trug einen schmalen Goldring mit einem kleinen Korallenstein. Mein Vater hatte ihn mir geschenkt, als ich elf Jahre alt geworden war. Inzwischen waren meine Finger länger und kräftiger geworden. Ich drehte und schob eine ganze Weile lang, bis ich den Ring vom Finger nehmen konnte. Dann trat ich nahe an die Kiefer heran und hängte den Ring an einen Zweig. Die Koralle schimmerte wie ein winziger Blutstropfen im goldenen Sonnenlicht. Ich klatschte zweimal in die Hände und beugte den Kopf. Dann überließ ich mich meinen Gedanken. Ich dachte an meinen Vater und an das Meer, das ihn von dem Ort seiner Kindheit trennte. Und ich sprach zu ihm im Geist und sagte ihm, dass es diesen Ort für ihn noch gebe und seine Mutter hier auf der anderen Seite des Meeres auf ihn warte.

Blue Star stand schweigend neben der Kiefer. Die Zweige

schaukelten sanft über ihr im Wind. Ich verneigte mich tief; mein Abschiedsgruß galt beiden, dem Baum und meiner Großmutter.

Sie streckte mir ihre Hände entgegen, drückte mich kurz an sich und küsste mich. »Nun geh, mein Kind. Geh und bringe das Schwert zurück. Jetzt ist alles gut.« Ihre Stimme brach; ich fühlte eine Träne auf mein Gesicht fallen.

So verließ ich sie und stolperte blindlings den Weg hinunter. Mein Herz pochte schwer und ich spürte einen dicken Kloß im Hals. Unten am Weg wischte ich mir die Augen, strich das Haar aus dem Gesicht und sah zurück. Die Gestalt meiner Großmutter war kaum noch erkennbar. Die gelbschwarze Decke, die sie um die Schultern trug, schien mit dem gefleckten Stamm zu verschmelzen, an den sie sich lehnte. Sie war eins geworden mit den Schatten des Waldes. Doch sie stand immer noch da und schaute mir nach.

So ging ich denn und bald schimmerten die Lichter der Siedlung durch das Laub. Ich bat John Walking Bear, sein Telefon benutzen zu dürfen. Die Nummer des Motels hatte ich auf einen Zettel geschrieben. Ronnie war in seinem Zimmer. Er nahm den Hörer ab und sagte, er komme sofort.

Ich saß auf der morschen Holztreppe neben Mary, die seit einer halben Stunde geduldig mit mir wartete. Wenn ihr Vater im Laden hin und her lief, dröhnte der Fußboden unter seinen schweren Schritten. Die Sonne sank; von Zeit zu Zeit blickte ich auf die Uhr. Ronnie musste bald hier sein. Ich hielt das Schwert auf meinen Knien und drückte es an mich. Der

Seidenkrepp war zerschlissen und roch modrig, aber ich staunte, wie unversehrt das Schwert nach fünfzig Jahren in der Erde noch war. Das Papier, das Noburo einst um das Schwert gewickelt hatte, war noch zu gebrauchen. Ich hatte es in eine alte Zeitung eingepackt und mit Bindfäden festgeschnürt. Sobald die Sonne verschwunden war, sank die Temperatur. Ich rieb meine kalten Hände.

Mary betrachtete mich aus den Augenwinkeln. Plötzlich fragte sie: »Hast du dem Baum etwas geschenkt?«

»Ja, einen Ring.« Ich zeigte ihr die weiße Stelle an meinem Finger.

Mary nickte mit kindlicher Herablassung. »Hast du ihm deinen Wunsch gesagt?«

Ich lächelte zustimmend.

Marys Blick glitt rasch über mein Gesicht. Im Ton ernsthafter Befriedigung sagte sie: »Der Baum tut jetzt, was du willst. Mein Wunsch ist auch erfüllt.«

»Wirklich?«

Ich hatte das Gefühl, dass sie errötete. Das Braun auf ihren Wangen schien wie verdunkelt. »Bevor es schlimm wurde mit meinem Vater – schreibt meine Mutter –, war es sehr schön. Das kann sie gewiss nicht vergessen. Sie kommt bald wieder.«

Ich starrte sie an. Warum hätte ich es nicht glauben sollen? »Da freue ich mich aber für dich!«

Marys mandelförmige Augen glänzten. »Meine Mutter sagte, sie bringe mir etwas mit. Ich habe mir eine neue Puppe gewünscht. Meine alte habe ich ja dem Baum geschenkt.«

Ich wollte antworten, doch an der Wegbiegung flammten Scheinwerfer auf. Ronnies Wagen fuhr an der Tankstelle vorbei und hielt mit knirschenden Reifen vor dem Laden. Ich nahm meinen Rucksack und richtete mich auf, das Schwert an meine Brust gedrückt. Ronnie stellte den Motor ab und stieg aus. Im Helldunkel des Sonnenunterganges standen wir uns gegenüber.

Ronnie sah verlegen aus.

Ich deutete ein Lächeln an. »Wie geht es dir?«

»Danke, gut. Du siehst müde aus«, setzte er hinzu.

John Walking Bear hatte den Wagen kommen hören; er stieg schwerfällig die Stufen herab und schüttelte uns die Hand zum Abschied. Mary stand schweigend neben ihm. Als ich ihr die Hand reichte, begegneten sich unsere Blicke. Ihr Gesicht blieb unbeweglich, doch sie zwinkerte mit beiden Augen fast gleichzeitig. Dann gingen wir zum Wagen zurück. Ronnie drehte den Zündschlüssel. Wir fuhren die Hauptstraße hinunter. Aus einigen Fenstern flackerte bläulich der Lichtschein von Fernsehgeräten. Trübes Neonlicht erleuchtete ein Café, einige Leute standen an der Theke. Aus einem Spielsalon drang laute Rockmusik. Ein paar Jugendliche, an ihre Motorräder gelehnt, rauchten und tranken Bier. Die Mädchen trugen hautenge Jeans, die Jungen hatten Lederjacken und Cowboy-Stiefel an. Schon bald ließen wir die letzten Blockhütten hinter uns. Die Straße schlängelte sich in Kurven durch die schwarze Hügellandschaft.

»Es tut mir leid, dass du warten musstest«, brach ich endlich das Schweigen. »Meine Großmutter und ich hatten uns so viel zu sagen.«

»Möchtest du darüber reden?« Ronnies Stimme klang gleichmäßig und mitfühlend. Seine Hände lagen entspannt auf dem Steuerrad.

Und so erzählte ich, in der Dunkelheit des Wagens, den Blick auf den Kegel der Scheinwerfer gerichtet. Ronnie hörte schweigend zu, den Kopf nur manchmal ein klein wenig drehend. Und während ich erzählte, stieg alles, was ich erlebt und gefühlt hatte, in meinem Gedächtnis wieder auf, lebendig, zum Weinen schön.

Als meine Erzählung zu Ende war, sagte er, unbewegt durch die Scheibe nach vorn blickend: »Weißt du, woran ich jetzt denken musste?«

»Nein«, hauchte ich erschöpft.

»An Sibelius. An die Symphonie Finnlandia. Kennst du sie nicht?«

Ich verneinte stumm.

»Die ganze Zeit hatte ich diese Musik im Kopf«, sagte Ronnie. »Von jetzt an, wenn ich dieses Stück spiele, werde ich immer daran denken.«

Später, im Motel, fragte er mich, ob er das Schwert sehen dürfe.

Ich zögerte, aber nur kurz. Dann sagte ich: »Komm!« In meinem Zimmer rauschte die Klimaanlage. Ich machte Licht. Man hörte den Gast im Nebenzimmer husten. Ich setzte mich aufs Bett und Ronnie setzte sich neben mich. Mühsam knotete ich den Packbindfaden auf.

»Willst du mein Taschenmesser?«, fragte Ronnie.

Ich schüttelte den Kopf. »Nein, Knoten löst man immer von Hand.«

Ich nahm die Zeitungen weg und faltete behutsam das eingeölte Papier auseinander. Dann schlug ich den purpurnen Seidenkrepp auf, zog das Schwert aus der Scheide und hob es ehrfürchtig hoch.

Ronnies Atem stockte. »Wie schön!«, hauchte er. »Wie wunderschön!«

Ich lächelte wehmütig. »Nach meiner Großmutter und mir bist du der Erste, der es sieht.«

»Und was machst du jetzt damit?«

»Ich gebe es Tante Chiyo zurück.«

»Und dann?«

Ich seufzte. »Ich weiß es nicht.«

Im Nebenzimmer ging der Fernseher an. Amerikanischer »Rap«, Lärm aus einer anderen Welt. Wir jedoch saßen auf dem Bett, jeder auf einer Seite, und blickten in verschiedene Richtungen. Das Schwert lag zwischen uns. Die Klinge funkelte im Lampenlicht wie bläuliches Flusseis.

»Ich habe so viel von dir gelernt«, sagte Ronnie. »Mancherlei Dinge und in so kurzer Zeit. Du kannst nicht wissen, was du mir bedeutest. Du hast mich verwandelt, ich bin so traurig. Natürlich hatte ich Mädchen gekannt. Aber keine, mit der ich den Wunsch hätte, mein Leben zu verbringen.«

»Du kennst dich nicht sehr gut, glaube ich«, erwiderte ich ihm leise.

»Nein«, gab er zu, »ich kenne mich nicht. Ich kenne auch die

Menschen nicht, mit denen ich zusammenlebe. Was wusste ich von meinem Großvater? Und von meinen Eltern? Sagen die mir eigentlich alles?«

»Du brauchst dich nicht zu quälen«, sagte ich. »Du hast ja deine Geige.«

»Wenn ich die nicht hätte, würde ich wahrscheinlich Harakiri machen. Mit dem Schwert da, falls du nichts dagegen hast!«

Ronnie machte ein finsteres Gesicht und ich erstickte ein Kichern.

»Lach nicht.« Er runzelte die Stirn. »Ich meine es ernst. Das Leben kann ja schrecklich brutal sein. Nur wenn ich Geige spiele, Sibelius oder Brahms, da spüre ich, jetzt ist alles gut. Die Noten sind ja immer die gleichen. Wie kommt es nur, dass die Melodie jedes Mal anders klingt? Mit Musik kann ich alles ausdrücken, was ich fühle. Ich brauche nicht nach Worten oder Gedanken zu suchen. Ach ja. Und leg jetzt endlich mal das verflixte Schwert weg! Ich möchte dich küssen.«

»Lass das bitte«, sagte ich matt.

Ronnie nahm meine Hand und hielt sie fest. Seine Handfläche war warm und etwas feucht. Ich fühlte seinen Pulsschlag.

»Ich muss dir etwas sagen. Ich habe noch nie jemanden so gerne gemocht wie dich. Ich werde dich nie vergessen. Nie. Aber am liebsten würde ich nicht mehr an dich denken.«

Er lächelte, als er das sagte. Aus Verzweiflung, aus Liebe und auch ein ganz kleines bisschen aus Hoffnung. Ich zog meine Hand behutsam weg, senkte die Augen auf das Schwert zwischen uns. Ein altes Gedicht kam mir in den Sinn.

Ich nahm mir Zeit, die Worte in meinem Kopf zu übersetzen. Dann sprach ich leise:

»Dies mein Schwert streck ich aus,
Schneide den Wahn entzwei.
Mitten im Feuerbrand
Strömt kühler Wind.«

»Wie die Faust aufs Auge!«, seufzte Ronnie. »Ist das von einem japanischen Dichter?«

»Übersetzt klingt es vielleicht nicht so gut.«

»Finden wir uns damit ab!«

Er lachte, ein wenig gezwungen, aber ich merkte ihm seine Verärgerung an.

»Wenn ich dich jetzt richtig verstanden habe, willst du nichts von mir wissen.«

Ich rieb meine Wange an meinem Unterarm und fühlte deutlich, wie ich atmete. Sekunden vergingen. Ich schwieg.

»Nur ein Wort«, bettelte Ronnie.

Ich lächelte schwach. »Was soll ich denn sagen?«

»Sag, dass wir Zeit haben«, flüsterte Ronnie. »Sag es.«

Wir sahen uns an. Im Nebenzimmer dröhnte laut die Musik. Ich blieb ihm die Antwort schuldig.

20

Durch Pfirsichplantagen und Kiefernwälder, an milchig schäumenden Flüssen entlang fuhren wir wieder nach Westen. Es wurde Nachmittag; gegen Abend würden wir in Vancouver sein. Ronnie schwieg; ich sah stumm aus dem Fenster. Es ist vorbei, dachte ich ungläubig. Ich habe es geschafft. Morgen bringe ich Tante Chiyo das Schwert; in drei Tagen bin ich wieder in Tokio. Ich dachte an Seiji; eine Regung kehrte zurück, ungeduldig, freudig. Ich schloss die Augen und hörte seine Stimme, ein Gemisch aus Zärtlichkeit, Verstehen und Spott. Ich freue mich, dachte ich, ich kann es kaum erwarten. Lass mich nie wieder fortgehen. Ich bin jetzt ruhig, ruhig mit mir selbst. Ich weiß jetzt, wer ich bin, wer ich sein kann. Wir dürfen keine Angst mehr haben. Vor nichts. Zusammen sind wir stark. Wie kann man sich fürchten, wenn man liebt?

»Ich habe Angst«, sagte Ronnie.

Ich erlebte einen kurzen Augenblick der Verwirrung. Vermochte er, in meinen Gedanken zu lesen?

Doch nein, er sprach nur das aus, was er empfand. Ich war traurig für ihn, aber nur ein bisschen. Er musste es durchstehen. Er war viel stärker, als er dachte. Und er war nicht einsam. Er hatte ja seine Musik. »Du sollst keine Angst haben«, sagte ich.

»Der Gedanke, dich niemals wiederzusehen … In einigen Tagen schon …«

Ich schwieg und er fuhr fort:

»Ich bliebe so gern mit dir noch einige Stunden, irgendwo, irgendwann.«

»Das würde die Sache nur noch komplizierter machen.«

Er schluckte. »Womöglich hast du sogar recht. Ich bin überhaupt nicht auf so ein Problem vorbereitet. Alles kommt so unerwartet, als ob mein Leben sich plötzlich beschleunigt hätte …«

Ich lächelte mühsam. »Du beschleunigst auch das Tempo. Fahr lieber langsamer, sonst schnappt uns die Polizei!«

»Himmel!«, stöhnte er. »Ich werde verrückt!« Er bremste, fuhr langsamer an die Seite der Fahrstraße und hielt den Wagen an.

Wir stiegen aus. Über uns spannte sich der grüne Himmel, im Tal rauschte ein Wildbach. Wir setzten uns auf einen Streifen Gras.

»Wenn du jetzt weg bist«, sagte Ronnie, »werde ich zu nichts mehr zu gebrauchen sein. Ein richtiger Waschlappen!«

Ich lächelte, wenn auch nur müde. »Im Gegenteil. Du wirst jetzt viel besser Geige spielen!«

Er verzog das Gesicht. »Meine Geige kann ich nicht küssen.« Ganz plötzlich zog er mich an sich.

Ich versteifte mich und legte die Hände auf seine Schultern. »Nein.«

Sein Gesicht lag dicht an meinem Haar. Ich spürte seine Atemzüge.

»Die Zeit geht so schnell vorbei, das macht mich ganz fertig. Ich mag gar nicht an deine Abreise denken.«

Leise stieß ich hervor: »Ich weiß, was du empfindest, und glaubst du, ich hätte das nicht auch gefühlt? Aber es ist nicht Liebe, Ronnie – ich weiß es.«

»Für mich ist es Liebe«, erwiderte er sanft.

Ich befreite mich aus seiner Umarmung. »Nein. Ich gefalle dir, mehr nicht. Ich bin für dich fremd und exotisch. Und vielleicht sogar ein bisschen überspannt …«

»Ja, das auch. Alle wollen cool sein. Du kommst mit ganz anderen Dingen. Du redest von Göttern und Geistern, fuchtelst mit einem Samurai-Schwert unter meiner Nase herum und sagst erbauliche Gedichte auf, wenn ich dich küssen will. Aber das ist ja gerade das Schöne an dir, dass du anders bist als die anderen. Und dass du nicht abgebrüht bist.«

»Für mich ist das überhaupt kein Problem.«

»Dann glaubst du also nicht, dass wir, du und ich, ein gemeinsames Schicksal haben?«

»Nein. Aber da ist etwas anderes …«

Er versuchte, mich an sich zu ziehen. »So. Du gibst es also zu?«

Ich schob ihn weg. »Hör auf«, sagte ich. »Es ist nicht das, was du meinst.«

Er strich mit dem Zeigefinger über meinen Handrücken. »Du sprichst gerne in Rätseln. Manchmal verstehe ich dich, manchmal auch nicht.«

Ich dachte an Blue Star und lächelte. »Es kommt vor, dass ich mich selbst nicht verstehe.«

»Und was ist mit uns?«

Ich wandte das Gesicht von ihm ab. »Alles hat einen Sinn.«

»Ich drehe durch. Findest du das vielleicht sinnvoll?«

Ich seufzte. »Es geht nicht darum.«

»Worum geht es denn?« Seine Stimme klang ungeduldig und etwas gereizt.

Er tat mir leid, aber ich konnte ihm nicht helfen. Ich zog meine Hand zurück und sagte leise: »Ich weiß es nicht.«

Als wir in Vancouver ankamen, brach bereits die Dunkelheit herein. Die Stadt war heiß, geschäftig, voller Lärm und Verkehr. Wolkenkratzer, Beton und Glasfronten, in denen sich die Abendsonne spiegelte.

Als wir über die Brücke fuhren, schob sich ein großer Passagierdampfer schwerfällig und mit lautem Tuten aus dem Hafenbecken.

»Er geht nach Alaska«, sagte Ronnie, um etwas zu sagen.

Ich nickte, höflich und uninteressiert. Wir waren beide müde und verschwitzt, als er den Wagen vor dem Gartentor zum Stehen brachte und den Motor abstellte.

»So, da wären wir!« Er nahm seine Sonnenbrille ab und rieb sich die geröteten Augen.

»Danke«, hauchte ich. Und ich setzte hinzu: »Es tut mir leid …«

Er sah mich fest und unmissverständlich an. »Mir nicht.«

Ich wandte den Blick ab. »Es war eine lange Fahrt.«

Er verzog spöttisch die Lippen. »Du hast ja das Benzin bezahlt …«

Ich schwieg. Er trommelte nervös auf das Steuerrad.

»Dein Flugzeug … wann geht es?«

»Übermorgen. Um halb elf.«

»Da habe ich Probe«, seufzte er. »Und abends gebe ich ein Konzert.«

»Ich werde an dich denken«, sagte ich.

»Das ist nicht wahr!« Jetzt schrie er plötzlich. »Du wirst mich vergessen, sobald du in deinem Scheißflugzeug sitzt!«

Wortlos öffnete ich die Tür und schob die Beine aus dem Wagen. Er blieb eine kurze Weile sitzen, als würde er überlegen, dann stieg er ebenfalls aus.

Ich stand vor ihm, der Rucksack baumelte an meinem Arm. Das Schwert hielt ich eng an meine Brust gedrückt. »Ich vergess dich nicht in meinem Scheißflugzeug«, sagte ich schmerzlich und ruhig. »Wir sehen uns ganz bestimmt wieder. Ich fühle es.«

»Du mit deinen Gefühlen!« Jetzt lächelte er wieder. »Entschuldige, dass ich losgebrüllt habe. Ich bin etwas durcheinander … Wann sehen wir uns denn? Morgen?«

Ich zögerte. »Morgen … ich weiß nicht. Ich gehe zu meiner Tante.«

Er lachte ohne Fröhlichkeit. »Ach ja, die Tante! Die hatte ich ganz vergessen. Dann also übermorgen?«

»Ich bin ja nur für kurze Zeit hier«, sagte ich. »Ich habe viel zu erledigen.«

Ronnie sah plötzlich ganz jämmerlich aus. »Warum sagst

du etwas und eine Minute später das Gegenteil? Ich möchte dich wiedersehen … obschon du nur für kurze Zeit hier bist und etwas anderes zu tun hast. Du weißt doch, dass du mir wichtig bist.«

Ich schüttelte den Kopf. »Mich wiederzusehen, hieße nicht, mich wiederzusehen.«

»Sprüche!«, sagte er wegwerfend.

Ich warf einen Blick durch den Garten. Im großen Erkerfenster brannte Licht. Ich hatte Alice von einer Raststätte aus angerufen und ihr unsere Ankunft mitgeteilt. Ich war froh, dass wir pünktlich waren. »Komm doch einen Augenblick herein«, sagte ich, um ihn abzulenken.

Er presste die Kiefer zusammen. »Nein. Ich … ich habe keine Zeit. Ich muss heute Abend noch üben.«

Ich lächelte. »Ich glaube … dass du lügst.«

Er sah mich herausfordernd und zärtlich zugleich an. Langsam, aber sehr entschlossen, streckte er die Hand aus, strich mein Haar aus dem Gesicht. Ich erbebte, stand trotzdem ganz still. Nur meine Augen folgten der Bewegung der Hand. Ich fühlte mich seltsam schlapp; mir war, als würde die Hitze in mir kreisen.

»Schon möglich, dass ich lüge. Ich liebe dich.« Ronnie sagte es sehr langsam, sehr bestimmt.

Einige Sekunden vergingen. Wir standen stumm voreinander. Atem in Atem. Die Welt um uns herum versank, löste sich in nichts auf. Plötzlich kam ich zur Besinnung und trat einen Schritt zurück.

Ronnies Hand fiel herunter. Sein Gesicht wirkte sehr blass,

mit Schatten unter den Augen. Er flüsterte rau: »Ich bin sehr unglücklich. Kannst du dir das nicht vorstellen?«

Ich schwieg.

»Sag doch etwas«, stieß er hervor.

Ich schluckte schwer. »Ich … ich rufe dich an.«

»Das hast du mir schon einmal versprochen«, sagte er rau. »Und vergisst es dann.«

Ich schüttelte den Kopf. »Nein.«

Ich drehte mich um und schlurfte durch den Garten auf das Haus zu. Meine Waden zitterten. Jeder Schritt auf dem knirschenden Kiesweg tat mir in den Ohren weh. Von der Tür aus warf ich einen Blick über meine Schulter. Ronnie stand immer noch da. Ich holte tief Luft und drückte auf den Klingelknopf. Da erst wandte er sich ab, stieg in den Wagen und drehte den Zündschlüssel. Der Motor sprang an. Er fuhr so heftig davon, dass die Reifen auf dem Asphalt kreischten.

21

Abends sagte mir Robin, dass der Kaufvertrag unterschrieben sei. Sein Partner, der das Geschäft übernommen habe, werde im nächsten Monat einziehen. Robin wollte Alices Anwesenheit nutzen, um Ordnung zu machen, in alten Papieren zu kramen. »Sobald mein Fuß wiederhergestellt ist, packen wir. Im Laufe der Jahre sammeln sich viele unnütze Gegenstände an. Was sollen wir mit dem ganzen Zeug? Wir werden vieles verschenken oder wegwerfen.«

Er sprach mit einer besonderen Art von gleichgültiger Ruhe, doch ich spürte hinter seinen Worten den Schmerz, den er nicht ausdrücken konnte oder wollte. Ich ließ meine Blicke umherwandern. Ich würde das Haus immer so in Erinnerung behalten, wie ich es jetzt sah: geräumig, mit großen Fenstertüren, die Wände mit der etwas kitschigen Blumentapete von sanftem Licht überglänzt, die elfenbeinfarbenen Lampenschirme, die chinesischen Teppiche mit ihren Seerosenmustern. Ich spürte einen Stich im Herzen, aber ich verstand Robin gut. In seiner Erinnerung war das Haus mit Mayumi verbunden; jeder Gegenstand stand noch an dem Platz, den sie ausgesucht hatte. Ihre Kleider hingen im Schrank, ihr Duft wehte noch in den Schubladen. Aber Mayumi war nicht mehr. Das Haus hatte seine Seele verloren und er fühlte sich wie ein Fremder.

Später zeigte ich Robin das Schwert.

Er war Kenner in diesen Dingen. »Solche Kostbarkeiten sind kaum noch zu haben. Und dieses Prachtstück willst du Chiyo geben? Was soll sie denn damit anfangen?«

»Es gehört ihr«, erwiderte ich. »Sie ist nun einmal die Älteste der Familie.«

»Aber die Zeiten haben sich geändert!«, ereiferte sich Alice. »Was, wenn es ihr gestohlen wird?«

Ich stimmte ihnen zu, dass der Nutzen dieser Dinge und ihr Glanz der Vergangenheit angehörten. Aber es haftete eine ganz besondere Erinnerung an diesem Schwert, eine Bedeutung, die Außenstehende wohl niemals vollständig erfassen würden.

Dies trug ich ihnen nicht nach; es hatte aber auch keinen Sinn, es ihnen zu erklären. So schüttelte ich nur den Kopf, worauf Robin kummervoll seufzte und Alice in dramatischem Ton rief:

»Dann bestell um Himmels willen ein Taxi!«

Jetzt musste ich fast lachen. »Warum kann ich nicht den Bus nehmen? Kein Mensch weiß doch, dass ich mit einem Schwert herumlaufe!«

In dieser Nacht träumte ich von Ronnie; es war ein merkwürdiger Traum. Er stand auf der Bühne und spielte Geige. Die Bühne war seltsam schmucklos; im Hintergrund hing lediglich ein Rollbild mit einer Kiefer, wie es im japanischen No-Theater üblich ist. Ein Orchester war nicht da. Ronnie stand ganz alleine im gedämpften, goldschimmernden Licht. Das, was er spielte, hörte sich wunderschön an: eine Melodie, süß und freundlich wie ein Kinderlied. Zuhörer waren auch nicht anwesend. Bloß ein Mädchen stand vor der Bühne und blickte zu Ronnie empor. Ich sah sie nur von hinten. Sie war groß und schlank. Ihr kinnlanges, lockiges Haar leuchtete in den warmen Schattierungen von Herbstlaub. Sie trug ein weißes Kleid, auf dem Rücken geknöpft, mit einem viereckigen Ausschnitt. Plötzlich senkte Ronnie den Bogen, blickte das Mädchen an und lachte. Sie streckte die Hand aus; er beugte sich vor, ergriff ihre Hand und zog sie auf die Bühne. In diesem Augenblick wandte mir das Mädchen ihr Gesicht zu. Doch bevor ich sie erkennen konnte, wachte ich auf.

Es war noch früh, doch die Sonne schien mir in die Augen. Da ich beim Zubettgehen zu müde gewesen war, hatte ich die Vorhänge nicht eng genug zugezogen. Ich versuchte weiterzuschlafen, doch es gelang mir nicht. Der Traum war mir noch gegenwärtig. Ich musste immer wieder an das Mädchen denken, das Mädchen im weißen Kleid. Wer mochte sie sein? Ich wusste es nicht. Und doch hatte ich das Gefühl, dass ich sie kannte …

Gleich nach dem Frühstück wickelte ich das Schwert in Packpapier und knotete den starken Bindfaden kunstgerecht zu. Inzwischen versuchte Robin, mir einzureden, dass das Schwert in ein Museum gehöre, und Alice überschüttete mich mit ängstlichen Ratschlägen: Ich solle sofort aufstehen, falls ein verdächtiger Typ sich neben mich setze … ich solle nicht zu nahe am Straßenrand gehen ... aufpassen, dass mir keiner ins Treppenhaus folge.

Ich lachte, als ich aus dem Haus ging, aber kaum war ich draußen, verflog meine Unbekümmertheit. Die Bedeutung dieses Tages kam mir voll zu Bewusstsein. Ich saß im Bus, hielt das Schwert auf meinen Knien und merkte, wie meine Handflächen feucht wurden. Ich brachte Chiyo das Schwert zurück. Und gleichzeitig brachte ich ihr Schmerz, Verzweiflung und Reue.

Plötzlich packte mich die Angst, dass sie es nicht überstehen würde, dass es über ihre Kräfte gehen könnte. Die Angst wuchs von Augenblick zu Augenblick, schwappte in mir hoch wie steigendes Wasser. Es wurde ganz schlimm, als ich aus dem Bus stieg und durch den lärmenden, hupenden Verkehr über die Straße ging. Flüchtig sah ich mein Spiegelbild in einem Schaufenster: ein schlankes Mädchen in Jeans und Blazer, mit einem Rucksack über der rechten Schulter und einem länglichen Gegenstand, in Packpapier eingewickelt, in den Armen. Ich sah ganz ruhig aus, völlig normal, aber ich hatte das unwirkliche Gefühl, als würde ich über dem Boden schweben. Ich zitterte immer heftiger und biss die Zähne zusammen, dass mir der Kiefer schmerzte. Ich wusste, gleich konnte alles Mögliche geschehen.

Zielstrebig, den Blick geradeaus gerichtet, ging ich die Straße entlang. Eine seltsame Erstarrung lähmte meine Gedanken. Vor mir erschien das rote Backsteinhaus. Ich trat ein und stieg die Treppe hinauf. Mein Herz klopfte hart und schwer an die Rippen. Was ich tun musste, kam mir groß und schwierig vor, fast zu schwierig. Ich hörte mich atmen. Doch meine Schritte blieben ruhig. Nicht schneller, aber auch nicht langsamer. Gleichmäßig. Ein Stockwerk höher. Noch eines. Jetzt. Lautlos ging ich durch den Gang. Blieb stehen. Von Chiyo trennte mich nur eine Tür. Aber dazwischen lag ein Abgrund von fünfzig Jahren.

Eine Haarsträhne fiel mir in die Augen. Ich strich sie zurück. Dann hob ich die Hand. Drückte auf den Klingelknopf. Wartete. Sekundenlang rührte sich nichts. Dann sah ich den winzigen Schatten vor dem Guckloch, vernahm das Rasseln der zurückgezogenen Sicherheitskette. Die Tür ging auf. Vor mir stand Chiyo. Wie klein sie war! Kaum größer als ein Kind. Die Kopfhaltung war hochmütig, der Blick selbstbewusst und gebieterisch. Ich aber kam, um sie zu beschämen. Ich wusste, dass ich sie damit töten konnte.

Scheu, mit brennenden Wangen, verbeugte ich mich. »Darf ich einen Augenblick eintreten?«

Sie erwiderte nur zurückhaltend meinen Gruß. »*Come in, please …*«

Ich trat ein und hörte, wie sie die Tür abschloss. Das Fenster war offen; das Rascheln, Knirschen und Klingeln eines Baggers unten am Hafen schallte in den Raum. Chiyo machte das Fenster zu. Schlagartig wurde es still. Ich wandte mich um, langsam, als würde ich ihren Anblick fürchten. Sie stand vor mir in ihren altmodischen grauen Hosen. Ihr Pullover war verwaschen und voller Fusseln. Ihr Haar jedoch, zu einem Knoten geformt, perfekt und wunderbar schlicht, glänzte wie Lack. Sie färbt sich das Haar, ging es mir durch den Kopf; ich wunderte mich, dass ich plötzlich wieder klar denken konnte. Chiyos Gesicht war bleich, unbewegt und fast abwesend. Doch als unsere Blicke sich trafen, sah ich ein Flackern in ihren Augen, eine Unsicherheit, ein jähes Entsetzen. Ich stand auf zitternden Füßen, presste das Schwert an mich und mein eigenes Herz tat mir weh. Leise sagte ich: »Ich war bei meiner Großmutter.«

Ihr Atem stockte. Ihre Augen weiteten sich.

Ich fuhr fort: »Noburo ... mein Großvater hatte unser Schwert damals bei ihr gelassen. Sie gab es mir. Ich bringe es dir zurück.«

Sie sackte in sich zusammen. Ihr Gesicht war fahl geworden. Ihre Lippen bebten. Doch sie hob den Kopf, ihre Lungen füllten sich mit Luft. Sie straffte sich und richtete sich auf.

»Ich will es sehen«, stieß sie hervor. Ihre Stimme war ganz anders, heiser und fast krächzend. Die Stimme einer sehr alten Frau.

Wortlos kniete ich mich nieder, auf den abgenutzten Boden. Mit Händen, die kaum zitterten, löste ich die Knoten und rollte die Schnüre ein. Unwillkürlich spürte ich, wie ich die gebräuchlichen Gesten wiederfand, die ehrfurchtsvolle Vorsicht, mit der eine heilige Handlung zu vollziehen ist. Und Chiyo merkte es auch; langsam trat sie näher und ließ sich mir gegenüber auf die Knie gleiten. Sie saß wie versteinert. Ich versuchte, sie nicht anzusehen, meine Aufmerksamkeit nur auf den Gegenstand zu richten, der ein halbes Jahrhundert im Erdreich geruht hatte. Ich fühlte, mehr als ich es sah, wie ein Schauer Chiyos Gestalt überlief. Sie beugte sich näher vor. Unter dem öligen Papier, einer Holzrinde ähnlich, schillerte blutrot das Kreppttuch, mit den gekreuzten Schwingen des Falken bestickt, dem Wappen unserer Familie. Jetzt erst hob ich den Blick zu Chiyo empor. Ich erschrak: Sie war bleich auf eine Art, wie ich es noch nie bei einem Menschen gesehen hatte, mit weißen Lippen und eingefallenen Nasenflügeln. Ihre Augen glänzten wie im Fieber. Behutsam schlug ich das Kreppttuch auf, brachte das Schwert zum Vorschein und zog die Klinge heraus, indem ich vermied, die pflaumenschwarze Lackschicht der Scheide zu berühren, damit auch nicht der kleinste Fingerabdruck ihre Vollkommenheit störte. Und dann lag das Schwert vor mir, spiegelglatt und unversehrt, mit seinem Griff aus massivem Silber. Mein Puls raste; ich schwieg und hielt die Augen gesenkt. Ich schämte mich für Chiyo, schämte mich ihrer Qual und wollte sie nicht mit meinen Blicken belästigen. Ich hörte auf meine eigenen Atemzüge, als wäre dies eine Art, die Zeit auszufüllen, die Zeit, die sie brauchte, um nicht den Verstand zu verlieren.

Endlich sprach sie, mit ihrer heiseren Altefrauenstimme, sehr langsam und sehr leise, wie um ihre Kräfte zu schonen.

»Es war meine Schuld. Ich hätte es wissen sollen.« Sie hielt sich plötzlich die Hände vors Gesicht. »Warum hat er mir nichts gesagt? Warum nur?«

Ich schwieg. Die Antwort kannte sie ja selbst. Sie hatte ihren Bruder einen Verräter genannt; hatte die Frau, die er von ganzem Herzen geliebt hatte, nicht anerkannt. Und später und lange danach hatte sie einen kleinen Jungen von seiner Mutter getrennt und einem Toten die Ehre verweigert.

»*You understand*«, flüsterte sie. »Ich vertraute ihm nicht. Ich warf ihm vor, schlechtes Blut in die Familie zu bringen. Ich beschuldigte ihn, das Schwert verkauft zu haben, um in den Kriegsjahren zu Geld zu kommen. Er sagte Nein. Ich glaubte ihm nicht. Die Frau, die er liebte … deine Großmutter …, sie war besser als ich. Sie war würdig, das Schwert zu bewahren. Ich nicht. Ich bin nicht barmherzig gewesen.«

Mir fehlte der Mut, ihr zu sagen, das alles sei schon lange her, nun sei es genug. Im Schmerz wiegte sie sich leicht hin und her, wie eine Frau, die einen Toten beweint. Mir wurde es fast schlecht, sie anzusehen.

»Bitte, weine nicht«, sagte ich dumpf.

Sie schüttelte den Kopf. »Ich kann nicht mehr weinen.«

Steif versuchte sie, auf die Füße zu kommen. Es gelang ihr nicht. Sie versuchte es ein zweites Mal. Abermals schaffte sie es nicht. Ich wollte ihr helfen. Sie wies meine Hand zurück. Ich sah, wie sich ihre Hände flach auf den Boden legten, sah, wie sie sich hochstemmte. Diesmal gelang es ihr, sich aufzurichten. Ich blickte auf ihre Füße und stellte fest, dass ihre Socken an der Ferse gestopft waren, aber so sorgfältig und genau, dass man die Stiche kaum bemerkte. Schwerfällig setzte sie sich in Bewegung, trat schwankend an ihre Kommode. Sie zog eine Schublade auf und wühlte mit zitternden Händen zwischen Schachteln, kleinen Dosen, Papieren und Briefen. Ein Deckel glitt von einem Kästchen herunter, ein Stoß alter Briefmarken verstreute sich am Boden.

Ich indessen saß regungslos; erst als ich eine Berührung an meiner Hüfte verspürte, wandte ich den Kopf und sah das

Kätzchen an mir herumstreichen. Ich kraulte das kleine Tier hinter den Ohren, wobei ich stumm zu meiner Tante hinübersah. Diese fand endlich, was sie suchte: einen weißen Umschlag aus Reispapier, der ein Täfelchen enthielt, auf dem der Priester einst, vor fünfzig Jahren, Noburos Totennamen geschrieben hatte. Ehrfürchtig und bleich hob sie das Täfelchen an ihre Stirn. Ich spürte, wie mir die Tränen kamen.

Gesenkten Kopfes trat die alte Frau vor den Hausaltar. Vor den aufgestellten Holztafeln mit den Namen meiner Ahnen standen die Bilder der Verstorbenen in ihren vergoldeten Rahmen. Der kleine Buddha aus Bronze leuchtete vor dem dunklen Lackhintergrund. Mit steifen Schultern verbeugte sich Chiyo, bevor sie das Täfelchen vor dem Buddha niederlegte. Sie ließ die Kerzen in ihren Leuchtern brennen und zündete die Öllampe an, deren Licht durch die Messingverzierungen rubinrot aufleuchtete. Zum Schluss steckte sie ein Weihrauchstäbchen an. Und nichts verriet mehr ihre Scham und ihre Reue als die Feierlichkeit, mit der sie diese Handlungen vollzog.

Ich saß unterdessen, den Kopf auf die Brust gesenkt und die Hände im Schoß verschränkt, vollkommen still. Ich dachte an meinen Großvater Noburo und in meinem Herzen bedrückte mich ein tiefes, schmerzerfülltes Schweigen.

Später fragte ich sie, was ich denn nun meinem Vater sagen solle; doch sie schüttelte den Kopf und sagte, es sei ihr egal. Erst als ich sie fragte, ob sie uns jetzt wohl besuchen komme, da belebte sich ihr starres Gesicht.

Sie sagte, sie werde jetzt nie mehr etwas von sich hören lassen. Auch keine Neujahrskarte mehr schicken wie früher. »*I never see you again*«, sagte sie. »*It's over.*«

Ich fragte sie, warum.

Sie keuchte leicht; es war wie ein unterdrücktes Schluchzen. »Ich zahle die Strafe für den Irrtum meines Lebens. Ein Sprichwort sagt: ›Den Rost kann man nur durch seine eigenen Bemühungen vom Schwert entfernen.‹ Und hierfür bleibt mir nicht mehr viel Zeit. *I am too old …*« Ihre Augen richteten sich auf das Schwert, das zwischen uns auf dem purpurnen Tuch lag. Eine Weile starrte sie schweigend hin.

Ich sah, wie ihre Lider zuckten. Dann beugte sie sich langsam vor. In einem einzigen Bewegungsablauf von unbeirrbarer Sicherheit und Schönheit faltete sie den Stoff wieder um die Waffe. Schließlich hob sie das Schwert an ihre Stirn und hielt es mir dann mit beiden Händen entgegen.

»Nimm es. Bewahre es auf für deine Kinder und Kindeskinder. Ich bin nicht länger das Haupt unserer Familie.«

Ich rang um Fassung, mein Herz schlug schnell. Dann kehrte ich mich ab. Ich konnte den Schmerz und die Scham auf ihrem Gesicht nicht mehr mit ansehen. Ich wusste, für eine traditionsbewusste Frau, wie meine Tante es war, konnte ihr Versagen niemals und durch nichts wiedergutgemacht werden.

Endlich vermochte ich zu sprechen. Ich sagte: »Aber warum denn? Wir verzeihen dir doch!«

Sie hob stolz das Kinn. »Was geschehen ist, ist geschehen. Ihr mögt mir verzeihen. Ich selber kann es nicht. Es tut mir leid. Ich war zornig. All das musste geschehen, weil …« Sie hatte nicht mehr die Kraft weiterzureden. Ihre blutleeren Lippen zitterten. »*It's all right now! Take this and go away!*« Sie bebte am ganzen Körper. Selbst das Schwert, das sie mir entgegenhielt, zitterte mit ihr.

Da machte ich eine tiefe Dankesverbeugung und nahm es ihr aus den Händen; sie waren so kalt, dass ich erschrak. Die Seide dagegen fühlte sich weich und glatt an wie eine jugendliche Haut. Der vertraute Geruch von Öl und Moder wehte mir entgegen. Stumm begann ich, das Schwert wieder in das Packpapier zu wickeln. Ich schnürte es fest und zog die Knoten eng. Chiyo saß schweigend vor mir. Als ich verstohlen einen Blick auf sie warf, bemerkte ich ihre Hände, so fest verkrampft, dass ihre Knöchel wie weiße Elfenbeinstäbchen hervortraten. Ich jedoch fand keine Worte mehr, die gesagt werden mussten, stand auf und warf meinen Rucksack über die Schulter. Auch sie erhob sich, langsam und ungeschickt. Ihr Gesicht war kreideweiß, ihre Augen erloschen. Mitleid und Grauen ergriffen mich, doch ich konnte ihr nicht helfen. Ich nahm das Schwert und kraulte die kleine Katze zum Abschied.

Chiyo geleitete mich zur Tür. Ihr Gesicht wurde immer fahler; sie konnte sich kaum noch auf den Beinen halten. Mit tastender Bewegung zog sie den Riegel auf. Ich verneigte mich zum Abschied. Langsam und förmlich erwiderte sie meine Verbeugung. Als sie sich aufrichtete, trafen sich unsere Blicke, aber in ihren Augen war nichts, zu dem ich hätte sprechen können. So ging ich hinaus und sie schloss hinter mir die Tür. Ich hörte das Geräusch des zugezogenen Riegels, das

Rasseln der Sicherheitskette. Eine Weile stand ich still, das Schwert fest an meine Brust gedrückt. Dann ging ich langsam die Treppe hinunter. Eines Tages vielleicht würde ich um sie weinen. Aber heute noch nicht.

22

Der letzte Tag in Vancouver. Ich hatte nichts gekauft und kein einziges Museum besucht. Dafür hatte ich vieles mitgefühlt und einiges dazugelernt. Ich fühlte einen Druck auf dem Herzen und gleichzeitig auch eine freudige Dankbarkeit. Die Zeit war schnell vergangen, ich hatte sie nicht verschwendet. Man muss einander kennenlernen, einander zuhören. Dann vergehen die Schmerzen. Alles wird gut. Man versteht die anderen und versteht sich selbst besser.

Am Abend rief ich Ronnie an. Es war Großvater Aaron, der den Hörer abnahm.

»Guten Abend«, stammelte ich, etwas verwirrt. »Ich bin's, Jun …«

»Ach, Jun! Wie nett, dich zu hören!« Großvaters schwerer Atem pfiff und krächzte durch den Apparat. »Nun, wie war die Reise? Hat Ronald sich dir gegenüber anständig benommen?«

Ich lächelte. »Aber sicher.«

»Das freut mich. Im Grunde ist er ein guter Junge. Nur ein bisschen oberflächlich und ungestüm, aber das sind sie ja heute alle.«

Ich erzählte ihm von Blue Star. Und von dem Schwert.

»Siehst du, du bist nicht umsonst gekommen«, meinte Aaron. »Das hättest du schon früher haben können.«

»Aber nicht vor fünfzig Jahren«, erwiderte ich.

Wir lachten beide, aber es war ein etwas trauriges Lachen. Wir kannten uns gut.

»Kann ich mit Ronnie sprechen?«, setzte ich hinzu. »Mein Flugzeug geht morgen.«

»Er hat Orchesterprobe. Schon den ganzen Tag. Es wird sicherlich spät werden. Der Dirigent ist gefeuert worden. Irgendein Kulissenskandal. Jetzt haben sie einen neuen. Ausgerechnet ein Ungar. Laurent Szabo, eine ziemlich bekannte Größe. Der bläst ihnen garantiert den Radetzkymarsch!«

»Was?« Ich hörte sein Kichern. »Das war nur ein Wortspiel. Will damit sagen, dass er sie in die Mangel nimmt. Ich hoffe nur, dass er Ronald nicht mit dem Dirigentenstab ein Auge aussticht wie Toscanini.«

»Wer?«, stammelte ich blöde.

Wieder sein Kichern. »Ach, das war ein berühmter Dirigent. Soll ein schwieriger Mann gewesen sein, aber das gehört wohl dazu.« Aaron holte geräuschvoll Luft. »So, so, jetzt gehst du also nach Tokio zurück. Du weißt ja, was du deinen Eltern zu sagen hast, nicht wahr?«

»Doch«, hauchte ich.

»Und du verschweigst ihnen nicht, was für ein gemeiner Schuft der alte Aaron Weinberg früher einmal war?«

»Du bist kein Schuft«, sagte ich. »Du bist niemals einer gewesen.«

»Junge Dame«, schnaufte er, »zum Glück stehst du nicht

hier, sonst würde ich alter, hässlicher Opa dich jetzt auf beide Wangen küssen. Aber ich bin trotzdem ein Schuft.«

»Lebe wohl und bleib gesund«, sagte ich mit Tränen in den Augen.

»Der Herrgott beschütze dich, Mädchen.« Seine Stimme klang rau. »Ronald wird dich anrufen, sobald er wieder da ist.« Aaron gluckste auf einmal wie ein Schuljunge. »Herzlichen Glückwunsch übrigens: Er spielt viel gefühlvoller, seitdem er Liebeskummer hat!«

Ich lachte etwas verlegen und legte den Hörer auf. Bis Mitternacht wartete ich auf Ronnies Anruf, doch das Telefon blieb stumm. Für japanische Begriffe war sein Verhalten ziemlich unhöflich. Aber ich trug es ihm nicht nach und versuchte, ihn zu verstehen. Vielleicht tat es ihm allzu weh, sich von mir zu verabschieden.

Am nächsten Morgen klingelte der Wecker schon um sechs. Ich musste um sieben den Bus nehmen. Robin humpelte zwar einigermaßen geschickt durchs Haus, aber das Autofahren musste er sich noch aus dem Kopf schlagen. Alice wollte mich mit dem Wagen zum Flughafen bringen, aber ich sagte ihr, sie solle sich die Mühe sparen. Ich hatte ja nur wenig Gepäck. In zehn Minuten konnte ich mit dem Bus das große »Empress Hotel« erreichen. Von dort aus fuhren stündlich »Airport-Busse« zum Flughafen. Während ich meine Tasche packte und das Zimmer in Ordnung brachte, hörte ich Alice in der Küche rumoren. Bald roch es gut nach Pfannkuchen und Kaffee.

Beim Frühstück machte mich Robin darauf aufmerksam,

dass ich bei der Gepäckaufgabe Probleme haben könnte. »Ein Schwert kannst du nicht als Handgepäck mitgehen lassen. Jedes Gepäckstück wird durchleuchtet. Und Antiquitätenausfuhr wird streng überwacht.«

Daran hatte ich nicht gedacht. »Ich werde sagen, das Schwert stamme aus einem Souvenir-Shop.«

»Man wird eine Quittung sehen wollen.«

»Ich könnte sie ja verloren haben.«

»Das kann jeder behaupten.«

Mir blieb der Pfannkuchen im Hals stecken.

Aber Robin meinte, ich solle mich nicht aufregen. »Wenn du Glück hast, sehen die Kanadier das Schwert als wertlosen Kitsch an. In Japan allerdings wirst du mehr Schwierigkeiten haben …«

Alice goss mir frischen Kaffee ein. »Du mit deinem arglosen Blick! Ich wette, du bringst es durch den Zoll wie ein Plüschtier!«

Im schlimmsten Fall, dachte ich, wird das Schwert in Narita beschlagnahmt und meine Eltern müssen einen gepfefferten Einfuhrzoll bezahlen.

Es wurde Zeit, dass ich ging. Das Flugzeug startete in drei Stunden. Ich warf meinen Rucksack über die Schultern und ergriff die Reisetasche mit dem Schwert. Robin humpelte die Stufen hinunter und begleitete mich bis zum Gartentor. Wir umarmten uns. Robin war sehr bewegt. Ich dankte ihm für alles und er trug mir Grüße für meine Eltern auf. Alice ging mit mir bis an die Haltestelle und erzählte erfreut von der vielen Arbeit, die jetzt auf sie warte. Sie redete pausenlos auf mich ein und hinderte mich am Denken, was mir sehr gelegen kam. Ich kaufte meine Fahrkarte. Bald kam der Bus. Alice zog mich an ihren wohlgepolsterten Körper und drückte mir zwei Küsse auf die Wange.

»Pass gut auf dich auf«, sagte ich, »und achte bitte auch ein bisschen auf Onkel Robin!«

»Keine Angst, ich sorge schon dafür, dass er nicht wieder auf Bäume klettert!«, versicherte Alice.

Ich stieg ein, setzte mich und winkte dabei immer noch. Die Türen schlossen sich. Alice winkte mit beiden Armen zurück. Der Fahrer legte den Gang ein, der Bus setzte sich in Bewegung und fuhr an Robin vorbei, der ebenfalls winkte. Ich drückte die Hand flach ans Fenster und sah sekundenlang sein kummervolles Gesicht. Schwerfällig fuhr der Bus um eine Ecke und dann die Straße hinunter. Nebel verhüllte Meer und Gebirge. Über den Hochhäusern lag ein rosa Schleier, in dem sich das Morgenlicht spiegelte. Seltsam, dass Ronnie sich nicht gemeldet hatte! Ich nahm an, dass er beleidigt war. Jungen reagieren manchmal daneben. Ich hätte mich gerne von ihm verabschiedet. Aber vielleicht war es besser so. Aufseufzend lehnte ich mich zurück.

Ich dachte an Chiyo. Ich fühlte eine Leichtigkeit, aber gleichzeitig auch einen feinen, stechenden Schmerz. Ihr war anerzogen worden, kein Unrecht zu dulden. Aber sie hatte, als es darauf ankam, kein gütiges Verständnis für die Menschen gezeigt. Und gerade damit hätte sie das Unrecht verhindern können. Sie hatte getan, was sie für das Beste hielt. Dass es falsch gewesen war, musste sie jetzt verantworten. Sie war allein. Für immer. Sie wollte es ja nicht anders.

Im Flughafen herrschte ein Riesengedränge. Touristen. Reisezeit. Durch die Glaswände sah man die Landepiste, die rollenden Flugzeuge. Maschinen bohrten sich mit gewaltigem Dröhnen in die diesige Luft, eine dunkle Rauchspur hinterlassend. Die Gongsignale der Lautsprecher übertönten das Stimmengewirr, das Echo der Schritte. Die Leute kamen mit riesigen Plastiktaschen aus den Dutyfreeshops. Sie besahen sich französische Mode, italienische Handtaschen und amerikanische Kosmetika, kauften Bier, Wodka, tief gefrorenen Lachs und scheußliche kleine Kuscheltiere, mit echtem Fell überzogen. Andere standen in Gruppen an Theken oder saßen an kleinen Tischen. Ich ging zuerst zur Gepäckaufgabe und stellte mich an. Beim Gedanken an das Schwert fühlte ich meine Hände feucht werden. Hoffentlich geht alles gut, seufzte ich für mich. Ein Schwarzer, baumlang und gelassen, saß vor einem Computer, kontrollierte die Flugscheine und hob die Koffer auf den Rollteppich. Endlich kam ich an die Reihe. Der Beamte blickte mich durchdringend an und gab mir meinen Bord-Pass.

Meine Kehle war trocken und ich spürte einen leichten Schweißfilm auf der Haut, als ich ihm meine Tasche entgegenhob und auf Englisch sagte: *»It's a Japanese sword inside … a souvenir gift!«*

Der Schwarze zeigte eine Reihe prachtvoller Zähne. *»Really? A big bad sword for a small nice girl?«*

Seine Stimme dehnte sich in samtigem Kehllauten.

Ich grinste zerknirscht zurück. Der Beamte versah meine Tasche mit einem besonderen Klebestreifen und drückte auf einen Knopf. Der Rollteppich setzte sich in Bewegung. Meine Tasche verschwand hinter dem prall gefüllten Koffer des nächsten Passagiers – fertig! Meine Waden zitterten vor Erleichterung. Ich hatte das Schlimmste überstanden. Die Passagiere nach Tokio wurden bereits aufgerufen. Ich fuhr eine Rolltreppe herunter, schob meinen Rucksack über den Arm und wühlte umständlich nach meinem Pass.

»Jun!« Jemand rief laut meinen Namen.

Ich fuhr herum und traute meinen Augen nicht. »Ronnie!«

Er stand oben auf der Rolltreppe und fuchtelte mit beiden Armen in der Luft herum. Dann sprang er mir nach, zwängte sich durch die gemütlich herunterfahrenden Leute. Ich nahm unbestimmt wahr, dass er einen Frack und ein weißes Hemd mit Stehkragen trug. Keuchend holte er mich ein und legte seinen Arm um mich. Seine Wangen waren rot und erhitzt, sein Atem rasselte. Er konnte kaum sprechen.

»Jun ... zum Glück erwische ich dich noch! Ich dachte schon ... ich wäre viel zu spät!«

Vor uns lag die Passkontrolle, wo das Handgepäck durchleuchtet wurde. Jeder Passagier wurde von oben bis unten abgetastet und musste durch eine elektronische Tür gehen. Ein Piepsen ertönte, sobald jemand einen Gegenstand aus Metall auf sich trug.

Ronnie packte mich an den Schultern, zog mich abseits, in eine ruhige Ecke am Fenster. Seine Hände fühlten sich klamm an. Im grellen Sonnenlicht sah ich die Schweißtropfen auf seiner Stirn. »Ich konnte gestern nicht anrufen! Unser neuer Dirigent, dieser Ungar, der ist ja ein Tyrann! Wir haben geprobt, bis wir verrückt wurden. Um drei Uhr nachts war ich endlich zu Hause! Und heute Morgen wollte ich dich anrufen, dich zum Flughafen bringen ... und habe den Wecker nicht gehört! Dieser Szabo, der Teufel soll ihn holen! Kurz und gut, um acht hat mir Großvater seinen Pantoffel an den Kopf geschmissen. Ich bin aus dem Bett gesprungen und losgefahren wie ein Wilder! Zum Glück hat mich die Polizei nicht geschnappt!« Er blickte atemlos auf die Uhr. »In einer halben Stunde fängt die Probe wieder an. Und um fünf ist Matinee! Ich habe nicht einmal Zeit, mich umzuziehen. Deswegen stehe ich hier im Frack.« Er schnappte nach Luft. Ich lächelte ihn an. »Hübsch siehst du aus!«

»Das ist meine Arbeitskleidung.« Ronnie kam langsam wieder zu Atem. »Ich wollte dich wiedersehen, mich von dir verabschieden. Und dir vor allem ... die große Neuigkeit sagen. Ich weiß sie seit gestern. Der Szabo hat sie uns mitgeteilt ...« Er machte eine Pause.

Ich sah ihn erwartungsvoll an. »Was denn?«

»Wir gehen nach Japan!«, platzte er heraus. »Im November! Das Orchester macht eine große Tournee! Tokio, Osaka, Kyoto. In Tokio spielen wir im Uenobunkaleikan oder wie das Ding heißt ...«

Mein Traum kam mir sofort in den Sinn. Da war er wieder, dieser sanfte Schauer auf meiner Haut. Und gleichzeitig spürte ich, wie ich innerlich heiß wurde. Wie merkwürdig, wenn man die Dinge voraussah und erst später erfuhr, was sie bedeuteten. Die Holzbühne, das Rollbild mit der Kiefer. Ich wusste, etwas ganz Wichtiges war geschehen. Aber das verschwieg ich ihm. »Ja, das ist ein Konzertsaal«, antwortete ich ruhig.

Er hielt mich immer noch und sah mich an. Eine Spur von Erschrecken ging um seinen Mund. »Wir sehen uns doch, nicht wahr? Ich schicke dir Freikarten!«

Ein plötzliches Glücksgefühl durchströmte mich. Ich befreite mich aus meinen Traumfetzen und lächelte beschwichtigend. »Aber natürlich sehen wir uns.«

Er ließ einen erlösten Stoßseufzer hören, nahm mich in die Arme und drückte mich an sich, voll stürmischer Freude. »Gott, wie bin ich froh! Ich meine … ich bin ganz verzweifelt, weil du gehst. Und gleichzeitig freue ich mich, dass wir uns wiedersehen! Sorry, ich bin völlig durcheinander. Ich weiß nicht … ob ich lachen oder weinen soll!«

Ich lehnte den Kopf an seine Brust. »Weine nicht … es ist viel besser, du freust dich.«

Die Passagiere nach Tokio wurden zum zweiten Mal aufgerufen.

Ich machte mich behutsam von ihm los. »Ich muss jetzt gehen.«

Ronnie brachte mich bis an die Passkontrolle. Plötzlich schnippte er mit den Fingern. »Was ich noch sagen wollte … wie war es eigentlich bei deiner Tante?«

Ich schlug die Augen nieder. Das war eine Sache, die vor allem Chiyo betraf. Ich wollte nicht zu viele Worte darüber verlieren. Und so sagte ich lediglich: »Sie hat mir das Schwert gegeben.«

Arglos, wie er war, gab sich Ronnie mit dieser Antwort zufrieden. Außerdem blieb uns nicht viel Zeit für Erklärungen.

»Gehört es jetzt dir?«, rief er erfreut.

»Meiner Familie«, sagte ich.

Die Passagiere drängten sich vor der Passkontrolle. Ich zog meinen Pass aus dem Rucksack.

Ronnie legte beide Hände um meinen Hals, vergrub sein Gesicht in meinen Haaren. »Bis bald …«, flüsterte er, »in Tokio!« Er küsste mich auf die Wange. Ich drehte leicht mein Gesicht zu ihm hin. Er küsste mich auf den geschlossenen Mund. Dann wandte ich mich ab, gab meinen Pass dem Beamten und legte meinen Rucksack auf den Rollteppich. Der Rucksack wurde durchleuchtet und kam auf der anderen Seite der Maschine wieder zum Vorschein. Ich ging durch den Metalldetektor, ohne dass das Piepsen ertönte. Eine Beamtin in blauer Uniform gab mir den Rucksack zurück. Bevor ich die Rolltreppe zur Abflughalle herunterging, drehte ich mich ein letztes Mal um. Ronnie stand immer noch an derselben Stelle. Er hob den Arm und machte das V-Zeichen. Ich lächelte und antwortete ebenso.

Eine Horde lärmender Amerikaner verstopfte jetzt den Gang. Sie trugen bunte Schirmmützen auf dem Kopf und schleppten Rucksäcke und prall gefüllte Plastiktaschen aus dem Dutyfreeshop. Sie stießen und schubsten sich vor der Passkontrolle. Ronnie verschwand hinter einer Wand von Schultern, Bäuchen und Hüften. Ich fuhr die Rolltreppe hinunter und sah ihn nicht mehr.

23 Vier Uhr nachmittags; ich war mit der U-Bahn nach Shinjuku gefahren. Ungeduldig und etwas aufgeregt wartete ich vor einem Rotlicht. In ein paar Minuten traf ich mich mit Seiji vor der Buchhandlung Kinokunja. Es war der erste Abend, den wir ganz für uns hatten. Am Montag fing die Uni wieder an. Ich liebte diese Tage im Spätsommer. Die große Hitze war vorbei. Tagsüber brannte die Sonne. Aber gegen Abend, wenn frischer Wind aufkam, hatte die Luft etwas Schwirrendes, Schimmerndes an sich, ähnlich dem regenbogenfarbenen Schillern einer Seifenblase. Immer mehr Menschen stauten sich vor den Fußgängerstreifen. Eine Autoschlange, Chrom und Glas, schob sich langsam durch die verstopften Straßen. Ich blinzelte und hielt mit beiden Händen mein Haar aus dem Gesicht. Meine Augen schweiften über das Häusergewirr mit weißen, grauen, ockerfarben gesprenkelten und pyramidenförmigen oder halbrunden Fassaden. Wolkenkratzer glitzerten wie Wasserfälle. Daneben, in verträumten, engen Gassen, Holzhäuser aus vergangenen-Zeiten, niedrig und verwittert, mit Schiebetüren, blinden Fensterscheiben und winzigen Vorgärten aus Moos und Steinen, wo Zwergkiefer und Bambusstauden wuchsen. Und

dann wieder breite Straßen, Musik aus allen Ecken, dicht gedrängte Schaufenster, Werbesprüche, Videos. Und überall Menschen, ein Gewimmel von Passanten, zielstrebig und doch gelassen. Aus dem Stimmengewirr kamen Worte, Satzstücke, die ich verstand, in der Sprache meiner Heimat. Ich war wieder zurück, die Reise war vorbei. Ich erlebte Tokio hautnah und gleichzeitig aus der Ferne, mit neuen Augen und neuen Gefühlen. Eine Millionenstadt, pulsierend und lebendig, gewachsen aus tausend kräftigen, erdverwurzelten kleinen Dörfern. Sie atmete mit Riesenlungen und erfasste mich in sanfter, mütterlicher Umarmung. Ich liebe dich, Tokio. Ich bin wieder da. Und wenn auch ein Teil von mir in den fernen Wäldern Kanadas zu Hause ist, hier ist meine Welt. Die Welt, in der ich lebe.

Das Rotlicht wechselte auf Grün. Die Menschenmenge setzte sich in Bewegung. Vor mir ging ein Mädchen. Eine Ausländerin in weißem Kleid, mit einer braunen Tasche über der Schulter. Ich blickte sie an; zuerst zerstreut, dann aufmerksam. Ich kannte sie. Aber woher nur? Ihr halblanges Haar wehte im Sonnenschein; ein rötlicher Schimmer schien auf dem Braun zu glimmen. Meine Augen ließen nicht von ihr ab; ich atmete flach und rasch. Das Mädchen war größer als ich, mit schlanken, braun gebrannten Beinen. Ihr weißes Kleid hatte einen viereckigen Ausschnitt und war hinten geknöpft. Ich hörte mein Herz klopfen. Sie war es! Das Mädchen, das ich in meinem Traum gesehen hatte. Auf der anderen Straßenseite holte ich sie ein, ging dicht hinter ihr her. Sie schlenderte ruhig weiter. Vor einem Schuhgeschäft blieb sie stehen, strich sich mit der Hand durchs Haar und warf es aus dem Gesicht.

Ich sah ihr Profil. Da erkannte ich sie. »Nina!«

Sie fuhr herum. Wir starrten uns an.

Sie war nicht mehr dick, sondern biegsam und wohlgeformt. Die hoch angesetzten Hüften passten zu den überlangen Beinen. Ihre Füße steckten in weißen Sandalen. Ihr Haar wehte, frisch gewaschen und luftig, um ihren schlanken Hals. »Jun!«, rief sie erfreut. »Wann bist du denn angekommen?«

Ich stand wie gelähmt. Ich konnte nichts erwidern, nichts denken. Endlich fand ich meine Sprache wieder. »Vorgestern. Und du?«

»Wir sind schon seit einer Woche wieder zurück. Das ist wirklich eine Überraschung, dass wir uns hier treffen! Mitten in Tokio!«

Ich befeuchtete meine trockenen Lippen! »Ich … ich hätte dich fast nicht wiedererkannt! Du siehst fabelhaft aus!«

Sie lächelte, wobei sich ihre sonnenbraunen Wangen mit zartem Rosa färbten. »Findest du? Das kommt wohl daher, weil ich mein Haar jetzt wachsen lasse. Ich glaube, es steht mir besser.«

»Und schlank geworden bist du auch!«

Ihre Augen glänzten. »Tatsächlich? Das bringt nur die asiatische Küche zustande. Man schlägt sich den Bauch voll und nimmt ab!«

Sie sah selbstbewusst und gelöst aus. Doch an ihrem Lächeln merkte ich, dass sie immer noch schüchtern war und es zu verbergen suchte.

»Erzähl von dir! Wie war's denn in Kanada? Hast du deine Familiengeschichte in Ordnung gebracht?«

»Ich glaube, ja. Ich habe meine indianische Großmutter kennengelernt. Sie lebt ganz alleine im Wald, in einer Blockhütte.«

»Mensch, toll! Bist du gut mit ihr ausgekommen?«

Nina wollte mehr wissen.

Ich erzählte ein wenig. »Mein Vater besucht sie nächsten Monat«, sagte ich abschließend. »Er möchte, dass sie zu uns nach Tokio kommt. Aber das wird nicht so einfach sein.« Ich verbiss mir ein Lachen. »Ich glaube, meine Mutter hat etwas Angst vor ihr …«

»Ach, das ist so mit den Schwiegermüttern«, meinte achselzuckend Nina. »Meine Mutter hat auch immer das Gefühl, dass man sie kritisiert. Und was ist aus deiner sturen Tante geworden?«

Ich senkte den Blick. Darüber wollte ich nicht reden.

»Sie ist … also, es tut ihr leid. Sie sieht ein, dass sie Fehler gemacht hat. Und was das Übrige betrifft … nun, es ist schon sehr lange her. Mein Vater empfindet kaum noch etwas deswegen.«

»Wird er sie sehen, wenn er nach Kanada geht?«

Ich schüttelte den Kopf. »Nein, es hat keinen Zweck. Und ich glaube auch nicht, dass sie es wünscht.« Ich holte gepresst Luft und wechselte schnell das Thema. »Was ich dir noch sagen wollte … kürzlich habe ich von dir geträumt.«

Sie lachte. »Hoffentlich etwas Schönes!«

Sie lacht viel öfter als früher, dachte ich. Und ihre Fingernägel sind sauber und akkurat gefeilt. Sie hat sich wirklich sehr verändert. »In meinem Traum hattest du ein weißes Kleid an. Das gleiche wie dieses. Deswegen war ich ja so überrascht. Ich kenne dich ja nur in Jeans.«

»In Singapur war es so entsetzlich heiß«, erklärte Nina, »die Jeans klebten und juckten, ich wurde fast verrückt. Meine Mutter sagte: ›Komm, wir kaufen dir ein Kleid, das ist viel luftiger.‹ Ich habe mich überreden lassen. Seitdem laufe ich ganz gerne in Kleidern herum.« Sie blinzelte mir verschmitzt zu. »Da siehst du nur! Du hast mir ja schon oft gesagt, dass Träume bei dir wahr werden!«

»In Kanada«, antwortete ich, scheinbar belanglos, »habe ich einen jungen Mann kennengelernt.«

Sie spielte mit dem Riemen ihrer Tasche. »So? Hast du dich in ihn verliebt?«

Ich tat, als hätte ich die Frage nicht gehört. »Er heißt Ronald Weinberg und … er spielt Geige. Er ist Solist im British Columbia Symphony Orchestra.«

»Dann muss er aber erstklassig sein.«

Ich wurde etwas rot. »Ist er auch. Er kommt im November nach Japan«, setzte ich schnell hinzu. »Das Orchester geht auf Tournee. Er will mir Freikarten schicken. Kommst du mit?«

»Na hör mal!«, rief sie, »du weißt doch, dass ich mit dem klassischen Zeug nichts anfangen kann! Wenn der auf seiner Geige schluchzt, dann schlafe ich bestimmt ein!«

Ich ließ mich nicht beeindrucken. »Das hast du auch gesagt, bevor wir in die No-Vorstellung gingen.«

Sie lachte etwas verlegen und zog die Schultern hoch. »Ja,

das stimmt eigentlich. Also, einverstanden! Aber nur, um dir einen Gefallen zu tun!«

Ich schluckte und sagte: »Ich werde dich mit Ronnie bekannt machen. Ich … ich habe das Gefühl, dass ihr euch gut verstehen werdet.«

»Wie kommst du darauf? Sucht er wohl zufällig eine Freundin?«

Ich lächelte. »Das wirst du schon selber herausfinden!«

Plötzlich sah ich auf die Uhr. Seiji war sicher schon da. Ich wollte ihn nicht warten lassen und wollte auch nicht mehr länger warten.

»Du, ich möchte gehen. Ich bin mit Seiji verabredet! Wir sehen uns am Montag.«

Ich wusste, dass Nina ein bisschen eifersüchtig war.

Aber sie gab sich Mühe, herzlich zu sein. »Viel Spaß. Grüße Seiji von mir! Und … ich bin froh, dass du wieder da bist!«

»Ich auch!«

Wir tauschten ein Lächeln. Sie winkte zum Abschied, genau wie eine Japanerin, und ging dann in die andere Richtung. Ich lief weiter. Die Sonne fiel schräg durch die Straßenschlucht. Über den Horizont aus Wolkenkratzern, Antennen und überdimensionalen Werbetafeln glitzerte der Himmel wie Jade. Die Buchhandlung befand sich im nächsten Häuserblock. Ich rannte weiter, vom Licht geblendet, und drängte mich durch den Strom der Passanten. Und prallte gegen Seiji, der mich gesehen hatte und mir entgegenkam. Atemlos taumelte ich gegen ihn. Er lachte, warf die Arme um mich und hielt mich fest. Wir schwankten beide, trunken vor Glück.

»Endlich!«, seufzte er.

Es genügte, seinen Blick zu sehen, sein Lächeln, das Leuchten seiner Augen. Ich schmiegte mich an ihn, wie aus der Erinnerung, und fand die Beuge seines Halses, die Mulde seiner Schulter.

»Ich habe immer an dich gedacht«, sagte er.

Meine Lider zuckten an seiner Haut. »Ich auch. Jeden Tag.«

Um uns herum die Fußgänger. Unbekannte Menschen schritten Seite an Seite dahin oder kamen einander entgegen, gleichgültig, geschickt und immer höflich jeder Berührung ausweichend. Jeder bewegte sich in seiner eigenen, engsten Welt und war dennoch Teil eines Ganzen. So auch wir. Niemand beobachtete uns. Wir waren allein im Kern dieser Millionenstadt, aber wir gehörten dazu.

»Eine Zeit lang«, sagte Seiji, »war ich aus irgendeinem Grund sehr unruhig. Da hatte ich ganz schreckliche Angst, dich zu verlieren …«

Ich presste die Wange an seine Hand. Er streichelte schweigend mein Gesicht. Und in dieses Schweigen hinein erzählte ich ihm von Ronnie. Er hörte zu; sein Atem ging entspannt und ruhig. Eng umschlungen gingen wir weiter, bis wir vor uns die Zwillingstürme des Stadthauses sahen. Da blieben wir stehen.

Ich drückte mein Gesicht an seine Schulter. »Es tut mir leid. Ich konnte nichts dafür. Darauf war ich überhaupt nicht gefasst, verstehst du?«

»Aber du bist nicht bei ihm geblieben«, sagte Seiji.

»Nein. Ich wollte dich.« Ich sah ihn nicht an, sondern starrte auf die Türme.

Sie schossen aus dem Herzen Tokios empor, lichtdurchströmt wie Raumschiffe. Das Trennende zwischen ihnen, der grüngoldene Himmel, und dazwischen der glühende Sonnenball.

»Und Ronnie?« Seiji sprach seinen Namen ohne Erregung, ja fast sogar mit Zuneigung aus.

Ich sah immer noch an ihm vorbei. »Wenn ich in Zukunft eine Geige spielen höre, werde ich mich an ihn erinnern ...«

Er stand so dicht neben mir, dass ich ihn atmen fühlte. »Ich bin froh, dass du da bist. Auch wenn du manchmal an einen anderen denkst. Ich liebe dich wirklich und wahrhaftig.«

Jetzt konnte ich ihn ansehen. Er lächelte. Da lächelte ich auch und sprach von Nina. Von meinem Traum. Von Ronnies bevorstehender Reise nach Tokio.

»Erinnerst du dich an das Orakel, das wir für sie vor unserer Abreise gezogen haben?«, fragte Seiji.

Ja, ich erinnerte mich. Alles wurde logisch und klar. Wir waren den Göttern dankbar. Wie schwer das Leben auch sein mochte, sie meinten es gut mit uns.

Wir wanderten über den Platz, an den Türmen vorbei. Die Sonne färbte die Fliesen rot. Mir war, als würden sich unter unseren Füßen die Steine mit Blumen bedecken. Die Türme wurden zu Fontänen aus purpurnem Licht, die ihre Schatten über die Stadt warfen. Und zwischen den Türmen flatterte der Wind, summte und sang wie ein Orgelspiel. Hinter dem Stadthaus begann ein Parkgelände. Die Nacht brach herein. Sie kam von unten, aus den Tiefen der Erde. Wir stiegen einige Stufen hinab und wanderten ihr entgegen.

»Seiji«, sagte ich, »ich muss mit dir etwas besprechen. Ich gehe von meinen Eltern weg. Ich halte es zu Hause nicht mehr aus. Alles ist gleich und doch völlig verändert.«

Er blinzelte, zärtlich und verschmitzt. »Du bist es, die sich verändert hat. Midori-Sensei hatte uns ja gewarnt.«

»Ich … ich habe kein sicheres Bild mehr von meinen Eltern«, seufzte ich. »Ich kenne sie jetzt zu gut und sie kennen mich nicht. Mein Vater denkt nur noch an seine Mutter. Er weiß, dass sie ihm nichts nachträgt. Aber das schlechte Gewissen vor mir wird er wohl niemals loswerden. Er tut mir ja so leid. Aber gerade deswegen ist es schlimm für ihn. Weil ich so gut über ihn Bescheid weiß. Und was meine Mutter betrifft … nun, sie weiß überhaupt nicht mehr, wie sie mit mir umgehen soll. Wir sind uns fremd geworden. Sie sieht immer noch das Kind in mir. Aber ich bin kein Kind mehr. Ich habe sogar das Gefühl, dass ich erwachsener bin als sie. Vielleicht ändert sich das später. Aber jetzt will ich fort. Meine Eltern brauchen mich nicht mehr. Sie trösten sich gegenseitig. Und werden vielleicht glücklich dabei. Im Grunde stehe ich ihnen im Weg.« Ich wandte mein Gesicht ab.

»Entschuldige, wenn sich das ein wenig dumm anhört, aber dir kann ich es ja sagen.«

Er legte den Arm um meine Schulter. »Du kannst mir alles sagen.«

»Ach, wie gut, dass ich dich habe!«, seufzte ich. »Ich will immer bei dir sein. Dich niemals verlassen.«

»Keine Sorge«, sagte Seiji, »ich lasse dich nicht mehr fort.«

Wir umarmten uns mit windzerzaustem Haar. Das letzte Sonnenlicht vergoldete unsere Gesichter.

»Du lachst ja so herzhaft«, sagte Seiji.

»Ich bin so glücklich.«

Er lachte ebenfalls und schüttelte den Kopf. »Ich muss dir auch etwas gestehen. Ich hatte schon lange diesen Wunsch. Aber ich wagte nicht, davon zu reden. Du weißt ja ... bei mir ist es nicht sehr bequem!«

»Ich werde es schon überleben«, meinte ich heiter. »Aber was sagen denn deine Eltern dazu?«

»Nichts. Die wissen inzwischen, dass ich meinen eigenen Kopf habe.«

»Meine müssen es noch lernen!«

Er küsste mich auf die Nasenspitze.

»Ich helfe dir beim Umzug. Dann geht alles reibungslos über die Bühne. Die Hauptprobe haben wir ja schon hinter uns.«

Wir lachten noch mehr, weil wir an den Tag dachten, da er selbst von zu Hause weggezogen war.

»Ich will sehen, dass ich meinen Trickfilm bald fertig habe«, fuhr Seiji fort. »Sobald es geht, leisten wir uns eine schönere Wohnung.«

»Ich habe etwas Geld von Tante Mayumi«, erklärte ich. »Aber mit der Uni bin ich erst in fünf Jahren fertig.«

»Du mit deinem Superhirn«, meinte er, »du findest sofort einen tollen Job!«

»Vielleicht. Aber bis es so weit ist, verkaufe ich eben Apfelkuchen!«

Er drückte meine Hand. »Wir kommen schon durch!«

»Ist dir eigentlich klar«, sagte ich, »dass wir ein Risiko eingehen? Womöglich verändern wir uns und knallen uns eines Tages das Geschirr an den Kopf?«

Seiji lächelte ruhig. »Wer weiß? Etwas in uns ist vielleicht stärker.«

Ich erwiderte sein Lächeln. »Die Liebe, zum Beispiel?«

Er neigte den Kopf und küsste meinen Nacken. »Ja, die Liebe.«

Die Sonne war hinter dem Rand der Welt verschwunden; die Türme schienen einen eigenen schwachen Schimmer auszustrahlen. Sterne blinkten. Oder waren es Lichter? In der Ferne hupte und brauste der Verkehr. Doch im tiefen Schatten der Bäume dachte ich an den Wald, in dem meine Großmutter lebte. Da erzählte ich ihm von ihr. Von ihrer großen, liebevollen Weisheit. Ich erzählte auch von dem Schwert. Wie ich es aus der Erde gezogen hatte. Wie die Sonne, zum ersten Mal seit fünfzig Jahren, es beschienen hatte. Und wie Chiyo es mir überreicht hatte. Weil sie nicht mehr würdig war, es aufzubewahren.

Seiji ging neben mir, hörte zu, sah alles mit seinen inneren Augen. Fast als genüge ihm das, was ich ihm an Bildern und Gedanken mitbrachte, als empfände er nicht das Bedürfnis, es selbst zu erleben. »Und wie hast du das Schwert nach Japan gebracht?«

»Ich habe es durch den Zoll geschmuggelt. Der Beamte wollte nicht einmal meine Tasche öffnen!«

»Vielleicht, weil du ihn süß angelächelt hast …«

»Ja, mit klappernden Zähnen! Ich bin fast gestorben vor Angst!«

»Und dann?«, fragte Seiji.

»Dann gab ich das Schwert meinem Vater. Jetzt steht es vor unserem Hausaltar. Später werde ich es aufbewahren. Und wenn die Zeit gekommen ist, wird unser erstgeborenes Kind es an sich nehmen ...«

Über unsere Köpfe fegte der Wind, aber im Unterholz staute sich warme Luft. Wir setzten uns in die hohen, flüsternden Gräser. Ich lehnte mich zurück. Seiji beugte sich über mich und küsste mich lange.

Ich schlang beide Arme um seinen Hals. »Meine indianische Großmutter sagt, man könne hören, wie die Erde sich drehe. Mein Vater konnte es auch, als er Kind war ...«

»Wollen wir es versuchen?«, flüsterte Seiji.

Er legte sich dicht neben mich, den Kopf auf meinem Arm. Sein Atem streifte mein Gesicht, ich fühlte seine Pulsadern klopfen. Ich liebte ihn so! Eine Weile schwiegen wir. Und auf einmal war mir, als würde der Boden unter mir weggleiten. Ich spürte die Erde, in der Luft hängend, von der Kraft der Sonne und des Mondes gehalten, spürte ihre Schwingungen und ihr mächtiges Schweben. Mir war, als zöge sich meine Wahrnehmung rings um den Weltrand, bevor sie sich ins Unendliche, ins Ewige ausbreitete.

»Jun?«, flüsterte Seiji, erbebend. »Was ist das?«

»Bewege dich nicht!« Ich drückte ihn enger an mich. Der Planet drehte sich mit gewaltigem Sog und aus dem dunklen Kern, in dem die Schöpfungsfeuer glühten, drang wie der ferne Schall einer bronzenen Glocke ein dumpfes, dröhnendes Summen.

Seiji öffnete die Lippen. Seine Stimme klang atemlos. »Hörst du es auch? Fühlst du es?«

Ich nickte stumm. Mein Herz schlug mir in den Schläfen, in der Kehle. Oder war es sein Herz? Ich wusste es nicht.

»Ist es wahr?«, hauchte Seiji.

»Es ist wahr«, sagte ich.

Wir brauchten nicht einmal die Augen zu schließen. Durch die Zweige sahen wir in den Nachthimmel über Tokio und hörten ganz deutlich den Gesang des blauen Sterns, unserer Erde.

Federica de Cesco

Die Schwingen des Falken

Jun Hatta ist eine junge Japanerin, deren Leben in geordneten Bahnen verläuft. Erst als sie anfängt, Fragen über die Vergangenheit ihrer Familie zu stellen, merkt sie immer deutlicher, dass ihr etwas verheimlicht wird. Diese Geheimnisse und ein wachsendes Gefühl der Zerrissenheit bringen ihre wohlbehütete Welt ins Wanken. Und was haben ihre seltsamen Träume von einem fliegenden Falken zu bedeuten?

Arena

304 Seiten • Arena Taschenbuch
ISBN 978-3-401-51007-1
www.arena-verlag.de

Federica de Cesco

Aischa oder Die Sonne des Lebens

In ihrer neuen Heimat Paris ist die junge Algerierin Aischa eine überbehütete Außenseiterin, die nicht einmal mit Jungen sprechen darf: Aufmerksam wacht ihre Familie über ihrer Tugend. Aischa, die europäisch denkt, ist hin- und hergerissen zwischen grundverschiedenen Kulturen. Als sie sich in den Vietnamesen Kim verliebt, spitzt sich die Lage dramatisch zu. Aber Aischa ist entschlossen, für ihre Freiheit und ihre Liebe zu kämpfen.

Arena

312 Seiten
Arena-Taschenbuch
ISBN 978-3-401-50967-9
www.arena-verlag.de

Federica de Cesco

Shana, das Wolfsmädchen, und der Ruf der Ferne

Mit ihrer »Wolfsgeige« verzaubert Shana das Publikum auf ihrer Tournee durch Europa. Der charmante Geiger Vitali an ihrer Seite weckt schon bald tiefe Gefühle in dem jungen Indianermädchen. Doch dann meldet sich Shanas Freund Mike aus der Heimat und berichtet von einer erneuten Bedrohung ihres Volkes durch die kanadische Regierung. Shana steht vor einer schwierigen Entscheidung: Kann sie ihren Freund und ihr Volk im Stich lassen? Oder muss sie ihrer wahren Bestimmung folgen?

Arena

240 Seiten • Arena-Taschenbuch
ISBN 978-3-401-50850-4
www.arena-verlag.de